शादी का सपना

किक्की सिंह

AF520253

डायमंड बुक्स

www.diamondbook.in

प्रकाशक : डायमंड पॉकेट बुक्स (प्रा.) लि.
X-30, ओखला इंडस्ट्रियल एरिया, फेज-II
नई दिल्ली-110020
फोन : 011-40712200
ई-मेल : sales@dpb.in
वेबसाइट : www.diamondbook.in

SHAADI KA SAPNA
***By :** Kikki Singh*

राज की मां एक-एक कर लिट्टियां बनाकर प्लेट में रखती जा रही थी। कुछ खुशी और कुछ गम के मिले-जुले भाव उनके चेहरे में साफ दिख रहे थे। खुशी इस बात की थी कि राज की नौकरी सरकारी बैंक में लग चुकी है और साथ ही गम इस बात का था कि उन्हें राज को अपने से दूर पटना से लखनऊ भेजना पड़ेगा। नया शहर, नया माहौल, नए लोग और नई नौकरी। कैसे एडजेस्ट कर पाएगा वह, कितना समय लगेगा उसे इस नए जीवन के साथ तालमेल बैठाने में.....। ऐसे तो राज ने कई बार घर से दूर रहकर अलग-अलग क्षेत्रों में नौकरियाँ की हैं। लेकिन इस बार उसकी मां उसे लेकर कुछ ज्यादा ही चिंतित है। वैसे भी बच्चे कितने भी बड़े क्यों न हो जाएं, वह तो मां के लिए हमेशा बच्चे ही रहते हैं, क्योंकि मां होती ही है 'मां, अर्थात प्रेम, स्नेह और ममता का सागर।' राज की बहन नीलम, उसके कपड़ों की पैकिंग कर रही थी। हर दिन के अलग-अलग कपड़ों के साथ अलग-अलग परफ्यूम, मौजें, घड़ियां और चश्में ऐसे रख रही थी, जैसे मानों अपने भाई को नौकरी पर नहीं, बल्कि किसी स्वयंमवर या मॉडलिंग में भेज रही हो।

वहीं तीसरी तरफ राज के पिता अपने दोस्तों के साथ बैठकर, राज की शैक्षणिक योग्यता का बखान करते नहीं थक रहे हैं। इतराती हुई मुस्कान चेहरे पर लपेटे हुए बोल रहे थे कि 'क्या बताएं शर्मा साहब, हमारा बेटा तो स्कूल से लेकर कॉलेज तक हमेशा ही अव्वल स्थान पर रहा है और जब कॉलेज की पढ़ाई खत्म हुई तो साल भर के अंदर ही रेलवे में नौकरी लग गई। लेकिन वह नौकरी उसे जचि नहीं। छह महीने के अंदर ही रिज़ाइन देकर, कुछ महीने पत्रकारिता, फिर उसके बाद एक साल इंकम टैक्स डिपार्टमेंट में और अब देख लिजिए बैंक में....। बिल्कुल पक्षी की भांति है। मेरा बेटा, इधर से उधर और उधर से इधर। ऐसे तो कितनी मशक्कतें करने के बावजूद भी लोगों को सरकारी नौकरी नसीब नहीं होती और यहां देख लिजिए नौकरियों

के नसीब में मेरा बेटा ही नहीं है। अब तो ये भी ठीक से पता नहीं कि ये नौकरी भी उसे जचेगी या नहीं, या फिर बाकी नौकरियों की तरह इसे भी वह छोड़ देगा।'

तभी बातों को नया मोड़ देते हुए जायसवाल जी बोले, 'बेटी के विषय में आपने क्या सोचा है?' राज के पिता उर्फ पाण्डे जी ने कुछ सोचते-समझते और कुछ बातों को मन एवं होठों पर दबाते हुए जवाब दिया, 'शादी करवा देंगे नीलम की। वैसे भी लड़कों की तलाश जारी है। बस मांगे ही कुछ ज्यादा कर देते हैं, वो लोग।' जायसवाल जी बोले, 'आखिरकार मांगे किस बात की, हम अपने घर की लक्ष्मी उन्हें सौप रहे हैं, इससे ज्यादा मुल्यवान और क्या हो सकता है?' अचानक ही जायसवाल जी के चेहरे पर गुस्से के भाव ने कब्जा कर लिया और उनकी बोली हल्की सी कठोर हो गई। पाण्डे जी की दहेज की चिंता पर सान्तवना देने के बजाए, उन्होंने उन्हें अपने शब्दों से उनकी कमियों के बारे में परिचित करवाने की कोशिश की।

जायसवाल जी ने पाण्डे जी से कहा, 'अगर लड़के वाले नीलम जैसी सुंदर, सुशील और शिक्षित लड़की को अपने घर की बहू बनाने के लिए दहेज की मांग कर रहे हैं तो इसके दोषी लड़के वाले नहीं सिर्फ आप और आप ही हैं। पढ़ी-लिखी होने के बावजूद भी आपने नीलम को नौकरी करने की इजाजत नहीं दी। अगर कहीं भी नौकरी करके 15 से 20 हजार महीना कमाती तो किसी भी लड़के के मां-बाप की हिम्मत नहीं होती मुंह से दहेज शब्द निकालने की, क्योंकि हमारी नीलम 'वर्किंग वुमन' कहलाती। लेकिन आज तो आपकी बेवकूफी के कारण ही लड़के वाले दहेज की मांग कर रहे हैं। एक गाय की भांति नीलम को घर के खूंटे से बांधकर और उसे नौकरी करने की इजाजत न देकर आपने नीलम की योग्यता पर प्रश्न चिन्ह लगा दिया है। यहां तक कि मैं तो कहता हूँ कि आपने नीलम की योग्यता को दफन ही कर दिया है। आप ही ने तो दिया है लड़के वालों को दहेज मांगने का सुनहरा मौका। नीलम की योग्यता का गला घौंटकर। कोई भी इंसान सामने वाले इंसान की कमजोरी, लाचारी और नाकामी का भरपूर फायदा उठाता है। ये गुण तो हम सभी मानव जाति में विद्यमान हैं तो हम लड़की वाले लड़के वालों से शराफत की उम्मीद कैसे कर सकते हैं? नीलम को घर में बैठा देखकर लगा लिया होगा लड़के वालों ने उसकी अयोग्यता का

अंदाजा। अपने आपको तीसमारखां समझकर बना ली होंगी नीलम के प्रति कई गलत धारणाएं कि लड़की ने सिर्फ नाम की डिग्रियां बटोर रखी हैं, अगर थोड़ी भी ढंग की होती तो नौकरी न करती, घर की गुड़िया बनकर थोड़ी न बैठी होती। जब लड़की कुछ कमाती-धमाती है ही नहीं तो फिर हम अपने कमाऊ लड़के को कैसे सोप दें, उसे फ्री फोकट में....। अगर लड़की कमाती तो बराबरी की होती और बिन कमाती हुई लड़की की शादी, कमाऊ लड़के के साथ, वो भी फ्री फोकट में, बिल्कुल भी संभव नहीं है।'

'आप ही बताइए पाण्डे जी, जिस बेटे की योग्यता का बखान करते नहीं थक रहे हैं आप, क्या उस बेटे की शादी आप किसी बिन नौकरी करने वाली लड़की के साथ बिना दहेज लिये कर देंगे? बोलिए? बोलिए न? बोलिए? मुझे पता है आपका जवाब। आप जानते हैं कि नौकरीपेशा लड़कियों से अपने बेटों की शादी करवाने का एक ट्रेंड सा चल पड़ा है समाज में। लेकिन सब कुछ जानते-बुझते हुए भी आप अनजान बनने की कोशिश करते हैं। सिर्फ अपनी आंखों को मूंदकर ये नहीं समझा जा सकता है कि पूरी दुनिया में अंधकार छा गया है।' बोलते-बोलते, जायसवाल जी के मुँह की कसरत कुछ ज्यादा ही हो गई थी। उन्होंने अपनी बोली को कुछ देर के लिए थामा और कुछ सोचते हुए टेबल पर रखी पानी की बोतल से पानी पीने लगे। जायसवाल जी ने पाण्डे जी की खटिया खड़ी कर दी थी। जायसवाल जी को, पाण्डे जी पानी पीते हुए ऐसे निहार रहे थे जैसे मानो कोई मासूम छात्र अपने निरदई शिक्षक के सामने खड़ा हो और शिक्षक पानी पीने के बाद उसे अंगारों पर चलने का दंड देने वाला हो। बिल्कुल तूफान आने से पहले की शांति की भांति।

लेकिन पाण्डे जी ने एक चालाक छात्र की भांति सामने के मौसम को देखते हुए पैरवी लगाई। 'बेटा नीलम तीन कप चाय और कुछ गरमा-गरम बना के ले आओ, तुम्हारे जायसवाल अंकल को भूख लगी है।' फिर तुरंत ही प्यारी सी आवाज में जवाब आया, 'अभी बना देती हूं पापा।' लेकिन जायसवाल जी के सामने तो सारी की सारी पैरवी फैल थी। चाहे वो किसी राष्ट्रपति की ही पैरवी क्यों न हो। सच का साथ देने वाले, न्याय प्रिय, सच को सच और झूठ का डटकर विरोध करने वाले इंसान थे, जायसवाल जी। आज वह किसी भी हालत में पाण्डे जी को बख्शने वाले नहीं थे, आखिरकार बख्शे

भी क्यों? किसी की जिंदगी का सवाल है और वो भी एक बेटी की जिंदगी का, जो बड़ी होकर एक 'मां' की भांति अपने माता-पिता की सेवा करती है और कभी भी ऐसा कुछ भी अनुचित नहीं करती, जिससे उसके मां-बाप के आत्मसम्मान को ठेस पहुंचे। एक कठोर शिक्षक की भांति जायसवाल जी टेबल पर पानी की बोतल रखते हुए बोले, 'भूख की ऐसी की तैसी पाण्डे जी। आप तो पहले ये बताइए कि आपने नीलम को नौकरी क्यों नहीं करने दी, उसे घर के खूंटे से क्यों बांधकर रखा? बोलिए? जवाब दीजिए पाण्डे जी?'

पाण्डे जी मन ही मन अपने जवाब को लेकर असमंजस में थे, कि कहीं सामने बैठे शर्मा जी और जायसवाल जी उनके जवाब को सुनकर गुस्से से तिलमिला न उठें या फिर उनके सड़े-गले पुराने जमाने की सोच को सुनकर उन पर हंसने न लगे। फिर से आवाज आई पाण्डे जी आप जवाब देंगे या नहीं? पाण्डे जी हिचकिचाते हुए बोले 'क्या बताएं जायसवाल जी मुझे ऐसा लगता है कि अधिकतर नौकरी करने वाली लड़कियां प्रेम विवाह ही करती हैं। अगर कहीं नीलम नौकरी करती और उसे भी अपने सहकर्मी से प्यार हो जाता तो? जायसवाल जी बोले 'होना होता तो हो जाता, इसमें कौन सी बड़ी बात है। अगर दोनों एक-दूसरे के साथ सहज महसूस करते तो दोनों की शादी भी करवा दी जाती। आखिरकार नीलम के पास भी तो दिल है, उसकी भी तो अपनी पसंद न पसंद और खुशियां हैं। नीलम की भावनाओं, इच्छाओं और दिल को बंधक बनाना ठीक नहीं है। अगर वह मेरी बेटी होती तो मैं उसे पूरी आजादी देता।' पाण्डे जी बोले 'बात सिर्फ प्यार या शादी तक ही आकर नहीं रुकती है, बात इज्जत की भी तो हैं।' जायसवाल जी बोले 'इज्जत की ....! लेकिन कैसे?' पाण्डे जी बोले 'देखिए बच्चे किसी से प्यार करते वक्त सामने वाले की जाति या धर्म थोड़ी न देखते हैं? उनके लिए तो प्यार की परिभाषा आज तक नहीं बदली है। उनके लिए तो आज भी प्यार अंधा ही है, न ही धर्म देखता है और न ही जात-पात, बस इस तेज रफ्तार जमाने में किसी ने आपसे दो-चार मीठे बोल क्या बोल दिए या फिर तीन-चार बार आपकी मदद क्या कर दी, सामने वाला ऐसे आकर्षित होता है कि इस आकर्षण को प्यार का नाम ही दे बैठता है और एक नये रिश्ते को जन्म देने के लिए, अपने मां-बाप के बरसों के प्यार को भुलाकर, उनकी बरसों की कमाई इज्जत को ताक पर रख देते हैं।'

'अगर नीलम किसी दूसरे जाति या धर्म के लड़के से प्यार कर बैठती तो आए दिन वह उससे शादी करने के लिए मुझे मनाती, रोती और गिड़गिड़ाती, जिससे घर के महौल में अशांति और कलह उत्पन्न होती। अगर कहीं नीलम की शादी उस लड़के से करवा देते तो पूरे समाज और परिवार में हमारी बदनामी होती कि पाण्डे जी की बेटी ने बाप की नाक कटवा दी और बदनामी सिर्फ हमारी ही नहीं नीलम की भी तो होती। उसे समाज में वह उचित स्थान और सम्मान नहीं मिलता, जो अरेंजड मैरिज वालों को मिलता है। वैसे भी लव मैरिज चलती ही कितने साल है? कुछ साल बाद तो तलाक हो ही जाता है। वैसे भी जिस रिश्ते की नींव ही आकर्षण पर रखी गई हो, वह रिश्ता आखिरकार ज्यादा दिनों तक चल ही कैसे सकता है? आकर्षण का बुखार तो एक-न-एक दिन उतरना ही है।'

जायसवाल जी ने जवाब दिया, 'आपसे ऐसा किसने कहा कि लव मैरिज वालों को समाज में वह उचित स्थान या सम्मान नहीं मिलता, जो अरेंजड मैरिज वालों को मिलता है? या फिर आकर्षण का रिश्ता ज्यादा दिनों तक नहीं चलता? पाण्डे जी आप ये बताइए कि कब आप अपने पुराने, सड़े गले विचारों और सोच के भंवर से बाहर निकलेंगे? जरा बाहर निकलिए, और देखिए कि समाज और दुनिया आपकी बोनी सोच और धारणाओं से बहुत ज्यादा बड़ी और विकसित है। जिस आकर्षण वाले प्यार को आप युवाओं की कमी मान रहे हैं और उसे नीचा दिखा रहे हैं, आज उसी आकर्षण वाले प्यार का समाज में बोलबाला है, क्योंकि यह आकर्षण अरेंज मैरिज वालों की तरह लड़की या उसके पिता की हैसियत या फिर दहेज को देखकर नहीं होता और न ही किसी वस्तु की भांति लड़की की कद-काठी और सुंदरता की जांच पड़ताल करके होती है। आकर्षण का प्यार कोई बच्चों का खेल नहीं है, जो किसी भी अच्छे खिलोने को देखकर आकर्षित हो जाए। आकर्षण का प्यार तो समर्पण का प्यार होता है, जो समर्पण सामने वाला आपके लिए करता है, उससे ही आकर्षित होकर आप अपना दिल उन्हें दे बैठते हैं। वैसी भी आकर्षित होना इतनी भी आसान बात नहीं हैं, काफी समय लग जाता है एक-दूसरे को जानने-पहचानने, समझने-समझाने, एक-दूसरे के परिवार वालों के अनुसार अपने आपको तैयार करने में। अपने मोहल्ले में ही देख लीजिए पंकज जी को। उन्होंने भी तो लव मैरिज की थी प्रिया जी से। प्रिया

जी उन्हीं के साथ तो उनके आफिस में काम करती थी। क्या उन्हें समाज में वो इज्जत नहीं मिली जो हम अरेंज मैरिज वालों को मिली है? बल्कि उन्हें तो हम लोगों से कई गुणा ज्यादा इज्जत और मान-सम्मान मिला है समाज में। आज पूरे पटना में उनकी जोड़ी की मिशाल दी जाती है। दोनों पति-पत्नी कमाऊ थे, इसका पूरा फायदा उनके मां-बाप और बच्चों को मिला। उनके पिता जी की किडनी खराब हुई तो वेल्लोर ले जाकर अच्छे से अच्छा इलाज करवाया। बेटी डाक्टर है और बेटा इंजीनियर, अब इससे ज्यादा और क्या अच्छा हो सकता है। हम लोग तो इतनी सारी चीजों की एक साथ कल्पना भी नहीं कर सकते हैं। जब प्रिया जी हमारे जमाने में आज से 30 साल पहले नौकरी करके पंकज जी के साथ लव मैरिज कर सकती हैं तो आज के जमाने में नीलम क्यों नहीं?'

तभी नीलम चाय और गरमागरम पकोड़े लेकर आई और उसकी नजरें अपने पिता से जा मिली। मानों अपने पिता को सन्तावना दे रही हो कि 'पापा आप चिंता मत किजिये, मैं हमेशा आपके फेवर में ही रहूंगी।' लेकिन पाण्डे जी ने नीलम से अपनी नजरें चुरा लीं। उन्हें ऐसा महसूस होने लगा कि भले ही नीलम मेरी किसी भी बात का विरोध नहीं करती है, लेकिन जायसवाल जी ठीक ही कह रहे हैं कि मैंने उसे गाय की भांति घर के खूंटे से बांध दिया है। तभी चाय की प्याली उठाते हुए जायसवाल जी बोले 'क्या बेटा नीलम, पापा को समझाती नहीं हो कि दुनिया बदल गई है। जरा! अपनी सोच भी बदल ले। तुम्हें पिंजरे से आजाद करके एक पंक्षी की भांति सफलता के आसमान में, पंख फैलाकर उड़ान भरने दें, ताकि तुम भी दूसरों की तरह, दुनिया को अपनी नजरों से देख सको, उसे जीतने की कोशिश कर सको। बेटा क्या तुम्हारा दिल नहीं करता कि तुम भी बाकि लड़कियों की तरह नौकरी करो? अपनी महत्त्वाकांक्षाओं और इच्छाओं की पूर्ति करो? शादी से पहले अपनी जिंदगी खुलकर अपने मन मुताबिक जीयो?'

नीलम बोली, 'अंकल कभी-कभी तो मैं भी इस विषय पर सोचती हूं और बहुत छटपटाती भी हूं। सुबह-सुबह जब अपनी सहेलियों को ऑफिस जाते हुए देखती हूं तो मन करता है कि तभी अपना रिज्यूम उठाऊं और किसी कंपनी में इंटरव्यू देने चली जाऊं, लेकिन तभी अंदर से आवाज आती है, नहीं! नीलम नहीं! ऐसा बिल्कुल भी मत करना। तुझे पता है न पापा

नहीं चाहते हैं कि तुम नौकरी करो। जिस चीज में पापा की खुशी है ही नहीं उसे करके तुझे क्या मिलेगा और अगर तू ही बेटी होकर पापा की बातें नहीं मानेगी तो फिर कौन मानेगा उनकी बात? अगर नौकरी करनी ही है तो शादी के बाद कर लेना तब तो पापा को भी कोई प्रॉब्लम नहीं होगी।'

नीलम की बातें सुनकर जायसवाल जी मुस्कुराए और फिर बोले, 'तुम्हारे जैसी बेटी आज के जमाने में मिलनी बहुत मुश्किल है और पाण्डे जैसा पुराने, पिछड़े और सड़े-गले ढीठ विचारों वाला इंसान भी मिलना नामुमकिन-सा ही लगता है आज के समय में। अभी भी समय है नीलम एक बार फिर से सोच लो.....। आने वाले वक्त के भरोसे अपने सपनों, खुशियों और इच्छाओं को नहीं छोड़ा जा सकता। क्या पता आने वाला वक्त इससे भी ज्यादा कठिन और बंदिशों से भरा हो और शायद सपने, सपने ही बनकर आंखों में ही दम तोड़ दें, इसलिये आज कोशिश करने पर जो भी कुछ हासिल होता है उसे खुलकर जी लो। बेवकूफों की तरह कल के भरोसे मत बैठो।' नीलम मुस्कुरा कर चाय के कप और प्लेटों को समेटने लगी। नीलम को देखकर जायसवाल जी को ऐसा महसूस हो रहा था कि मानों उनके सामने नीलम कप-प्लेट के रूप में अपने दिल के बिखरे हुए अरमानों और ख्वाबों को समेट रही हो।

ऑटो वाला आ चुका था। राज कंधे पर बैग टांगे हुए कमरे के बाहर आया और जायसवाल और शर्मा जी के पैर छुए। राज के गेट तक पहुंचते-पहुंचते उसकी मां, बहन नीलम, पिता जी पाण्डे समेत दोनों पड़ोसी राज को विदाई देने के लिए बाहर आ गए। राज ने अपने पिता के पैर छूते हुए मां से कहा कि 'आप पापा का ध्यान अच्छे से रखना, क्योंकि वक्त से दवा न खाना इनकी फितरत बन गई है और अगर थोड़ी भी समस्या हो तो मुझे बताने या बुलाने में बिल्कुल भी हिचकिचाहट मत करना।' इसके बाद उसने मां के पांव छुए।

आज मां कुछ ज्यादा ही भावुक हो उठी थी, बेचारी अपनी आंखों के आंसुओं को नियंत्रित नहीं कर पाई। उनके लिए तो आज राज, रानी बन गया था। इस जुदाई के दृश्य को देखकर तो ऐसा प्रतीत हो रहा था कि वह बेटे को नौकरी पर नहीं, बल्कि बेटी को ससुराल विदा कर रही हों। उन्होंने राज को 101 रुपये देते हुए, उसके माथे को चूम लिया और उसके चेहरे को आंख भरकर देखकर उसकी तस्वीर अपने दिल में उतारने की कोशिश की,

क्योंकि उन्हें पता था कि यह चेहरा अब उन्हें छः या सात महीने बाद ही देखने को मिलने वाला है। फिर उन्होंने रूंधे गले से राज को कहा, 'लखनऊ पहुंचते ही फोन करना', फिर तुरंत ही अपनी बात को काटते हुए बोली, 'लखनऊ पहुंचने पर ही क्यों हर दिन दो बार फोन करना, एक ऑफिस जाने से पहले और दूसरा ऑफिस से आने के बाद।' अब मेलमिलाप की बारी नीलम की थी। कहने को तो नीलम राज से चार साल बड़ी थी, लेकिन दोनों के बीच किसी भी प्रकार कि औपचारिकताओं का कोई स्थान नहीं था, न ही दीदी बोलने का और न ही पैर छूने का, सिर्फ गले मिलकर ही दोनों एक दूसरे पर अपना स्नेह बरसा देते थे। राज ने नीलम को गले लगाया और कहा, 'चिंता मत करना इस बार की पहली सेलरी से तुम्हारे लिए एक अच्छी-सा गिफ्ट भेज दूंगा और अगर गिफ्ट पसंद न आए तो कोई बात नहीं, राखी का मौसम भी तो आने ही वाला है, तब तुम्हारे लिए अच्छे से कंगन बनावा दूंगा।'

नीलम ने राज के चेहरे को सहलाते हुए कहा, 'तुम गिफ्ट की चिंता मत करो, बस खुद अच्छे से रहना और किसी को अपना दिल न दे बैठना, बस यही मेरे लिए सबसे बड़ा गिफ्ट होगा।' फिर नीलम मुस्कुराते हुए शरारती अंदाज में राज से बोली, 'वैसे भी तुम्हारा दिल लेगा भी कौन? अगर कौड़ियों के भाव भी होता तो कोई कबाड़ इकट्ठा करने वाली शायद इसे चवन्नी के दाम में खरीद लेती। लेकिन तुम्हारी किस्मत में तो कोई कबाड़ इकट्ठा करने वाली भी कहां? अगर वो आ जाए तब तो तुम्हारी जिंदगी ही सफल हो जाएगी।' नीलम की बातें सुनकर मां के मायूस चेहरे पर मुस्कान छा गई। तभी ऑटो के हार्न की आवाज आई। मां ने जल्दी-जल्दी राज को दही खिलाकर विदा किया और तब तक वहीं खड़ी रही, जब तक उनकी नजरों से ऑटो राज को लेकर ओझल नहीं हुआ।

राज के स्टेशन पहुंचने से पहले ही, उसकी ट्रेन अपने प्लेटफार्म पर पहुंच चुकी थी। स्टेशन पर हो रही अनाउंसमेट सुनकर कि 'पटना से लखनऊ जाने वाली राजधानी एक्सप्रेस प्लेटफार्म नंबर 4 पर आ रही है', राज थोड़ा हड़बड़ा सा गया। राज की हड़बड़ी को भांपते हुए, ऑटो वाले ने भी उससे 80 रुपए का मुनाफा कमा लिया। राज भी कम चालाक नहीं था, वह ऑटो वाले की बेमानी को तुरन्त समझ गया और झट से बोला, 'वाह! अंकल

मौके का फायदा उठाना तो कोई आपसे सीखे। मुझे जल्दबाजी में देख आपने तो झटपट 80 रूपये बढ़ा दिए। यात्रियों को लूटने की आपकी महिमा तो अपरंपार है।' राज को पता था कि ऑटो वाले से बहस करके कोई फायदा नहीं होने वाला है, बल्कि उल्टा उसकी ट्रेन निकल जाएगी। राज ने ऑटो वाले को 180 रुपये थमाए और दौड़ते-भागते हुए प्लेटफार्म तक पहुंचा।

उसके प्लेटफार्म पर पहुंचते ही ट्रेन भी खुल गई। राज जैसे-तैसे ट्रेन के अंदर दाखिल हुआ और अपनी सीट पर बैठकर एक गहरी सांस ली, जो कि सुकून की थी, और साथ ही बड़बड़ाते हुए बोला, 'ये मां का प्यार-दुलार भी न कभी-कभी मुझ पर कुछ ज्यादा ही भारी पड़ जाता है। किसी दिन इसी प्यार-दुलार के चक्कर में मुझे लेने के देने पड़ जाएंगें।' तभी राज का फोन रिंग होने लगा। उसने फोन की ओर देखा तो स्क्रीन पर माँ कॉलिंग, फ्लेस हो रहा था। राज ने फट से फोन रिसीव किया। मां उससे कुछ पूछती या फिर कुछ बोलती, इससे पहले ही राज ने अपने शब्दों से मां पर आक्रमण कर दिया। 'क्या मां आज तुम्हारे मेलमिलाप, विदाई-जुदाई और इमोशनल होने के तमाशे के कारण नौकरी से हाथ धोना पड़ जाता मुझे। मुझसे पहले तो आज ट्रेन ही प्लेटफार्म पर पहुंच गई थी। अगर ट्रेन छूट जाती तो पता है न फिर आपके कारण मेरा कितना बड़ा नुकसान हो जाता।' उधर से मां ने जवाब दिया 'नुकसान कैसे हो जाता, तू तो ज्वॉइनिंग से एक हफ्ते पहले ही लखनऊ जा रहा है और वैसे भी तुम्हारे साथ बड़ों का आशीर्वाद भी तो है और जहां आशीर्वाद होता है, वहां नुकसान नहीं होता।'

राज ने झट से जवाब दिया, 'बड़ों का आशीर्वाद सिर्फ कहने के लिए या फिर सान्तवना देने के लिए ही बना है। फल तो सिर्फ उन्हीं चीजों का मिलता है, जिसके लिए आपने कर्म किया हो, जी तोड़ मेहनत और संघर्ष किया। अगर सिर्फ बड़ों के आशीर्वाद से ही सब कुछ बैठे-बैठे मिल जाता तो आज हर एक बेरोजगार के पास रोजगार होता, हर भूखे के पास रोटी होती और हर एक भिखारी धन सेठ होता, क्योंकि उनके बड़े भी तो उन्हें फलने-फूलने, तरक्की करने और शिक्षित होने का आशीर्वाद देते हैं, सिर्फ उनकी ही बात क्यों बल्कि दुनिया के हर बच्चे को उनके बड़े यही आशीर्वाद देते हैं। लेकिन सिर्फ आशीर्वाद से ही सब कुछ नहीं होता है, अगर किसी बच्चे को भूख लगी हो और उस बच्चे की मां बच्चे को दूध की जगह

आशीर्वाद दे देगी, तो क्या उस बच्चे का आशीर्वाद से पेट भर जाएगा? बिल्कुल भी नहीं। आप ही बताओ मां अगर आज मेरी ट्रेन छूट जाती तो क्या आपका आशीर्वाद ट्रेन को फिर से मेरे लिए लौटाकर वापिस प्लेटफार्म पर ले आता? नहीं न....। ये बात आपको भी अच्छे से पता है। ये आशीर्वाद वगैरह कहने के लिए, किसी का दिल रखने के लिए या फिर किसी को प्रेरित करने के लिए ही ठीक है। इनका अस्ल जिंदगी में प्रभाव बहुत कम ही देखने को मिलता है।'

राज एक से बढ़कर एक शब्द और पंक्तियों को बोलकर अपनी मां की ममता, उनकी स्नेह और आशीर्वाद की बेइज्जती करते जा रहा था और वह बेचारी ममता और स्नेह की मूरत बन चुपचाप फोन पर अपनी बेइज्जती बरदाश्त किए जा रही थी। यह देखकर या फिर सुनकर बड़ा ही आश्चर्य होता है कि जिस पौधे को मां अपने खून से सींचती है, जिसकी हर छोटी-से-छोटी सफलता के पीछे आशीर्वाद मां का बेहिसाब प्रयास और आशीर्वाद होता है और जब तक ये पौधा पेड़ न बन जाए, तब तक उसे मां की देख-रेख और उसके आंचल की छाया मिलती है।

इतना कुछ करने के बावजूद भी राज जैसे बेटे अपनी मां के किए-कराए पर पानी फेर देते हैं। हमेशा यह साबित करना चाहते हैं कि सफल होने का गुण तो वह मां के पेट से ही लेकर पैदा हुए हैं। कितने स्वार्थी होते हैं, अपने स्वार्थ की पूर्ति के लिए मां तक को बेइज्जत करने से बाज नहीं आते और मां के अलावा बर्दाश्त करेगा भी कौन ऐसे एहसान फरामोशो को? राज का मां के लिए ऐसा बर्ताव कोई नई बात नहीं थी। शायद राज की मां को, अपने प्रति राज के ऐसे रवैये की आदत पड़ चुकी थी और शायद इसीलिए इतना कुछ सुनने के बावजूद भी वह गुस्से से तिलमिलाई नहीं, बल्कि उल्टा उसे समझाने की कोशिश की और जब वह नहीं माना तो उन्होंने चुप्पी साधना ही उचित समझा। राज की मां ने शायद चुप्पी भी यही सोच कर साधी होगी कि वह देर सवेर ही सही, मां के आशीर्वाद के महत्त्व को जरूर समझ जाएगा। काश! राज की मां को कोई उस समय यह समझा पाता कि राज अब बच्चा नहीं रहा, जो इस उम्र तक मां के स्नेह और आशीर्वाद के महत्त्व को नहीं समझ पाया, वह आगे चलकर क्या समझेगा। राज ने झुंझलाते हुए कहा, 'मां मेरा मूड बहुत खराब हो गया है, आपके

कारण, अब आप फोन रखो।' मां कुछ कहकर फोन काटती, इससे पहले राज ने खुद ही फोन काट दिया।

राज की सभी उल्टी-सीधी बातें उसके सामने वाली सीट पर बैठी हुई महिला चुपचाप सुन रही थी। उस महिला की उम्र यही कोई 58 से 60 साल के आसपास होगी। उस महिला के साथ शायद उसकी बेटी ही बैठी हुई थी जो हर 10 से 15 मिनट बाद उससे यह पूछ ही बैठती कि 'क्या मां तुम्हें पानी चाहिए? भूख लगे तो बताना? बहुत देर से बैठी हुई हो, जरा आराम कर लो। पान खाओगी क्या मां?' यह कुछ ऐसे प्रश्न और भाव उस लड़की के चेहरे पर थे जो साफ-साफ इस ओर इशारा कर रहे थे कि वह लड़की उस महिला की बेटी ही है, क्योंकि ऐसे स्नेह और चिंता भरे शब्द तो बहू के मुंह से सास के लिए निकलना जरा असंभव सा लगता है। उस महिला की नजरें बार-बार घूम-फिर कर राज पर ही अटक जा रही थीं। शायद इसका कारण राज और उसकी मां के बीच हुई बातें थीं। जिसे उस महिला ने सुना था। उस महिला के मन में रह-रहकर राज से बात करने की इच्छा उत्पन्न हो रही थी। शायद इस बात करने की इच्छा के पीछे का कारण भी, मां के लिए राज का रूखा रवैया था। उस महिला ने राज से बात करने की पहल की।

महिला - 'बेटा कहां से हो?'

राज - 'पटना से।'

महिला - 'ओह! तो बिहारी हो।'

राज - 'हां आंटी, और आप?'

महिला - 'मैं राजस्थानी हूं। कहां जा रहे हो बेटा?'

राज - 'सरकारी बैंक में नौकरी लगी है और लखनऊ में जॉइनिंग है, बस वहीं जा रहा हूं।' फिर महिला चुप हो गई। उसने कुछ मन-ही-मन सोचा और फिर बोली, 'छोरा मुझे एक बात बता, तू अपनी मां पर इतना क्यों बिगड़ रहा था?' राज ने जवाब दिया, 'क्या बताऊं आपको आंटी...। मैं अपनी मां से कभी-कभी बहुत ही ज्यादा परेशान हो जाता हूं। मैं कहीं भी जाता हूं तो वह बहुत इमोशनल हो जाती हैं और उनकी इसी भावुकता के कारण मेरी बनी हुई बात बिगड़ने लगती है और जब उन्हें समझाने की कोशिश करो तो कहने लगती है कि मेरा आशीर्वाद है ना तुम्हारे साथ, फिर

बात कैसे बिगड़ेगी? आप ही बताइए आंटी, क्या सिर्फ आशीर्वाद से जिंदगी चल जाएगी?'

महिला ने जवाब दिया, 'छोरा बच्चों की जिंदगी में मां के आशीर्वाद की बहुत ही बड़ी भूमिका होती है। मां के आशीर्वाद के बिना छोटी-से-छोटी सफलता मिलना भी बहुत मुश्किल है। तुमने देखा है कभी उन बच्चों को, जिनके सिर पर मां का साया नहीं होता। उन्हें छोटी-से-छोटी चीजों और सफलताओं को पाने के लिए कितनी मशक्कत करनी पड़ती है? कभी यह सोचा है कि उन्हें इतनी कठिनाइयों का सामना क्यों करना पड़ता है? हर छोटी से छोटी चीजों को हासिल करने के लिए अपार मेहनत क्यों करनी पड़ती है? इन सभी चीजों के पीछे एक ही कारण है, वह है सिर्फ और सिर्फ मां के आशीर्वाद का अभाव। जाने दे छोरा, शायद तू अभी छोटा है, या फिर तुझे अपने परिवार से ज्यादा लगाव नहीं है, इसलिए तेरे लिये यह सभी बातें मायने नहीं रखती होंगी। लेकिन एक दिन जब तेरी शादी होगी और तेरे बच्चे होंगे, तब तू भी इसी दौर से गुजरेगा और जब तेरे बच्चे भी बिल्कुल वैसा ही व्यवहार तेरे साथ करेंगे जैसा कि तू आज अपनी मां के साथ कर रहा है, तब तुझे पता चलेगा कि बड़ों का आशीर्वाद और उसके प्रभाव का क्या महत्त्व होता है।'

महिला अभी बोल ही रही थी कि अचानक राज का फोन फिर से रिंग होने लगा। राज ने फोन की ओर देखा तो स्क्रीन पर मां कॉलिंग फ्लैश हो रहा था। राज के चेहरे के भाव को देखकर महिला समझ गई थी कि जरूर फिर से राज की मां ने उसे फोन किया है। महिला 1 मिनट भी गवाए बिना झट से बोली, 'देख छोरा इस बार चिड़चिड़ाना मत, अच्छे से बात करना अपनी मां से। इतना ज्यादा भी दिल दुखाना ठीक न है अपनी मां का।' राज ने अनमने ढंग से हंसते हुए जवाब दिया, 'हां-हां ठीक है, आंटी। इस बार अच्छे से बात करूंगा और आप बोलेंगी तो फोन पर से ही मां के पांव पकड़कर माफी भी मांग लूंगा।' महिला ने कहा, 'छोरा तू अपनी मां से बस ढंग से बात करना ही सीख जा, वही बहुत है मेरे लिए और रही बात पांव पकड़कर मां से माफी मांगने की तो उसके लिए तुझे और चार-पांच जन्म लेने पड़ेंगे, क्योंकि यह सब चीजें तुझसे इस जन्म में तो होने से रहीं।'

राज ने फोन रिसीव किया। इस बार फोन पर मां नहीं बल्कि नीलम थी।

फोन रिसीव होते ही नीलम झट से बोली, 'तुमने मां से इतने रूखे तरीके से बात क्यों की? तुम्हारे कारण मां कितनी दु:खी हो गई है, तुम्हें पता भी है? उस समय से लगातार रोते ही जा रही है। तुम्हें यह पता है कि इन सभी बातों का मां के दिल पर कितना ज्यादा और गहरा असर पड़ता है तो फिर बार-बार उन्हें यह सब बोलकर चोट क्यों पहुंचाते हो? तुम्हारे कारण मां कितनी दु:खी है? लेकिन फिर भी तुम्हारी चिंता किए बिना नहीं रह पा रही है। कह रही है कि बेटा नीलम राज को फोन करके पूछो तो उसने खाना खाया कि नहीं अभी तक। अगर ना खाया हो तो कहना जल्दी खाकर सो जाए वरना कल सुबह 7:00 बजे उसकी नींद नहीं खुलेगी और ट्रेन लखनऊ स्टेशन पार कर जाएगी।' राज ने जवाब दिया, 'मां को बोलो मेरी चिंता न करे। मुझे जहां, जिस समय पर पहुंचना है, मैं वहां पहुंच ही जाऊंगा। अब मैं बच्चा नहीं रहा, जो हर चीज वह मुझे याद दिलाएंगी और समझाएंगी।' यह कहकर राज ने फोन कट करने के बजाए, सीधे स्विच ऑफ कर दिया।

सामने बैठी महिला फिर से बोली, 'वाह! रे छोरा! अब बहन को भी डोज दे दिया। कम-से-कम पहले मां से माफी तो मांग लेता। बड़ी ही खास मिट्टी से भगवान ने बनाया है तुझे, किसी की भी इज्जत करनी ही नहीं आती है तुझे। राज दोपहर से महिला की संस्कार भरी बातें सुनकर और खुद की बेइज्जती बार-बार होते देख ऊब चुका था। अब उसके चेहरे के भाव को देखकर स्पष्ट रूप से पता चल रहा था कि वह अब महिला को नहीं बख्शने वाला है। राज सीट पर अच्छे से पाल्थी मार कर बैठ गया और बोला, 'देखिए आंटी, आप दोपहर से मुझे सुनाती जा रहीं हैं और मैं चुपचाप सुनता जा रहा हूं। मैं आपकी बातों का जवाब नहीं दे रहा, इससे आपको साफ-सुथरे तरीके से पता लग जाना चाहिए कि मैं खास मिट्टी से ही बना हूं, इसलिए आपकी इज्जत कर अभी तक चुप हूं। आप मुझे बार-बार संस्कारों का ज्ञान मत दिया कीजिए। बिना संस्कारों के तो मैं इतना बड़ा नहीं हुआ हूं। मुझे यह अच्छे से पता है कि मुझे अपनी मां और बहन से किस तरह बात करनी है? आप थोड़े संस्कारों का ज्ञान, अपनी आने वाली पीढ़ी के लिए भी बचा कर रख लीजिए। वरना ऐसा ना हो कि दूसरों को संस्कारों का ज्ञान बांटते-बांटते आपके खुद की ही आने वाली पीढ़ी, संस्कारों के उजियारे से वंचित रह जाए।'

राज की बातें सुन महिला सन्न रह गई। अब राज की बातों का जवाब देना, महिला को नागवार लगा। वह समझ गई थी कि राज के साथ बात बढ़ाना, मतलब खुद की बेइज्जती को न्योता देना है, इसलिए उसने चुप रहना ही बेहतर समझा। बढ़ता वक्त रात पर पूरी तरह हावी हो चुका था। सुबह राज को लखनऊ उतरने के लिए जल्दी उठना भी था। उसने बैग से टिफिन निकाला, जिसमें मां ने उसके खाने के लिए लिटिया और धनिया की चटनी बनाकर रखी थी। राज की मां हमेशा ही उसकी सेहत को लेकर काफी सतर्क रहती थी। वह कभी भी, कहीं भी, किसी भी सफर में जाता तो मां हमेशा ही उसे घर का बना हुआ खाना ही देती थी। इसके पीछे भी उसकी मां के दो कारण थे, पहला कि राज की सेहत ठीक रहे और दूसरा कि सफर में पेट भरने के लिए, उसे ट्रेन से उतर कर इधर-उधर भटकना ना पड़े। राज ने फटाफट खाना खत्म किया और सो गया। ट्रेन अपनी पटरियों पर चलती रही और रात तथा अंधेरे का साथ घटता गया और देखते-ही-देखते सूरज की किरणें ट्रेन की खिड़कियों से ताका-झांकी करने लगीं।

एक बार फिर से राज का फोन रिंग हुआ। लेकिन राज की नींद इतनी हल्की और बारीक कहां थी, जो एक रिंग पर ही खुल जाती। फोन अब पांचवी बार रिंग कर रहा था, तभी राज की नींद खुली। उसने झटपट यह सोचते हुए चप्पल पहनना शुरू किया कि वह इस बार उस महिला के सामने बैठकर अपने घर वालों से बात नहीं करेगा, क्योंकि वह महिला हर बात पर, उसे संस्कारों का ज्ञान देने लगती है। तभी उसकी नजर सामने वाली सीट पर पड़ी और उसने देखा कि सीट खाली है। वह समझ गया कि वह महिला ट्रेन से उतर चुकी है। वह मुस्कुराते हुए बड़बड़ाया, 'अच्छा ही है जो उतर गई, वरना सुबह-सुबह ही संस्कारों का ज्ञान देना शुरू कर देती। अब कोई भी नहीं है रोकने टोकने वाला, अब बड़े ही आराम से और निश्चिंत होकर बात करूंगा।'

अब फोन आठवीं बार रिंग कर रहा था। राज ने फोन रिसीव किया।

राज – 'हेलो।'

उधर से नीलम की गुस्से से भरी आवाज आई, 'क्यों रे, बड़ी जल्दी तूने फोन रिसीव कर लिया।'

राज – 'सॉरी, कुछ सोच रहा था, इसलिए देर हो गई फोन रिसीव करने में।'

नीलम – 'मां ने कहा था कि तुम्हें फोन करके जगा दूं। वरना तुम्हारी देर तक सोने की आदत के कारण लखनऊ का स्टेशन निकल जाएगा।'

राज – 'मां जाग गई है क्या?'

नीलम ऐंठते हुए बोली, 'नहीं तुम्हारे फोन का इंतजार कर रही थी कि तुम ही फोन करके मां को जगा दोगे।'

राज – 'तुम अभी भी मुझसे गुस्सा हो? यार सॉरी, मैं क्या करता? कल मेरा मूड बहुत खराब हो गया था।'

नीलम – 'चलो कोई बात नहीं। तुम्हारी बहुत पुरानी आदत है, भरपूर बेइज्जती कर एक छोटा-सा शब्द सॉरी कहने की। लेकिन कुछ दिनों बाद फिर से तुम यही हरकतें दोहराओगे।'

राज – 'चलो अब मान भी जाओ। यह बताओ कि मां मुझसे बात क्यों नहीं कर रही है? क्या वह अभी तक मुझसे गुस्सा है?'

नीलम – 'मां और वह भी गुस्सा तुमसे.... यह तो वही बात हो गई रात बिन अंधेरा। मां तुमसे बिल्कुल भी नाराज नहीं है। मां ने मन्नत मांगी थी कि तुम्हें बैंक की नौकरी मिल जाएगी तो वह जगन्नाथ मंदिर में सुबह-सुबह जाकर प्रसाद चढ़ाएंगी। आज वह सुबह 5:00 बजे ही मंदिर के लिए निकल गईं। जब वह मंदिर से आ जाएंगी तो मैं तुम्हारी बात उनसे करवा दूंगी। अब मैं फोन रखती हूं, मुझे नाश्ता बनाने की तैयारी भी करनी है। तुम अपना ध्यान रखना और घर पहुंचते ही फोन करना।' यह कहकर नीलम ने फोन रख दिया।

राज ने फोन पर टाइम देखा, अभी भी एक घंटा समय बाकी था, ट्रेन का लखनऊ स्टेशन पहुंचने में। राज ने जल्दी-जल्दी अपने बैग से टूथब्रश और पेस्ट निकाला और बाथरूम में जाकर फ्रेश हो गया। देखते-ही-देखते एक घंटे का समय मिनट-दर-मिनट करके बीत गया और ट्रेन लखनऊ स्टेशन पर रुक गई। राज ट्रेन से उतरा और उसकी नजरें बड़ी ही बारीकी से भीड़ को निहारने लगीं, मानो जैसे उसकी नजरें किसी अपने की तलाश में जुटी हों। शायद राज किसी अपने की ही तलाश कर रहा था। तभी एक लड़का उस भीड़ से निकला और राज के गले लग गया। राज उस लड़के को देखकर बहुत खुश था। उस लड़के ने राज का बैग उठाया और दोनों बातें करते हुए स्टेशन के बाहर चल दिए। राज का यह दोस्त शांत स्वभाव और तेज दिमाग

वाला था। उसका नाम भी बिल्कुल उसी के अनुरूप था 'तेजस'। राज की बातों से इतना तो साफ पता चल रहा था कि तेजस भी किसी सरकारी बैंक में कार्यरत है। राज ने तेजस से पहला सवाल किया।

राज – 'तेरी जॉब लाइफ कैसी चल रही है?'

तेजस – 'मस्त।'

राज – 'कामवाली रखी है?'

तेजस – 'नहीं, आजकल काम वालियों के बहुत भाव बढ़े हुए हैं। सभी प्रधानमंत्री नरेंद्र मोदी जी की छत्रछाया में रहकर खुद को महारानियां समझने लगी हैं। पीला कार्ड और कोटे के राशन के बदौलत तो उनकी हरियाली चल रही है। फिर क्या जरूरत है घर-घर जाकर काम करने की। सो बदलते हुए वक्त को देखते हुए मैंने खुद को ही काम वाला बना लिया।'

राज – 'काम वाला? कैसा काम वाला? यह काम वाला कौन-कौन से काम करता है?'

तेजस – 'ऑफिस जाने से पहले काम वाला बनकर झाड़ू-पोछा, बर्तन और कपड़े धोना और फिर खाना बनाना। फिर शाम को ऑफिस से आने के बाद चाय बनाना, रात के खाने की तैयारी करना और अंत में 4 भोग लगाकर मतलब दाल-चावल, रोटी और सब्जी खाकर, बर्तन धोकर सो जाना। फिर से अगली सुबह उठकर इन्हीं कामों में फिर से जुट जाना।'

तेजस ने एक टेंपो वाले को रोककर पूछा, 'भैया साकेत कॉलोनी चलोगे?' टेंपो वाले की हामी भरने और किराया ठीक-ठाक होने के बाद दोनों टेंपो पर बैठ गए। राज ने तेजस से पूछा कि 'तुम्हें बैंक की नौकरी करते हुए पूरे 4 साल हो चुके हैं, फिर भी तुमने अभी तक बाइक क्यों नहीं खरीदी?' तेजस ने जवाब दिया, 'बैंक घर के बिल्कुल पास ही है।' राज ने कहा, 'लेकिन तब भी एक बाइक जरूर होनी चाहिए। जब तुम्हें घर से दूर जाकर कहीं पिकनिक मनाना होगा तो क्या तुम टेंपो और बसों की ठोकरें खाते फिरोगे?' तेजस ने कहा, 'देख राज मेरे कंधों पर बहुत जिम्मेदारियां हैं। मैं अपने शौक को पूरा करने के लिए फिजूलखर्ची नहीं कर सकता। अगर मैंने खुद की मौज मस्ती के लिए बाइक खरीद ली तो छोटी को शादी में बाइक कैसे दे पाऊंगा? और मेरे पापा तो तेरे पापा की तरह पैसे वाले हैं नहीं।'

राज ने कहा, 'देख तेजस तेरी जो भी सोच हो अपने परिवार वालों और

जिम्मेदारियों को लेकर, मैं उसे बदल तो नहीं सकता, लेकिन हां अपने बारे में जरूर बता सकता हूं कि मैं अपनी जिंदगी बड़े ही ऐशो-आराम से जिऊंगा, हर शौक को पूरा करूंगा, किसी भी प्रकार की जिम्मेदारियों से खुद को स्वतंत्र ही रखूंगा। एक तो भगवान कितनी मशक्कत के बाद इंसान का जन्म देते हैं। उस पर जिम्मेदारियों और रिश्तों के बोझ तले, मैं खुद की इच्छाओं, महत्त्वाकांक्षाओं, जरूरतों और शौक की बलि नहीं चढ़ा सकता। अगर मेरी जरुरत, पसंद और शौक के आड़े, पैसे की कमी आई भी तो मैं पापा के सामने मुंह खोलने से हिचकिचाने वाला नहीं।' एक-दूसरे के मन की बातों का आदान-प्रदान करते-करते स्टेशन से घर तक के बीच का रास्ता कब गुजर गया, दोनों को पता ही नहीं चला। तभी टेंपो वाले की आवाज आई, 'येलो भैया! साकेत कॉलोनी आ गया। यहीं उतरेंगे या फिर और आगे ले चलूँ।' तेजस ने कहा, 'नहीं-नहीं हमें यहीं उतरना है।' तेजस ने टेंपो वाले को पैसे दिए और राज को लेकर अपने घर की ओर चल पड़ा।

तेजस ने अपने घर का ताला खोला और राज का यह कहते हुए स्वागत किया कि 'तेजस की तेजहीन और गरीब-सी फटेहाली भरी दुनिया में आपका स्वागत है राज साहब।' तेजस की बातें सुन राज खुद को ठोकर मारने से रोक नहीं सका। इसके बाद तेजस ने राज को कहा कि तुम मुंह हाथ धोलो, तब तक मैं तुम्हारे लिए चाय नाश्ता तैयार करके ले आता हूं। राज मुंह-हाथ धो कर आ गया। लेकिन उसे तो आज अपना पेट चाय नाश्ते से नहीं बल्कि बातों से भरना था। आज राज की बातों की भूख के आगे सभी तरह के चाय-नाश्ते फेल थे। राज ने कहा, 'यहां आने से पहले विनोद अंकल बता रहे थे कि हमारे मोहल्ले के दीपक, वरूण, जय और प्रकाश भी यहीं, इसी मोहल्ले में रहते हैं?'

तेजस ने कहा, 'हां, सभी यहीं रहते हैं। कुछ खास मौकों पर हम सभी मिलकर पार्टी भी करते हैं। अभी 2 महीने पहले ही हम लोगों ने मिलकर वरूण के घर उसके जन्मदिन की पार्टी रात 2:00 बजे तक इंजॉय की थी, बहुत ही मजा आया था, उसकी बर्थडे पार्टी में।

तेजस ने कहा, 'लखनऊ आने से पहले मेरे मन में भी बहुत सारे डर थे नया शहर, नये लोग और नया माहौल कैसे एडजस्ट कर पाऊंगा मैं? लेकिन जैसे ही मैं लखनऊ पहुंचा, उन लोगों ने मुझसे कांटेक्ट कर लिया। फिर उन

लोगों के साथ के बदौलत मुझे इस नए शहर के साथ तालमेल बैठाने में बिल्कुल भी परेशानी नहीं हुई। उन लोगों ने तो यह भी पता कर लिया होगा कि तुम भी यहां आ गए हो। संडे को चलना सभी से मिलवा दूंगा।' बातों ही बातों में ना जाने सूरज कब सिर के ऊपर से हौले-हौले कर, नीचे उतर कर दोपहर के वक्त की गोद से उठकर, शाम की बाहों में बिखरने लगा, राज को पता ही नहीं चला।'

तभी अचानक क्रिकेट खेलते बच्चों का बॉल तेजस के घर की खिड़की के रास्ते उसके कमरे में घुस आया। राज ने बॉल को उठाते हुए घड़ी की ओर देखा तो शाम के 5:30 बज रहे थे। राज ने तेजस की ओर देखकर कहा, 'आज बातों ही बातों में कितना वक्त निकल गया पता ही नहीं चला? अब बाहर जाकर जरा बच्चों के साथ क्रिकेट भी खेल लेता हूं।' राज बॉल लेकर घर के बाहर निकला। 10 से 12 बच्चों की टोली बाहर चुपचाप खड़ी होकर अपनी बॉल का इंतजार कर रही थी और उनके चेहरे पर साफ-साफ डर भी छलक रहा था कि कहीं तेजस उन लोगों की शिकायत, उनके घर वालों से ना कर दे। तभी राज ने एक बच्चे के सामने हाथ बढ़ाते हुए कहा कि 'ये लिजिए आप लोगों की बॉल।' राज ने फिर बच्चों से दोस्ती बढ़ाने के लिए, उनका नाम पूछना शुरु किया। एक-एक कर सभी बच्चों ने अपना नाम राज को बताया। तभी उन बच्चों के झुंड में से एक गोल-मटोल बच्चे ने, जिसका नाम आमिर था, उसने राज से सवाल किया, 'भईया आपने तो हम सबका नाम जान लिया, लेकिन अभी तक खुद का नाम नहीं बताया। बताइए आपका नाम क्या है?'

'राज ने हंसते हुए जवाब दिया, मेरा नाम राज है, मेरे बारे में और कोई जानकारी चाहिए हो तो बताइए जनाब?'

आमिर - 'नहीं भईया, बस नाम ही जानना था मुझे। अम्मी कहती हैं कि मोहल्ले में कोई भी नया किराएदार आए तो उसका नाम पूछ लेना और मुझे बताना।'

राज - 'लेकिन आपकी अम्मी ऐसा क्यों करती हैं? जासूस हैं क्या?'

आमिर - 'नहीं भईया, मेरी अम्मी हर नए किराएदार को रात में दावत पर बुलाती हैं।'

राज - 'वाह! यह तो बहुत अच्छी बात है। फिर तो मुझे भी आपकी

अम्मी के हाथों से बना स्वादिष्ट खाना खाने का मौका मिलेगा। लेकिन इसमें तो आपकी अम्मी को बहुत मेहनत करनी पड़ेगी। क्यों पड़ती हैं आपकी अम्मी, इतनी मेहमान नवाजी के चक्करों में?'

आमिर – 'अम्मी कहती हैं कि मेहमानों के शरीर में अल्लाह का वास होता है और उनकी सेवा करने पर अल्लाह हमें इस दुनिया से रुखसत होने के बाद जन्नत में जगह देते हैं। पड़ोसियों की सेवा करने से एकता बढ़ती है, एक दूसरे के लिए मर मिटने की भावना जागृत होती है और धर्म-जाति की दीवार ध्वस्त हो जाती है।' राज एकटक आमीर की सूरत निहारते हुए बड़े ही ध्यान से उसकी बातें सुनता जा रहा था। शायद इतने ध्यान से राज ने कभी खुद के मां-बाप और बहन की बातें भी नहीं सुनी होंगी। राज को ऐसा महसूस हो रहा था कि ये बातें कोई छोटा-सा बच्चा नहीं, बल्कि कोई बहुत ही प्रख्यात मौलाना या फिर हज करके लौटा हुआ, हाजी बोल रहा है। तभी आमिर ने राज का हाथ पकड़कर हिलाते हुए कहा, 'क्या हुआ भईया, क्या सोच रहे हैं?'

राज – 'कुछ भी नहीं बच्चा। बस यही सोच रहा था कि आप कितने छोटे हैं, लेकिन समझदारी तो बड़ों से भी कई गुना ज्यादा है, आपमें। आपकी अम्मी ने कितने अच्छे संस्कार दिए हैं आपको। शायद सबकी मांएं आपकी अम्मी जैसी ही शिक्षा अपने बच्चों को देतीं तो आज कोई भी हिंदू-मुस्लिम, सिख-इसाई और अमीर-गरीब की चक्की में घुट-घुट कर नहीं पिस्ता, बल्कि सभी भगवान के खेत की, एक समान लहलहाते हुए फसलें होते।'

आमिर – 'भईया, आप मेरे फ्रेंड बनेंगे?'

राज – 'जरूर बच्चा।'

आमिर – 'मेरे साथ क्रिकेट खेलेंगे?'

राज – 'हां, बच्चा जरूर खेलूंगा।'

देखते ही देखते शाम ढल गई। अंधेरे ने आसमान को अपने आगोश में लेकर, अपनी और आसमान की खूबसूरती को बढ़ाने के लिए चांद और सितारों को न्योता देना शुरू कर दिया। एक-एक कर सभी बच्चे अपने घर जाने लगे। राज भी घर जा ही रहा था कि अचानक ही आमिर ने उसका हाथ फिर से पकड़ लिया और बोला कि 'भईया आप मेरे घर चलिए।'

राज – 'आज तो बहुत देर हो चुकी है बच्चा, कल मैं पक्का आपके

घर आऊंगा।' अमिर ने बोला, 'क्या भईया आप अपने इस छोटे से फ्रेंड की बात नहीं मानेंगे? चलिए ना प्लीज, अम्मी आपको देखकर बहुत खुश होंगी।' राज आमिर के प्यारे से चेहरे को देखकर दूसरी बार ना नहीं कह पाया। उसने कहा, 'ठीक है मेरे छोटे से फ्रेंड चलिए आपके घर चलते हैं।' राज ने आमिर को गोद में उठाया और उसके घर की ओर चल पड़ा। आमिर के घर का दरवाजा खुला हुआ था। उसकी अम्मी सोफे पर बैठ कर सब्जियां काट रही थी। शायद रात के खाने की तैयारी चल रही थी। राज को, आमिर को गोद में लिए आता देख, उन्होंने झट से सब्जियों की थाली टेबल पर रखी और अपनी ओढ़नी से सिर पर आंचल ले लिया। वह राज से कुछ पूछ या फिर कुछ बोल पाती, इससे पहले ही राज ने उनके पैर छूते हुए अपना परिचय देना शुरू कर दिया। 'नमस्ते अंटी, मेरा नाम राज है। आज ही यहां लखनऊ आया हूं। आपके सामने वाले घर पर अपने दोस्त के साथ किराए पर रहता हूं।' राज और कुछ बोलता, इससे पहले ही आमिर बीच में कूद पड़ा और राज के तारीफों के पुल बांधने लगा। 'अम्मी भईया बहुत ही अच्छे हैं और बहुत अच्छा क्रिकेट भी खेलते हैं और आज इन्होंने मेरे साथ भी क्रिकेट खेला। अम्मी भईया मोहल्ले में नए आए हैं और आप मोहल्ले के हर नए सदस्य को दावत पर बुलाती हैं। इस हिसाब से आप भईया को भी दावत पर बुलातीं, इसलिए देर किए बिना ही मैं भईया को पहले ही बुला ले आया। अम्मी आज रात आप भईया को हमारे यहां खाना खिलाओगे ना?'

राज ने कहा, 'नहीं-नहीं बच्चा, मेरा दोस्त घर पर रात का खाना बना रहा है। मैं अपने घर ही खाना खाऊंगा, आप अपनी अम्मी को, गंदे बच्चों की तरह परेशान मत करो बच्चा।' तभी आमिर की अम्मी बोली, 'ठीक तो बोल रहा है आमिर, आज रात तो आपको हमारे यहां ही खाना खाना पड़ेगा।' राज ने बात काटते हुए कहा, 'नहीं अंटी मेरा दोस्त घर पर खाना बना रहा है, अगर मैंने पहले ही दिन उसके साथ खाना नहीं खाया तो उसे बहुत बुरा लगेगा। वैसे भी मैं इस शहर में नया हूं, मेरी किसी के साथ जान-पहचान तो है नहीं, इस पराए शहर में बस तेजस ही अपना है। उसने मेरी बहुत मदद की है तो मैं भी चाहता हूं कि मेरी तरफ से कोई कमी ना रह जाए। जितना ज्यादा हो सके, उतना ज्यादा अपनी दोस्ती अच्छे से निभाऊं।'

तभी अमिर के अब्बू घर में घुसे। एकदम गोरा रंग, लंबी-चौड़ी कद-काठी,

कोई भी दूर से ही देखकर पहचान जाए कि जनाब पठान हैं। अपनी भारी आवाज से उन्होंने राज और अमिर की मां के बीच चल रही बहस में हस्तक्षेप किया। उन्होंने आमिर की मां से पूछा, 'क्या हुआ नफीसा जी ये बच्चा हमारे घर का खाना खाने में इतना ना-नुकुर क्यों कर रहा है? कहीं यह भी तो मुसलमानों से नफरत नहीं करता? या फिर उनके घर खाना खाने को अपना धर्मभ्रष्ट करना समझता है?' राज ने झट से जवाब दिया, 'अंकल आप ऐसा बोल के मुझे शर्मिंदा कर रहे हैं, और मेरे संस्कारों का अपमान भी। मेरी मां ने मुझे बचपन से ही सिखाया है कि कोई भी इंसान हिंदू-मुस्लिम या सिख-इसाई नहीं होता, बस लोगों ने अपनी महत्त्वाकांक्षाओं और लालच की पूर्ति के लिए, खुद को जात और धर्म के आधार पर बांट लिया है।'

आमिर के अब्बू ने कहा, 'जब तुम इतने ही समझदार हो तो इतने समय से आंटी की बात क्यों नहीं मान रहे हो।' उन्होंने राज के हाथ से उसका फोन लेते हुए कहा, 'लाओ में तेजस को फोन करके कह देता हूं कि आज रात तुम्हारा दोस्त राज, हमारे यहां खाना खाएगा।' आमिर के अब्बू ने तेजस को फोन कर राज के रात्रि दावत, खुद के यहां होने की सूचना दे दी। इसी बीच आमिर अपनी कुछ किताबें लेकर राज के पास आया। उसने राज से पूछा कि 'भईया क्या आप होमवर्क बनाने में मेरी मदद करेंगे? मैं मैथ्स में बहुत कमजोर हूं और बहुत बार मैथ्स में दिए हुए सारे होमवर्क गलत हो जाते हैं और फिर स्कूल के सर मुझे बहुत मारते हैं। इसी डर से चाहकर भी मैं उनकी मदद नहीं ले पाता। भईया प्लीज मेरी मदद कीजिए।' राज ने आमिर के हाथों से किताब लेते हुए कहा, 'इसमें प्लीज बोलने की क्या जरूरत है बच्चा। मैं जरूर तुम्हारा होमवर्क पूरा करवाऊंगा और सिर्फ होमवर्क ही नहीं बल्कि आपकी मैथ्स की कमजोरी को भी दूर कर दूंगा।'

राज के मददगार स्वभाव को देखकर नफीसा जी मुस्कुराते हुए बोली, 'आप लोग पढ़ाई कीजिए, मैं आप लोगों के लिए चाय और बिस्किट भेजती हूं।' राज और आमिर दोनों ही पढ़ाई में मशगूल थे। तभी अचानक पायल की छम-छम करती आवाज आने लगी। पायल की यह छम-छमाती हुई आवाज राज पर बिल्कुल वैसा ही काम कर रही थी, जैसा किसी ध्यान मग्न तपस्वी की तपस्या मेनका भंग कर रही हो। राज ने अपनी नजरें उठाई, सामने एक लड़की ट्रे में चाय लेकर खड़ी थी। सांवला रंग, बड़ी-बड़ी आंखें

और समान्य कद-काठी, कुल मिलाकर, मामूली रंग रूप की ही थी लड़की। लेकिन ना जाने क्यों चाह कर भी राज अपनी नजरें उस लड़की पर से हटा नहीं पा रहा था, और राज की नजरों को खुद को निहारते हुए देख लड़की की आंखें शर्म से झुकती ही जा रही थीं। शायद ये जादू लड़की के लाल रंग के कपड़ों का था, जो उसके सामान्य व्यक्तित्व और साधारण चेहरे पर सौंदर्य की लाली बिखेर रहा था। उस लड़की ने राज के सामने टेबल पर चाय रखी। राज अभी सोच ही रहा था कि वह किस बहाने से उस लड़की का नाम पूछे। लेकिन इस समस्या से भी उसे आमिर ने निजात दिला दी।

'भईया, यह मेरी सबसे बड़ी दीदी 'अल्फा' है ट्वेल्थ में पढ़ती है। दीदी बहुत ही टेस्टी खाना बनाती है और साथ ही चाय भी। भईया आप चाय पीकर देखिए, पक्का मेरी दीदी के फैन हो जाएंगे।' आमिर की हद से ज्यादा ही तारीफ सुन, अल्फा शर्मा कर वहां से चली गई। देखते-ही-देखते 2 घंटे बीत गए। राज भी आमिर का होमवर्क पूरा करवा चुका था। तभी नफीसा जी की आवाज आई, 'राज बेटा आ जाइए, खाना तैयार हो चुका है।' आमिर ने धीमी आवाज में राज से कहा, 'आज तो अम्मी ने बहुत सारे लजीज पकवान बनाए होंगे, देखिए भईया कितनी अच्छी खुशबू आ रही है।'

राज, 'हां बच्चा, खुशबू तो बहुत ही अच्छी आ रही है। अब तो मेरे पेट में हाथी भागदौड़ करने लगे हैं।'

आमिर - 'चलिए भईया, मैं आपको अपने बाकी भाई-बहनों से मिलवाता हूं। आमिर राज को खाने की टेबल पर ले आया। खाने की टेबल को देखकर राज के होश उड़ गए। एक से बढ़कर एक पकवान टेबल पर सजे हुए थे। राज को खाने की टेबल पर लखनऊ के पूरे नवाबी खान-पान के दर्शन हो गए। राज का आधा पेट तो खाने की खुशबू और उसकी सजावट को ही देख कर भर गया था। आमिर के परिवार के सभी सदस्य खाने की टेबल पर बैठ चुके थे। अब आमिर ने एक-एक कर, अपने परिवार के सभी सदस्यों से राज की जान-पहचान करवानी शुरू की।

आमिर - 'भईया मेरी अम्मी, अब्बू और अल्फा दीदी से तो आप पहले ही मिल चुके हैं। इन तीनों के अलावा भी मेरे एक और भईया और दीदी हैं। मेहर दीदी नाइंथ की स्टूडेंट है और नूर भईया इलेवंथ के। लेकिन दोनों ही मुझे होमवर्क करने में मदद नहीं करते हैं।'

राज – 'आपकी अल्फा दीदी, वह आपकी मदद करती हैं या नहीं होमवर्क बनाने में?'

आमिर – 'अल्फा दीदी को घर के कामों से फुर्सत मिले तब ना वह मेरी मदद करेंगी। दिन–भर तो घर का काम करती हैं। उन्हें तो खुद ही बड़ी मुश्किल से मौका मिलता है पढ़ाई करने का। उनका पूरा मन तो सिर्फ खाना बनाने में ही लगता है, इसलिए तो वह पढ़ाई में फोकस नहीं कर पाती हैं।'

राज – 'कोई बात नहीं बच्चा, पढ़ाई में मन नहीं लगता तो क्या हुआ? खाना बनाने में तो मन लगता है। आगे चलकर आपकी दीदी बहुत बड़ी कुक बन जाएंगी। उनका एक शानदार फाइव स्टार होटल होगा, जिसमें आप रोज अपनी दीदी के हाथों से बने डिलीशियस खाना खाएंगे।'

आमिर – 'भईया, सिर्फ मैं ही क्यों आप नहीं खाएंगे दीदी के फाइव स्टार होटल में खाना?'

राज – 'अगर आप और आपकी दीदी की परमिशन होगी, तो मैं भी आ जाया करूंगा कभी–कभी आपके होटल में।' तभी आमिर की मां आमिर और राज को टोकते हुए बोली, 'आप लोग होटल की ख्याली बिरयानी बाद में पका लेना वरना आप दोनों के सामने परोसा हुआ वास्तविक बिरयानी ठंडा हो जाएगा।' राज ने बिरयानी का पहला निवाला मुंह में डाला और ना चाहकर भी वह आमिर से यह पूछ ही बैठा कि 'यह बिरयानी भी आपकी दीदी ने ही बनाई होगी न?' लेकिन इस बार आमिर से पहले उसके अब्बू ने ही जवाब दे दिया, 'हां बेटा, यह बिरयानी तो अल्फा ने ही बनाई है। मेरी बेटी के हाथों से बने खाने का कोई जवाब नहीं है। अल्फा की तारीफें सुन नूर को बहुत जलन हो रही थी। वह ईर्ष्या की आग में बुरी तरह जल रहा था। वह ना चाहकर भी अल्फा के विरोध में बोल ही पड़ा, अब्बू आपके ही लाड़–प्यार और झूठी तारीफों के बदौलत उसका मन पढ़ाई में नहीं लगता है और रही बात खाने की तो मुझे उसके बनाए खाने में कुछ खास नजर नहीं आता है।' अल्फा के विरोध में नूर की बातें सुन उसके अब्बू गुस्से से तिलमिला उठे। उन्होंने ऊंचे स्वर में चिल्लाते हुए बोला, 'पहले तो तुम अल्फा की इज्जत करना सीखो, वह तुमसे बड़ी है, अल्फा को तुम या इसे कहकर पुकारना भी बंद करो और रही बात उसकी पढ़ाई की तो तुम इसकी चिंता मत करो, क्योंकि उसका अब्बू मैं हूं, तुम नहीं और अगर तुम्हें अल्फा

के बनाए हुए खाने में कुछ खास नजर ही नहीं आता है तो किसी ने तुम से जबरदस्ती नहीं की है, इस खाने को खाने के लिए।'

अपने अब्बू के द्वारा की गई बेइज्जती से गुस्से में आकर नूर अपने खाने की प्लेट को धक्का देकर अपने रूम में चला गया। लेकिन पीछे से नूर को मनाने या फिर उसे खाना खिलाने कोई भी नहीं गया। यह देख कर राज समझ गया था कि शायद, आज जैसी घटना नूर के साथ पहले भी हो चुकी है। शायद वह पहले भी अल्फा की बेइज्जती कर अपने अब्बू से बेइज्जत हो चुका है। राज को चुपचाप बैठे देख आमिर ने पूछा, 'भईया आप खाना क्यों नहीं खा रहे हैं?'

राज – 'आपके भईया नूर अपना खाना छोड़ कर चले गए इसलिए मुझे बिल्कुल भी अच्छा नहीं लग रहा है।'

आमिर – 'नूर भईया तो अक्सर ही ऐसा करते हैं और फिर अब्बू की डांट पड़ने पर, खाना छोड़कर चले जाते हैं, इसलिए आप चिंता छोड़िए और खाना खाइए भईया।'

देखते-ही-देखते सभी लोगों ने खाना खा लिया। इतना स्वादिष्ट खाना खाकर राज कुछ ज्यादा ही खुश था। उसने आमिर के सिर पर हाथ फेरते हुए उसके अब्बू से कहा, 'अंकल अब तो आमिर को अपना ट्यूशन टीचर मिल ही चुका है। अब कल से आप इसे रोज मेरे घर भेज दीजिएगा पढ़ने के लिए और इसके अलावा अगर आपको कोई भी तकलीफ हो तो मुझे जरूर बताइएगा।' आमिर के अब्बू एक सेकेंड भी गवाए बिना ही झट से बोल पड़े 'एक तकलीफ तो है।'

राज – 'वह क्या है, अंकल?'

आमिर के अब्बू – '3 महीने बाद अल्फा की इंटर की परीक्षाएं शुरू होने वाली हैं और मैं उसकी पढ़ाई और भविष्य को लेकर काफी चिंतित हूं। मैं चाहता हूं कि तुम उसे परीक्षा की तैयारी करवाओ। अगर वह यूं ही घर के कामों और खाना बनाने में व्यस्त रही तो शायद ही वह एक बार में इंटर पास कर पाए, इसलिए मेरी तुम से विनती है कि जिस तरह तुम आमिर के टीचर बने हो वैसे ही कुछ महीनों के लिए अल्फा के भी टीचर बन जाओ।'

राज – 'अंकल आप इतनी-सी बात के लिए विनती शब्द का इस्तेमाल करके मुझे शर्मिंदा कर रहे हैं। इन दोनों को पढ़ाना कौन-सी बड़ी बात है।

कल से शाम में, पहले मैं अल्फा को पढ़ाऊंगा और फिर आमिर को। बस आप समय पर दोनों को मेरे पास भेज दिजिएगा।' अगले ही दिन से आमिर और अल्फा का राज के घर ट्यूशन पढ़ने का सिलसिला चल पड़ा। आमिर को तो ट्यूशन में भरपूर पढ़ाई मिलती थी। लेकिन अल्फा को पढ़ाई कम और जान पहचान बढ़ाने के चैप्टर्स ज्यादा पढ़ाए जाते थे। देखते-ही-देखते पूरा हफ्ता गुजर गया और राज के ज्वाइनिंग का दिन आ गया। सुबह-सुबह ही मां, पापा और नीलम ने राज को आफिस के पहले दिन की शुरुआत के लिए बेस्ट आफ लक बोल दिया था। अब बारी अल्फा के परिवार वालों की थी। राज को बेस्ट आफ लक बोलने की। राज ने तो अल्फा के परिवार वालों को बताया ही नहीं था कि आज उसकी नौकरी का पहला दिन है, इसलिए वह खुद ही बैंक जाने से पहले उनके घर आशीर्वाद लेने चला गया। राज जब अल्फा के घर गया तो उसे अल्फा की अम्मी मिली। राज ने उनके पैर को छूते हुए कहा, 'आंटी, आज मेरी नौकरी का पहला दिन है, तो सोचा कि ऑफिस जाने से पहले किसी बड़े का आशीर्वाद ले लूं इसलिए सीधे आपके पास चला आया।' अल्फा की अम्मी ने राज को आशीर्वाद देते हुए कहा, 'तुम बड़े ही संस्कारी हो बेटा, अल्लाह तुम्हें खूब दौलत-शोहरत और बरकत दे।' राज की नजरों को इधर-उधर नाचता देख वह समझ गई थी कि जरूर उसकी नजर कहीं ना कहीं अल्फा को ही तलाश रही हैं। उन्होंने कहा, 'बेटा सभी घर से बाहर गए हैं। आमिर के अब्बू काम पर गए हैं और सभी बच्चे स्कूल। अब तुम्हारी मुलाकात सभी से शाम को ही हो पाएगी। राज ने कहा, 'ठीक है आंटी, आप शाम को दोनों को समय पर पढ़ने के लिए भेज दीजिएगा।'

ऑफिस का पहला दिन राज के लिए काफी अच्छा रहा। सहकर्मियों पर उसका काफी प्रभाव रहा। प्रभाव रहे भी क्यों ना आखिरकार वह अपने कॉलेज का टॉपर जो था। पहला दिन बैंक में काम करने के तौर तरीकों को सीखते और सहकर्मियों से जान-पहचान बढ़ाते हुए बीता। सुबह से जो बैंक एक-एक कर ग्राहकों की संख्या से खचाखच भरा पड़ा था, अब शाम ढलने के कारण वहां सन्नाटा छाने लगा। अब राज की छुट्टी हो चुकी थी। शाम के 6:00 बजने वाले थे और यह वक्त अल्फा के ट्यूशन का था। इसी कारण राज जल्द से जल्द घर पहुंच जाना चाहता था। वह नहीं चाहता था

कि अल्फा को उसके लिए 1 मिनट भी इंतजार करना पड़े। दिन के 24 घंटो में से मात्र 1 घंटा तो उसे अल्फा के साथ समय बिताने का मौका मिलता है। वह भी ट्यूशन पढ़ाने के नाम पर। राज इन 60 मिनटों में से एक भी मिनट, किसी भी सूरत में नहीं गवाना चाहता था। तभी राज की नजर एक मिठाई की दुकान पर पड़ी और उसने सोचा कि आज उसकी नौकरी का पहला दिन है और वह एक हफ्ते से तेजस के घर में मुफ्त की रोटियां तोड़ रहा है, किसी भी काम में उसकी मदद नहीं करता और अगर आज के दिन भी वह घर खाली हाथ चला गया तो तेजस उसे कुछ नहीं बोलेगा। लेकिन खुद की भी शर्म और कुछ जिम्मेदारियां होती हैं, इसलिए राज ने मिठाई की दुकान से तेजस के लिए कुछ मिठाईयां खरीद लीं।

राज घर पहुंचा तो उसने देखा कि अल्फा कुर्सी पर बैठी हुई है और उसके सामने टेबल पर एक कप गरमा-गरम चाय और पकौड़े रखे हुए हैं। चाय की ओर देखते हुए राज बोला, 'वाह! अल्फा तुम्हें भी चाय पीने की आदत है। तेजस कहां है? जरा उसे भी बोल दूं, मेरे लिए भी एक कप चाय बना दे।'

अल्फा - 'मेरे लिए भी एक कप चाय बना दे मतलब? कहीं आप यह तो नहीं सोच रहे हैं कि यह चाय मेरे लिए तेजस ने बनाई है?'

राज मुस्कुराते हुए बोला, 'हां, मैं तो बिल्कुल यही सोच रहा हूं।'

अल्फा - 'बिल्कुल गलत समझ रहे हैं आप। यह चाय मेरे लिए तेजस ने नहीं, बल्कि मैंने आपके लिए बनाई है। तेजस तो 1 घंटे पहले ही घर की चाबी मुझे देखकर, अपने किसी दोस्त के घर चले गए। मुझे पता था कि आपको ऑफिस से आने के बाद चाय पीने की आदत है इसीलिए..........।

राज - 'वाह! तुम्हें इतना सब कुछ पता है मेरे बारे में।'

अल्फा - 'ज्यादा कुछ तो नहीं, लेकिन एक हफ्ते के ट्यूशन के दौरान आपकी छोटी-छोटी आदतों के बारे में तो जान ही चुकी हूं।' ट्यूशन के 1 घंटे का समय, अल्फा के साथ बातें करते-करते राज के लिए कुछ सेकेंडों में ही बीत गया। राज को ऐसा महसूस हो रहा था कि मानो घड़ी की सूइयां उसके पनपते हुए प्यार की दुश्मन बनने को आतुर हैं, इसलिए शायद हद से ज्यादा ही तेज रफ्तार से दौड़ती जा रही हैं। घड़ी में 7:00 बज चुके थे। अब आमिर भी राज से ट्यूशन पढ़ने आ चुका था। अल्फा घर जाने के लिए

अपनी किताब कॉपियाँ समेटने में बिजी थी और राज यह सोचने में बिजी था कि आखिरकार अल्फा को यहां कुछ और वक्त के लिए कैसे रोका जाए। अल्फा दरवाजे से बाहर निकल ही रही थी कि अचानक राज ने उसे आवाज दी 'अल्फा रुको'।

अल्फा – 'क्या हुआ?'

राज – 'मेरे लिए एक कप चाय और बना दो प्लीज।'

अल्फा – 'एक छोटी-सी चाय के लिए प्लीज कहने की क्या जरूरत है। हम दोनों पर इतना हार्ड वर्क करेंगे तो चाय तो पीना ही पड़ेगा ना बार-बार।' अपनी कॉपी किताबें टेबल पर रख कर अल्फा सीधे किचन में घुस गई और 5 मिनट के अंदर ही राज के लिए चाय बना कर ले आई। राज के प्रति अल्फा का सेवा भाव, राज को अल्फा की ओर, और भी ज्यादा आकर्षित कर रहा था। अल्फा को दरवाजे की ओर जाता देख राज ने एक बार फिर उसे रोकने की कोशिश की। इस बार राज ने यह बहाना बनाया कि 'देखो अल्फा, काफी अंधेरा हो चुका है। इतने अंधेरे में तुम्हारा अकेले घर जाना ठीक नहीं है। थोड़ी देर रुक जाओ। आमिर के ट्यूशन खत्म होने के बाद मैं तुम्हें और आमिर दोनों को एक साथ ही तुम्हारे घर छोड़ आऊंगा।' लेकिन इस बार अल्फा ने राज की बात नहीं मानी। उसने राज से कहा कि 'एक तो ऐसे ही काफी देर हो चुकी है, अगर कहीं और देर हो गई तो अम्मी आपराधिक पुलाव (अपराध की कल्पना वाले पुलाव) दिमाग में पका-पका कर अपना आपा खो बैठेगी।' यह कहकर अल्फा वहां से चली गई, फिर कुछ समय बाद आमिर के भी ट्यूशन का समय पूरा हो गया। राज घर पर अकेला था और तेजस भी अभी तक अपने दोस्त के घर से नहीं लौटा था। तन्हाई के कारण राज को रह-रहकर अल्फा की याद आ रही थी। अल्फा की प्यारी आवाज, उसका सांवला चेहरा, शर्माती हुई आंखें, मददगार स्वभाव और भी ना जाने उसके कितने सारे अनदेखे भाव जिसे बड़े ही गौर और बारीकी से सिर्फ राज ने हीं देखा था। वह सभी राज के दिमाग की गैलरी को फुल कर रहे थे। तभी अचानक राज के दिल ने उसके दिमाग को एक मैसेज किया। राज के दिमाग ने जब उस मैसेज को पढ़ा तो उसमें लिखा हुआ था कि 'क्यों ना अभी अल्फा के घर चला जाए।' फिर राज के दिमाग ने दिल को रिप्लाई किया 'इतनी रात को'?

दिल – 'हां क्यों नहीं?'

दिमाग – 'रात के 9:00 बज रहे हैं। अगर इस वक्त राज अल्फा के घर जाएगा तो तरह-तरह के सवाल उठेंगे?'

दिल – 'तरह-तरह के सवाल क्यों उठेंगे? आखिरकार राज अल्फा और आमिर का ट्यूशन टीचर है।'

दिमाग – 'फिर भी इतनी रात को किसी के घर जाने के पीछे कोई ना कोई ठोस कारण तो होना ही चाहिए ना? बिना कारण रात को किसी जवान लड़की के घर जाना, मतलब कानाफूसी को आमंत्रित करना है। तुम ही कोई आईडिया बता दो, जिससे राज अल्फा के घर जा सके।'

दिल – 'मेरा काम तो प्रेम के प्रति भावना जगाना, प्रेम का इजहार करवाना, प्रेम को पाने के लिए जद्दोजहद करना और प्रेम के लिए मर मिटने को तैयार रहना है, ना कि आइडिया और सुझाव देना। इंसान को हर कठिनाइयों से बाहर निकालना तुम्हारा काम है, आखिरकार इसी विशेषता के कारण ही तो तुम इतने मशहूर हो, इसलिए तो तुम्हें इतनी प्रसिद्धि और ख्याति मिली है और इसीलिए तो तुम्हारा नाम 'दिमाग' है। अगर तुम इतना भी ना कर सके तो फिर किस काम के हो? सिर्फ नाम के ही दिमाग हो क्या?' दिल और दिमाग में काफी देर तक बहस हुई, आखिरकार अंत में दिमाग को ही एक आइडिया आया। आज राज की नौकरी का पहला दिन था और घर में कुछ मिठाइयां भी रखी हुई थीं, क्यों ना नौकरी की पहले दिन की खुशी में मिठाईयां देने के बहाने ही अल्फा के घर चला जाए। यह आइडिया आते ही राज ने 1 मिनट भी गवाए बिना मिठाइयों के पैकेट्स में से एक पैकेट उठाया और घर में ताला लगाकर अल्फा के घर की ओर चल दिया।

जब राज अल्फा के घर पहुंचा तो उसने देखा कि अल्फा की अम्मी डाइनिंग टेबल पर सभी को खाना परोस रही है। तभी अचानक अल्फा की अम्मी की नजर राज पर पड़ी और उन्होंने तुरंत ही राज को खाने पर आमंत्रित कर लिया। वैसे भी अल्फा की मां राज को खाने पर आमंत्रित क्यों ना करती आखिरकार राज उनके दोनों बच्चों का मार्गदर्शन जो कर रहा था। वैसे भी हमारे भारत में लोग गुरुओं की सेवा में किसी भी प्रकार की कोई भी कमी नहीं छोड़ते हैं। यहां तक कि उनकी इच्छाओं की पूर्ति करने के लिए अपने जीवन की सबसे अनमोल वस्तु तक न्यौछावर कर देते हैं। जैसे गुरु द्रोण

ने एकलव्य को बिना प्रशिक्षण दिए ही, गुरु दक्षिणा में उसकी जीवन की सबसे अनमोल वस्तु उसका अंगूठा ही मांग लिया था और यहां अल्फा और आमिर के चक्कर में बात सिर्फ राज को रात में खाना खिलाने की ही तो थी, भला इससे पीछे कैसे हट सकती थी, अल्फा की अम्मी।

वैसे भी आज तो राज उनके दरवाजे पर मेहमान के साथ ट्यूशन टीचर भी तो बन कर आया था। एक तो मेहमान वह भी शिक्षक के रूप में। आज तो राज दो-दो रूपों में दर्शन दे रहा था। इस दो रूपी इंसान की इतनी खातिरदारी तो बनती ही थी। लेकिन इस दो रूपी इंसान ने अपना तीसरा रूप सभी की नजरों से छुपा कर रखा था। वह तीसरा रूप था 'एक प्रेमी का'। राज तो अब पूरी तरह प्रेम का पुजारी बन चुका था। वह तो अब दिन-रात अल्फा नामक देवी की पूजा और उसके दर्शन चाहता था। अब वह पूरी तरह से अल्फा के प्रेम की तपस्या में लीन हो जाना चाहता था। अब तो अल्फा भी राज के प्यार को समझने लगी थी, उसकी सराहना और कद्र करने लगी थी, क्योंकि अब राज का गूंगा प्यार मुखर हो उठा था। एक-एक दिन गुजरता गया और राज के नौकरी के 1 महीने पूरे हो गए।

सैलरी मिलने की खुशी तो थी ही राज को। लेकिन यह खुशी एक दु:ख भरी खबर को, अपना साथी बना कर राज के पास आई थी। वह दु:ख की खबर यह थी कि राज के पिता को दूसरी बार हार्ट अटैक आ चुका था। अल्फा और उसके साथ अपने नए-नए पनपे प्यार को छोड़कर राज दूर नहीं जाना चाहता था और इतने कठिन हालात में पिता और परिवार से मिले बिना रह भी नहीं सकता था। उसके सामने अब दो रास्ते थे, एक प्यार का और दूसरा परिवार का। अगर वह स्वार्थी होकर सिर्फ प्यार का साथ देता, अल्फा से दूरी को बर्दाश्त नहीं करता तो उसके हाथों से उसका परिवार छूट जाता और उसके हिस्से में सिर्फ बदनामी आती और यह बदनामी अल्फा को भी अपने आगोश में लिए बिना नहीं रहती। दूसरी तरफ अगर वह परिवार का साथ देता तो प्यार, समाज, सम्मान और हालात सब उसके साथ होते और यह बदनामी का डर उससे कोसों दूर ही रहता। राज को खुद की बदनामी की चिंता से ज्यादा अल्फा की बदनामी की चिंता थी, क्योंकि उसने अपने मन के मंदिर में प्रेम की देवी अल्फा की स्थापना जो कर ली थी और वह अपने इस नये नवेली मोहब्बत को समाज के सामने एक उदाहरण बनाना

चाहता था। वैसे भी तो समाज में कई उदाहरण बनते हैं। कुछ प्यार करने वाले, अपने प्यार के साथ बर्बाद हो जाते हैं, तो कुछ प्यार करने वाले आबाद हो जाते हैं। अब राज का प्यार उसे आबाद करता है या फिर बर्बाद, यह आगे चलकर उसकी हिम्मत और किस्मत ही तय करने वाली थी।

जिस दिन राज ने अपने पिता के हार्ट अटैक की बात सुनी, उस रात राज की आंखों की नींद गायब थी। वह चिंता से बहुत बेचैन था और इस चिंता और बेचैनी का कारण खुद के पिता का हार्ट अटैक आना कम और अल्फा से दूर जाना ज्यादा था। राज का शरीर तो बिस्तर पर बार-बार करवटें ले रहा था, लेकिन उसका दिल और दिमाग करवटें बदलने को तैयार नहीं थे। नींद, सुकून, चैन और प्यार, अब राज की हर इच्छा का ठिकाना अल्फा बन चुकी थी। ना जाने इन चंद दिनों में ही अल्फा के साथ राज का कैसा रिश्ता जुड़ गया था, जो उसके खून के रिश्तों पर भारी पड़ने लगा। यह प्यार था या फिर आकर्षण, इस में अंतर करने में राज को बहुत मुश्किल हो रही थी। उसका दिल और दिमाग प्यार की ही रट लगाए बैठे थे। मन में यह अल्फा के लिए उमड़ती हुई भावनाएं, चाहे प्यार की हो या फिर आकर्षण की, जो कुछ भी हो लेकिन यह राज को एक खास एहसास जरूर करवा रही थी। जिसने उसके शांत दिल में एक सुनामी-सा ला दिया था। राज की पूरी रात अल्फा के ख्यालों के साथ आंख मिचौली करते हुए बीत गई और उसने तय कर लिया कि वह पटना जाने के बाद कैसे अपने और अल्फा के बीच की दूरी को कम कर सकता है। सुबह उठकर राज सब से पहले एक मोबाइल की दुकान पर गया और एक मोबाइल फोन खरीदा। इसके बाद वह सीधे अल्फा के घर चला गया। अल्फा के अब्बू सुबह-सुबह चाय की गरमा-गरम चुस्की का आनंद ले रहे थे। राज को दरवाजे पर खड़ा देख बोले, 'अरे बेटा इतनी सुबह तुम यहां? आज सुबह-सुबह ही दोनों को ट्यूशन पढ़ाना है क्या?'

राज - 'नहीं, अंकल।'

अल्फा के अब्बू - 'तो फिर कोई काम है क्या?'

'अंकल पापा को हार्ट अटैक आ गया है और मैं आज शाम की ट्रेन से पटना जा रहा हूं।'

अल्फा के अब्बू घबराते हुए बोले, 'हां-हां, जल्दी जाओ बेटा और किसी चीज की जरूरत हो तो जरूर बताना। तभी अचानक अल्फा के अब्बू की

नजर मोबाइल के डब्बे पर पड़ी जो राज ने अपने हाथों में ले रखा था। वह तुरंत ही बोल पड़े, 'बेटा तुमने अपने लिए नया मोबाइल खरीदा है?'

राज – 'अपने लिए नहीं, अल्फा के लिए अंकल।'

अल्फा के अब्बू – 'वो क्यों?'

राज – 'अंकल, मैं 20 दिनों के लिए पटना जा रहा हूं और अल्फा के इंटर के एग्जाम्स बहुत नजदीक हैं, इसलिए मैं यह फोन उसके लिए लाया हूं, ताकि पढ़ते वक्त जिस भी समय अल्फा को कोई समस्या हो तो वह मुझे तुरंत फोन कर ले।'

अल्फा के अब्बू – 'देखो बेटा, मैंने आज तक कभी भी अल्फा को फोन खरीद कर नहीं दिया है और ना ही कभी अल्फा ने मुझसे फोन की मांग की है। मैं नहीं चाहता हूं कि अल्फा के पास फोन हो और 20 लड़कों के बीच उसका नंबर बट जाए। मैं नहीं चाहता हूं कि अल्फा के पास फोन आने के बाद वह पढ़ाई छोड़ किसी लड़के के प्यार के झांसे में आ जाए। बेटा, तुम्हें तो पता होगा ही कि हम लोगों में बेटियों को ज्यादा छूट नहीं दी जाती हैं। लेकिन तब भी मैंने अपने बाकी रिश्तेदारों की तुलना में अल्फा को ज्यादा छूट दी है। कहीं भी बाहर जाते समय उसे बूर्के की कैद से आजाद रखा है। ऐसा ना हो कि यह फोन मेरी अब तक की परवरिश पर पानी फेर दे और अल्फा मेरे हाथों से निकल जाए।'

अल्फा के अब्बू पुराने खयालों के थे। उन्हें फोन और घूमना–फिरना बच्चों को मात्र बिगाड़ने का साधन प्रतीत होता था। जिस प्रकार सिक्के के 2 पहलू होते हैं, उसी प्रकार हर बात के दो प्रभाव होते हैं, एक सकारात्मक और दूसरा नकारात्मक। अल्फा के अब्बू भी ठीक इसी प्रकार फोन और घूमने–फिरने के सिर्फ नकारात्मक पहलू को ही देखना चाहते थे और उन्होंने कभी चाहकर भी इसके सकारात्मक पहलू को देखने की कोशिश ही नहीं की। वह यह समझना ही नहीं चाहते थे कि आज की इस तेज रफ्तार दुनिया में जो इंसान फोन का इस्तेमाल नहीं करेगा, बाहर घूमेगा–फिरेगा नहीं, तो वह आगे बढ़ने की रेस में पिछड़ जाएगा। अगर वाकई में बच्चे फोन के इस्तेमाल से बिगड़ रहे होते तो श्रीमान नरेंद्र मोदी जी देश दुनिया में घूम–घूमकर 'डिजिटल इंडिया' का प्रचार ना करते और ना ही आज भारत के बच्चे, देश–दुनिया में अपनी सफलता का तिरंगा लहरा पाते। लेकिन राज भी हार मानने वालों में

से कहां था। उसने भी जिद्द कर ली थी कि वह अल्फा को यह फोन देकर ही जाएगा। फिर क्या था, राज ने फोन में सिम कार्ड लगाया और इंटरनेट से पढ़ाई करने का ऐसा गुणगान किया कि अल्फा के अब्बू भी फोन और उसके फायदे के कायल हो गए। उनकी आंखों पर सालों से बंधी फोन के नकारात्मक प्रभाव की, काली पट्टी राज की बदौलत, तुरंत ही गायब हो गई।

अब इंतजार की घड़ी खत्म हो चुकी थी, क्योंकि फोन के लिए अल्फा के अब्बू का कबूलनामा राज के पास था। राज अल्फा के कमरे में गया और उसे फोन देते हुए कहा, 'आज मुझे पहली सैलरी मिली है, इसलिए तुम्हारे लिए यह छोटा-सा गिफ्ट लिया है। सोचा था कि पहली सैलरी से तुम्हारे लिए चांदी की पाजेब लाऊंगा। जिससे दूर से ही तुम्हारी पायल की छमछम की आहट की आवाज सुनकर पता चल जाएगा कि तुम मेरे पास आ रही हो। लेकिन ऐसा हो ना पाया, क्योंकि मैं तुम से मिलो दूर पटना जा रहा हूं। जहां चाह कर भी तुम मुझे ना पायल की छमछम की आहट सुना पाओगे और ना ही मैं सुन पाऊंगा। पापा को हार्ट अटैक आया है इसलिए पटना जा रहा हूं। तुम्हें छोड़कर जाने का बिल्कुल भी दिल नहीं कर रहा है। लेकिन क्या करूं मजबूर हूं? तुम्हें अपने साथ लेकर भी तो नहीं जा सकता, क्योंकि अभी हमारा रिश्ता बेनाम है और पहचान हीन भी। लेकिन मैं तुमसे वादा करता हूं कि मैं जल्द ही अपने इस रिश्ते को नाम और पहचान जरूर दिलवाऊंगा। पटना जा रहा हूं इतनी दूर से तो तुम्हारे पायल की छमछम आहट सुन नहीं सकता, लेकिन हां इस फोन के सहारे तुम्हारी बातों की खनखनाहट जरूर सुन लूंगा और मैसेज के सहारे, तुम्हारे प्यार के एहसास की खुशबू मुझ तक पहुंचती रहेगी और अगले महीने सैलरी मिलेगी तो तुम्हारे पैरों को चांद और सितारों से जड़े हुए पाजेब से सजाऊंगा।'

राज लगातार बोलते जा रहा था और अल्फा चुपचाप सुनती जा रही थी। राज बोलते-बोलते भावुक हो गया और अल्फा को गले से लगा लिया। अल्फा भी तो राज को मन-ही-मन पसंद करने लगी थी, इसलिए उसने राज को खुद को गले लगाने से रोका नहीं। फिर अचानक ही राज को अल्फा की अम्मी-अब्बू का खयाल आया और उसने अपने आपको संभाला। राज अल्फा के कमरे से बाहर जा ही रहा था कि अचानक वह दरवाजे के पास रुक कर पीछे मुड़ा और अल्फा से पूछ ही बैठा कि 'क्या तुम्हें मुझसे कुछ

नहीं कहना है?' अल्फा ने लाज के घूंघट से ढके चेहरे पर हल्की-सी मुस्कान और नजरों को हया के साथ उठाते हुए जवाब दिया, 'तुम्हारी बहुत याद आएगी मुझे, इंतजार करूंगी जल्दी आना।' अल्फा का बस इतना-सा ही कह देना, राज के लिए जन्नत जीतने के बराबर था।

राज ट्रेन में था, ट्रेन के पहिए तो पटरी पर दौड़ रहे थे। लेकिन राज का मन तो अल्फा के प्रेम के मंदिर में लीन होकर घोर तपस्या कर रहा था। ट्रेन और राज दोनों ही जल्दबाजी में थे। ट्रेन को जल्दबाजी थी कि वह जल्द से जल्द निर्धारित समय पर अपने यात्रियों को उनकी मंजिल तक पहुंचा दें और राज को इस बात की जल्दबाजी थी, कि वह जल्द-से-जल्द अपने पिता से मिलकर अपनी मंजिल यानी की अल्फा के पास पहुंच जाए। यह प्यार भी कैसी चीज है, आते ही बरसों के रिश्ते-नाते, परिवार, खून आदि सबका गहरा रंग फीका कर देती है। जिस राज की मंजिल एक महीने पहले उसके माता-पिता का घर हुआ करता था। अब उसी राज की नई मंजिल एक महीने में ही अल्फा बन गई है। सिर्फ दिल की बात सुनकर लोग किस तरह अपनों को पराया और परायों को अपना बना लेते हैं, यह राज को देखकर काफी स्पष्ट रुप से समझ आ रहा था।

ट्रेन पटना स्टेशन पर रुक चुकी थी। राज स्टेशन से सीधा अस्पताल गया, जहां उसके पिता भर्ती थे। अस्पताल जाने के बाद राज को पता चला कि डॉक्टरों ने उसके पिता को हार्ट की सर्जरी करवाने को कहा है और यह भी स्पष्ट रुप से बता दिया है कि अगर वह हार्ट की सर्जरी नहीं करवाएंगे तो दवाओं के दम पर उनकी सांसे मुश्किल से मात्र 1 साल तक ही चल पाएगी। नीलम और उसकी मां दोनों ने अपने सुहाग और पिता को बचाने के लिए हार्ट की सर्जरी करवाने की मिन्नतें कीं, लेकिन पांडे जी नहीं माने।

उन्होंने स्पष्ट रूप से नीलम और उसकी मां से कह दिया कि 'देखो मैं अपने हिस्से की जिंदगी जी चुका हूं'। 1 साल बाद की बात हो या फिर 10 साल बाद की, एक ना एक दिन तो मुझे इस दुनिया को अलविदा कहना ही है। फिर बेकार में हार्ट की सर्जरी करवा कर तीन से चार लाख रुपए क्यों बर्बाद करूं और फिर क्या गारंटी है कि इस हार्ट की सर्जरी के बाद में संपूर्ण रूप से स्वस्थ हो ही जाऊंगा? सामने वाली कॉलोनी की बेदी जी ने भी तो 6 महीने पहले, दिल्ली की एक बड़े हस्पताल में अपने

हार्ट की सर्जरी करवाई थी, कम से कम दस लाख रुपए लगे थे, उन्हें इस सर्जरी को करवाने में। लेकिन इतने सारे पैसों को पानी में बहाने के बावजूद भी परिणाम वही आया जो पहले से ही तय था। वह अपने रिश्तेदार की शादी से घूम कर घर आए और अचानक ही उन्हें हार्ट अटैक आ गया और उन्होंने हमेशा के लिए अपनी आंखें मूंद ली। जब यह बात डॉक्टरों को बताई गई तो उन्होंने यह कहकर अपना पल्ला झाड़ लिया कि बेदी जी का बूढ़ा शरीर, इस उम्र में ज्यादा थकान बर्दाश्त नहीं कर सका इसलिए उसका असर उनके दिल पर पड़ा और हार्ट सर्जरी होने के बावजूद भी उन्हें हार्ट अटैक आ गया। एक तरह से मुझे बेदी जी की मौत का ज्यादा अफसोस नहीं हुआ क्योंकि उन्होंने मरने से पहले अपनी जिंदगी की सबसे महत्त्वपूर्ण जिम्मेदारी पूरी कर ली थी, यानि की अपनी एक बेटी और दो बेटे की शादी करवा दी थी। लेकिन अभी तो मेरे दोनों ही बच्चे नीलम और राज कुवारे हैं।'

राज भी अब अपने पिता के सामने पहुंच गया। अपने पिता के मुंह से 'शादी' की बातें सुनकर राज शर्माने लगा और उसके दिल और दिमाग में फिर से अल्फा छा गई। लेकिन वहीं दूसरी तरफ नीलम लगातार अपने पिता के हार्ट की सर्जरी से इन कार करने के कारण रोते ही जा रही थी। नीलम के पिता ने उसके आंसुओं को पोंछते हुए कहा, 'इन आंसुओं को ऐसे ही बेकार में मत बहाओ। इन्हें बचा कर रखो क्योंकि यह आंसू तुम्हारी विदाई में और मेरे इस दुनिया से चले जाने के बाद के गम को कम करने में तुम्हारी मदद करेंगे।' फिर पांडे जी ने नीलम को सीने से लगाते हुए कहा, 'बेटी अब इन दो प्यारी-प्यारी आंखों से आंसू बहाना बंद और शादी के लिए सपने देखना शुरू करो। तुम लोग ही बताओ, अगर मैं तीन से चार लाख रुपए खर्च कर अपनी हार्ट की सर्जरी करवा भी लेता हूं और अगर कहीं फिर से तीन चार महीने बाद मुझे हार्ट अटैक आ जाता है और मैं तुम दोनों की शादी किए बिना ही मर जाता हूं तो क्या मरने के बाद मेरी आत्मा को शांति मिलेगी? अगर मान भी लो मैंने हार्ट की सर्जरी करवा ली और उसके बाद पैसों के अभाव के कारण तुम्हारी शादी में कोई कमी रह गई, तो मैं अपने आप से नजरें कैसे मिला पाऊंगा? मेरे मन में तो बार-बार यही ख्याल आएगा ना कि मैंने अपनी जिंदगी को सुखमय और आरामदायक बनाने के लिए अपनी बेटी की हिस्से की खुशी अपने ऊपर खर्च कर ली।'

'देखो बेटा, नीलम हर काम करने का एक सही समय आता है और कुछ नए रिश्तों की जिम्मेदारियां जल्दी ही सही काम के होने का दिन निर्धारित कर देती हैं। मेरे कहने का मतलब है कि देखो बेटी, अगर आज तुम्हारी शादी होगी तो कल बच्चे भी होंगे यानी कि नए मेहमानों के आने की खुशी के साथ-साथ मुझे अपने नाना होने की जिम्मेदारियों का एहसास होगा। यही जिम्मेदारियों का एहसास मेरे अंदर जीने की इच्छा पैदा करेगा और नाती या नातिन की जन्म से पहले ही मैं हार्ट की सर्जरी करवा कर हो जाऊंगा, फिट एंड फाइन, खुली बाहों से उनका स्वागत करने के लिए। अगर इसके बाद मैं मर भी जाऊं तो मुझे कोई गम नहीं होगा, क्योंकि मैं अपनी जिंदगी का सबसे खुशनुमा और महत्त्वपूर्ण काम जो पूरा कर चुका होऊंगा। समझने की कोशिश करो बेटी, मैंने और तुम्हारी मां ने शुरू से ही बड़ी सीमित जिंदगी जी है। तुम्हारी पढ़ाई, शादी और राज की पढ़ाई के लिए हम लोगों ने तुम दोनों के जन्म के पहले से ही सब कुछ इकट्ठा करना शुरू कर दिया था।' 'तुम्हें पता है नीलम, तुम जब छठी क्लास में थी तभी मैंने तुम्हारी शादी के लिए सारे जेवर बनवा लिए थे और छठी से लेकर 12वीं तक शादी के बाद तुम्हारे नए घर को हर सुख-सुविधा भरे सामान से भरने के लिए पैसे बचाए। इन बेवजह की बीमारियों के लिए मैंने कभी कोई प्लानिंग की ही नहीं। लेकिन हां मैं तुमसे वादा करता हूं कि तुम्हारी शादी होने के बाद मैं पक्का अपने हार्ट की सर्जरी करवा लूंगा।' दोनों बाप-बेटी एक दूसरे की बातों को सुनने और समझने में लगे हुए थे। वहीं दूसरी तरफ राज अल्फा को फोन करने में व्यस्त था।

लेकिन लगातार आधे घंटे से अल्फा का फोन बिजी आ रहा था। ना चाहते हुए भी राज के चेहरे पर गुस्से के भाव उभरने लगे थे। उसकी बेचैनी बढ़ती ही जा रही थी। वैसे भी यह बेचैनी बढ़े भी क्यों ना, नया नवेला प्यार जो ठहरा और नए-नवेले प्यार में तुरंत ग्रहण लग जाए, यह किसी भी आशिक को मंजूर नहीं। राज की बर्दाश्त करने की क्षमता सेकंड-दर-सेकंड कम होती जा रही थी। तभी अचानक अल्फा के फोन पर राज के फोन की घंटियां जानी शुरू हो गईं। फोन रिसीव हुआ और सामने से आवाज आई 'हेलो'। बस अल्फा के आवाज में हेलो शब्द सुनने की ही देरी थी। इतने में ही राज के अंदर का बेकाबू आशिक और अपने प्यार को सुरक्षित

रखने के प्रति उसकी चिंता दोनों ही एक साथ अल्फा पर टूट पड़े। 'इतनी देर से किससे बात कर रही थी? क्यों कर रही थी? मैं हूं कि यहां अपने परिवार वालों को ताक पर रखकर तुम्हें फोन पर फोन लगाता ही जा रहा हूं और तुम हो कि बेफिक्र होकर घंटों फोन पर भिड़ी रहती हो। क्या तुम्हें मेरी जरा भी फिक्र नहीं? कुछ तो कदर करो मेरी। वैसे यह सब छोड़ो और यह बताओ कि इतनी देर तक तुम किससे बात कर रही थी? कहीं मेरे जैसे और भी आशिक तो नहीं खड़े हैं लाइन में....।'

राज का यह शकी मिजाज कुछ ज्यादा ही अल्फा पर भारी पड़ गया और वह राज पर भड़क गई। अल्फा ने राज से कहा, 'तुम्हारे अलावा मेरा एक और भी आशिक है। जानना चाहोगे वह कौन है?' राज ने उधर से जवाब दिया, 'हां, क्यों नहीं? कौन पागल अपने शोत का नाम नहीं जानना चाहेगा।' अल्फा ने जवाब दिया, 'तुम्हारा यह शक्की व्यवहार! अभी तुम्हें पटना पहुंचे मुश्किल से 24 घंटे भी नहीं बीते हैं और तुमने मुझ पर शक भी करना शुरू कर दिया। अभी हमारे प्यार के पौधे को पनपे मात्र 1 महीना ही हुआ है और तुम हो कि इस प्यार के पौधे को अपनी शक की किरणों से झुलसाना चाहते हो। जब तुम शुरुआत में ही मुझ पर इतना शक कर रहे हो तो फिर आगे चलकर क्या करोगे? क्या तुम्हारे इस शक के नजरिए के कारण हमारा प्यार आगे तक जा पाएगा?' राज ने कहा, 'देखो अल्फा, यह बात इतना गुस्सा करने के लायक नहीं है, जितना तुम कर रही हो। हमारे प्यार को भले ही 1 महीना बिता हो। लेकिन इस एक महीने में, मैं तुमसे बेइंतहा प्यार करने लगा हूं। तुमसे सच्चा प्यार करता हूं और तुम्हारे प्रति पूरी तरह ईमानदार भी हूं और अगर ऐसे में तुम पर जरा-सा शक कर लिया तो कौन-सा बड़ा गुनाह कर दिया।'

अल्फा - 'अगर तुम्हें मुझ पर विश्वास होता तो तुम मुझ पर शक नहीं करते।'

राज - 'जहां विश्वास होता है, वहीं शक भी होता है। जब सामने वाला व्यक्ति विश्वास करने लायक ही नहीं होगा तो लोग बेवजह उस पर शक ही क्यों करेंगे? अगर मैं तुम्हारे प्रति ईमानदार नहीं होता, तुम्हें सच्चे दिल से नहीं चाहता, तुम्हें मन बहलाने और मनोरंजन का साधन समझता तो मैं कभी भी तुम पर शक नहीं करता। तुम्हारा फोन बिजी रहे या फिर तुम बिजी रहो

इससे मुझे कोई फर्क नहीं पड़ता, क्योंकि मैं तुम्हारे प्रति संवेदनशील और गंभीर नहीं होता। लेकिन असलियत तो यह है कि मैं तुम्हारे प्रति संवेदनशील भी हूं और गंभीर भी और अपने भविष्य को तुम्हारे साथ देखता हूं। यही विश्वास और शक की पटरियां हमारे प्यार की गाड़ी को रफ्तार देंगी।'

तभी अचानक नीलम ने पीछे से राज के कंधे पर हाथ रखते हुए कहा, 'राज कौन देगा तेरे प्यार की गाड़ी को रफ्तार।' नीलम को अपने पीछे खड़ा देख राज बहुत डर गया। उसे समझ नहीं आ रहा था कि वह नीलम को तुरंत क्या जवाब दें? लेकिन अभी तो वह किसी भी हालत में नीलम को अल्फा के बारे में नहीं बता सकता था। अल्फा का तो नाम लेते ही नीलम एक-से-एक को जोड़कर दो और दो-से-दो को जोड़कर पूरी कहानी समझ जाती। एक तो अगर किसी अलग जाति की लड़की से शादी करो तो समाज इतना ज्यादा नाटक करता है कि मानो लड़के ने किसी लड़की से शादी ना की हो बल्कि किसी का खून कर दिया हो और यहां तो बात अलग जाति की नहीं बल्कि धर्म की थी। वह भी किसी और धर्म की नहीं बल्कि 'मुसलमानों की', जिसे हिन्दू समाज के लोग प्राचीन काल से ही अपना जानी दुश्मन मानते आए हैं। जिसका गवाह तो भारत का इतिहास भी है। हिंदू-मुस्लिम की लड़ाई में तो ना जाने कितनी जिंदगियां बर्बाद हो गई और इन बर्बाद जिंदगियों को अपनी दुश्मनी का आधार बनाकर यह दोनों समुदाय निरंतर लोगों की अच्छी भली चल रही जिंदगियों को बर्बाद करने में तुले रहते हैं। हिंदू, मुसलमानों का और मुसलमान, हिंदुओं का खून अपने शरीर में चढ़ा लेंगे, एक दूसरे के गले में हाथ डालकर एकता और मित्रता की बड़ी-बड़ी बातों की डिंगे भी हांक लेंगे, लेकिन एक दूसरे की औलादों को ना बहू के रूप में स्वीकार करेगें और ना ही दामाद के रूप में। नीलम ने फिर राज के कंधे पर हाथ रखते हुए कहा 'कहां खो गए? तुमने जवाब नहीं दिया? किसकी पटरी तेरे प्यार की गाड़ी को रफ्तार देगी?'

राज - 'मेरा एक दोस्त है और अभी-अभी उसे किसी लड़की से प्यार हुआ है। बस उसे ही समझा रहा था। वह जब भी उस लड़की से दूर होता है तो बहुत बेचैन हो जाता है और अगर कहीं उस लड़की का फोन बिजी हो तो वह कुछ ज्यादा ही शक के ख्याली पुलाव पकाने लगता है।'

नीलम - 'लड़की क्या करती हैं?'

राज – 'इंटर की स्टूडेंट है।'

नीलम – 'यानी कि यही कोई 16 या 17 साल की होगी। तेरे दोस्त से दस साल छोटी। तेरे दोस्त को दिल लगाने के लिए इंटर की बच्ची ही मिली थी क्या? किस जात की है वो?'

राज – 'मुस्लिम है।'

नीलम – 'हे भगवान! मुस्लिम। तेरा दोस्त पागल है क्या? जो एक मुसलमान लड़की को दिल दे बैठा है? कमीना पूरे खानदान का नाम डूबा देगा। शायद ऐसा भी हो सकता है कि तेरा दोस्त उस लड़की के साथ टाइम पास कर रहा हो और फिर वक्त आने पर संभल जाए।'

राज – 'मैंने भी उससे पूछा था कि क्या तुम उस लड़की के साथ टाइम पास कर रहे हो?' तो बोला 'नहीं मैं अपने प्यार को लेकर काफी सीरियस हूं और आगे चलकर मैं उसी से शादी करूंगा।'

नीलम – 'मुझे लगता है कि तेरे दोस्त की मति मारी गई है। तभी एक मुसलमान लड़की से शादी करने की बात कर रहा है। तेरे दोस्त को क्या लगता है कि वह एक अलग धर्म की लड़की से शादी कर लेगा और बड़े ही आसानी से उसके घर वाले उसे स्वीकार लेगें। उस लड़की के परिवार वालों का क्या? शादी के बाद तो वह उसके खून के प्यासे हो जाएंगे। शादी के बाद तो ना ही वह अपनी बेटी को स्वीकारेंगे और ना ही तेरे दोस्त को दामाद के रूप में। फिर क्या करेगा तेरा दोस्त? कहां जाएगा?'

राज – 'बोल रहा था कि वह सब कुछ छोड़-छाड़ कर कहीं दूर चला जाएगा।'

नीलम – 'तेरा दोस्त कहीं भी चला जाए, लेकिन उस लड़की के परिवार वाले उन दोनों को ढूंढ ही लेंगे, और जब उन्हें पकड़कर टुकड़ों में काटेंगे तब तेरे दोस्त को पता चलेगा कि एक मुसलमान लड़की से प्यार और शादी करने का क्या नतीजा निकलता है। समझा देना उसे, इस फिल्मी दुनिया के ख्वाबों से बाहर आ जाए। ऐसी शादियां तो फिल्मों में भी आसानी से स्वीकार नहीं की जाती है और वह महाराज इस फिल्मी सपने को हकीकत में तब्दील करने को आमादा है। कह देना उसे इस शादी के सपने से जल्द-से-जल्द बाहर आ जाए वरना उसकी खुद की जिंदगी ही एक सपना बन कर रह जाएगी। एक तो उम्र में अंतर दूसरा जात ही नहीं बल्कि धर्म भी अलग है

और तेरे दोस्त ने तो अभी से ही अपनी और उस मुसलमान लड़की के बीच शक का बीज बो दिया है। तुझे क्या लगता है, वह दोनों शादी कर पाएंगे? और अगर शादी कर भी ली तो उस शादी को कितने दिनों तक निभा सकेंगे? बेमेल जोड़ियां ज्यादा दिनों तक टिकती नहीं है। पहले आकर्षण को प्यार समझना और फिर इस प्यार के चक्कर में सामने वाले को पाने के जुनून में शादी का फैसला कर, शादी कर लेना किसी भी इंसान की जिंदगी की सबसे बड़ी गलती है।

स्वाभाविक है कि विपरीत लिंग के प्रति किसी का भी खिंचाव कुछ ज्यादा ही होता है और वह भी खासकर तब, जब इंसान अपनी जवानी की चरम सीमा पर हो। लेकिन एक दूसरे को अच्छे से जाने पहचाने बिना इतनी दूर तक का ख्वाब देख लेना ठीक नहीं है, क्योंकि शादी सिर्फ दो लोगों का बंधन नहीं। कम-से-कम तेरे दोस्त ने अपने मां-बाप के बारे में तो सोचा होता। उन लोगों ने भी तो तेरे दोस्त के लिए कई तरह के सपने संजोए होंगे। उन्होंने तेरे दोस्त को पाल-पोसकर बढ़ाने और पढ़ाने में अपनी पूरी जवानी खर्च कर दी और जब उनका बुढ़ापा आया तो वह उनके परवरिश का कर्ज एक मुसलमान लड़की को उनके घर की बहू बनाकर चुकाएगा। तू यह सब छोड़ ना, जाने क्यों मैं किसी और की बातों को लेकर तुझे इतना भाषण देने लगी। सुन लो राज मैं तुम्हें साफ-साफ शब्दों में कह देती हूं कि तुम्हें अपने दोस्त के लफड़ों में टांग अड़ाने की कोई जरूरत नहीं है। जितना इस पचड़े से दूर रहोगे उतना ही तुम्हारे लिये अच्छा होगा। कहीं ऐसा न हो कि तुम दूसरों की मुसीबतों को सुलझाते-सुलझाते, तुम खुद ही उन मुसीबतों को अपने सिर ले बैठो।' जाने-अनजाने ही सही नीलम की कही एक-एक बात सच थी। राज द्वारा ली गई यह मुसीबत किसी ओर की नहीं, बल्कि उसके खुद की थी। जिसे राज ने खुशी-खुशी अपने सिर लिया था। नीलम एक बार फिर से राज से बोली, 'तुम समझ रहे हो ना मेरी बात ज्यादा दोस्ती निभाने की कोई जरूरत नहीं है वरना मैं ये बात पापा को बता दूंगी।'

नीलम के जाने के बाद अचानक राज की नजर अपने फोन पर पड़ी। उसने देखा कि अल्फा लाइन पर है। अल्फा ने नीलम और राज के बीच हुई सारी बातें सुन ली थी। राज समझ चुका था कि अभी अल्फा को अस्पताल में बैठे-बैठे कुछ भी समझाना बहुत मुश्किल है। एक तो वह अभी नीलम से

बचा है, अगर वह फिर से कहीं अल्फा से बात करने बैठ गया और फिर से किसी ने उसकी बात सुन ली तो बहुत मुश्किल हो जाएगी, इसलिए उसने तुरंत फोन कट करके अल्फा को एक मैसेज सेंड किया। रात 11:00 बजे मेरा वेट करना मुझे तुमसे कुछ बात करनी है। देखते ही देखते घड़ी की दोनों सुइयां आगे की ओर चलती गईं और रात के 11:00 बज गए। राज को भी रात के 11:00 बजे का बेसब्री से इंतजार था। राज ने अपने कई दोस्तों को लेट नाईट चैट करते हुए देखा था। लेकिन यह चीज उसके लिए बिल्कुल नई नवेली थी। वह इस लेट नाईट चैट को लेकर काफी उत्साहित था, आखिर हो भी क्यों ना, वह लवर ब्वाय जो बन गया था। इस नये लवर को बाकी लवर्स की तरह अपनी लव लाइफ को जीना ही पड़ेगा ना। दिनभर की मशक्कत और भागदौड़ करते-करते बिस्तर पर आते ही राज की आंख लग गई। 11:00 से 12:00 बजे, फिर राज की तरफ से मैसेज ना आने पर, अल्फा ने मैसेज करना शुरु किया और फिर फोन। रात के 1-2-3 बजते गए और साथ ही राज का फोन भी। घड़ियों में घंटे और राज के फोन में घंटियों की संख्या लगातार बढ़ती ही जा रही थी। राज बिस्तर पर निढाल होकर पड़ा था। लेकिन उसका फोन और अल्फा दोनों ही खुली आंखों से रात बिता रहे थे। सुबह के 5:30 बज चुके थे।

अल्फा पूरी रात राज को एकतरफा फोन और मैसेज करके काफी थक चुकी थी। इधर थकने की वजह से अल्फा की आंखें लगीं और उधर राज की आंखें खुली। उठते ही राज ने सबसे पहले अपने फोन को चेक किया। फोन में अल्फा के 25 मैसेज और 70 मिस कॉल थे। राज ने जैसे ही अल्फा को कॉल बैक करने के लिए कॉलिंग बटन दबाया, वैसे ही उसका फोन स्विच ऑफ हो गया। स्विच ऑफ होता भी क्यों ना बेचारा रात भर ऑन ड्यूटी जो था। राज फोन को चार्ज पर लगाकर फ्रेश होने चला गया। फ्रेश होते ही राज ने अल्फा को फिर फोन लगाया। अल्फा के फोन रिसीव करते ही राज ने कहा "सॉरी" अल्फा कल मेरे कारण तुम्हारी पूरी रात खराब हो गई। क्या करता मैं, लखनऊ से पटना और फिर पटना से अस्पताल दौड़ते-दौड़ते मैं काफी थक गया था। बिस्तर पर जाते ही कब आंख लग गई कुछ पता ही नहीं चला और फोन भी साइलेंट में था, इसलिए रात में तुम्हारे मैसेजिस और कॉल्स का जवाब नहीं दे पाया। राज कुछ सेकंड्स के लिए चुप हो

गया। फिर मोहब्बत भरी आवाज में बोला 'अल्फा तुम कैसी हो? ठीक हो ना? तुम्हें मेरी याद आ रही है ना?'

अल्फा – 'मुझे तुम्हारी बहुत याद आ रही है। तुम अब जल्द लौट आओ। अब तो हर शाम तुम्हारी कुछ हद से ज्यादा ही याद आने लगी है। तुम्हारा मुझे वह ट्यूशन पढ़ाना या फिर यू कहूं कैसे पढ़ाने के बहाने दिल लगाना, साथ बैठकर चाय पीना और तुम्हारा वह हंसी मजाक करना। सच में तुम्हें और तुम्हारी इन बातों को बहुत मिस कर रही हूं। अब तो किसी भी काम में मन नहीं लगता मेरा। दिनभर बैठकर घड़ियों में घंटे, मिनट, सेकंड्स, सुबह-शाम और रात का वक्त जोड़ती हूं। इंतजार करती हूं कि कब ये इंतजार का वक्त खत्म हो जाए और तुम मेरी आंखों के सामने आकर खड़े हो जाओ।' अल्फा का राज के लिए इतना कह देना मानो राज को इंद्रलोक पहुंचा देने के बराबर था। अभी राज अल्फा से कुछ कह पाता इससे पहले ही मां ने उसे आवाज दी 'बेटा तैयार हो गये तुम? आ जाओ जल्दी नाश्ता कर लो फिर अस्पताल भी तो चलना हैं। नीलम दो दिनों से अस्पताल में है, काफी थक चुकी होगी बेचारी।' फिर राज ने अल्फा से कहा, 'मैं तुमसे बाद में बात करता हूं, तुम अपना अच्छे से ध्यान रखना और मुझे यूं ही मिस करती रहना।'

अल्फा और नाश्ते को निपटाने के बाद राज अपनी मां को लेकर अस्पताल पहुंच चुका था। नीलम डॉक्टर से बात कर रही थी। डॉक्टर कह रहे थे कि 'उसके पिता की हालत में काफी सुधार है। अगर सुधार ऐसा ही रहा तो कल तक वह अपने पिता को घर ले जा सकती है।' आज काफी दिनों के बाद नीलम के मायूस चेहरे पर मुस्कान की लकीरें उभरती हुई दिख रही थीं। 2 दिनों से तो बेचारी ने अपनी आंखों की पलकों को जरा भी आराम नहीं दिया था। आराम देती भी तो कैसे, पिता की जान की जो बात थी। मां ने अस्पताल आते ही नीलम को घर भेज दिया। लेकिन नीलम भी कहां मानने वाली थी। उसने तो ठान ही लिया था कि जब तक उसके पिता ठीक होकर घर नहीं लौटेंगे, तब तक वह अस्पताल का साथ नहीं छोड़ेगी, इसलिए वह फिर से दोपहर का खाना लेकर अस्पताल में हाजिर हो गई। राज ने भी मौके का फायदा उठाया, मां और नीलम को अपने पिता में उलझा देख किनारे जाकर अल्फा को मैसेज किया, 'आज रात 11:00 बजे तक पक्का फ्री हो

जाऊंगा मेरा वेट करना।' उधर से अल्फा ने रिप्लाई किया, 'मैं तुम्हारा वेट नहीं करने वाली। तुम खुद तो सो जाते हो, लेकिन तुम्हारे कारण दूसरों की नींद, चैन, सुकून सब कुछ हराम हो जाता है।'

राज – 'आज रात में पक्का नहीं सोऊंगा, तुम्हारी कसम। इंसान कोई भी गलती एक बार करता है, बार-बार नहीं। वैसे भी मुझे आज अपने सभी घरवालों से तुम्हें मिलवाना है।'

अल्फा – 'वह कैसे?'

राज – 'इसके लिए तो तुम्हें रात तक का इंतजार करना होगा। सब कुछ अभी ही बता दूंगा तो फिर रात के लिए बातें कम पड़ जाएंगी। बस कुछ घंटे और इंतजार कर लो। दिनभर भाग-दौड़ करते-करते रात के 11:00 बज गए। राज और उसकी मां घर लौट आए और नीलम एक बेटी होते हुए भी बेटे का कर्तव्य निभाते हुए, अपने पिता की देखभाल करने के लिए अस्पताल में रुक गई। इधर मां की आंख लगते ही राज ने अल्फा को फोन लगा दिया। अल्फा के फोन रिसीव करते ही राज ने कहा, 'देखो मैंने ठीक 11 बजे तुम्हें फोन करके अपना वादा पूरा किया।' फिर राज ने कहा, 'देखो मैंने तुम्हारे फोन पर नेट पैक करवा दिया है और अभी एक वीडियो कॉलिंग ऐप का लिंक मैसेज में सेंड कर रहा हूं। इस लिंक को खोलना और स्क्रीन पर बने डाउनलोड के ऑप्शन को टच करना और फिर यह ऐप डाउनलोड होने के बाद तुम अपना सही नाम नहीं-नहीं बल्कि गलत नाम राहुल डालना और फिर अपना सही-सही फोन नंबर डाल देना। इसके बाद हम दोनों एक दूसरे का चेहरा देख कर बातें कर पाएंगे। वैसे भी तुम्हें ना देखे हुए 4 दिन गुजर चुके हैं। तुम्हें देखने के लिए मेरी आंखे बहुत बेताब हैं।'

अल्फा – आराम से देख लेना मुझे पूरी रात बाकी है। मैं कहीं भी भागने वाली नहीं हूं। पहले मुझे एक बात बताओ तुमने इस वीडियो कॉलिंग एप में राहुल नाम से मुझे अकाउंट बनाने के लिए क्यों कहा?'

राज – 'राहुल नाम से अकाउंट बनाने के लिए इसलिए कहा है ताकि कोई मुसीबत भी खड़ी ना हो और हम दोनों की अच्छे से बात भी हो जाए।'

अल्फा – 'वह कैसे?'

राज – 'देखो अगर किसी ने यहां मेरा फोन चेक किया तो उन्हें यह पता नहीं चलेगा कि मैं किसी लड़की से वीडियो कॉलिंग पर बात कर रहा

हूं और रही बात मैसेजिस की तो मैं उन्हें डिलीट कर दूंगा। यहां नाम किसी और का होगा, मगर बातें हमारी होंगी और हां एक बात का ध्यान रखना तुम भी हर रात सोने से पहले अपने अकाउंट के सारे मैसेजिस डिलीट कर देना, वरना कोई मैसेजिस पढ़ लेगा तो बहुत प्रॉब्लम हो जाएगी, अगर कोई तुम्हारे फोन पर इस अकाउंट को देख ले तो कह देना कि यह पहले से ही बना हुआ था और अगर कहीं बात बढ़ जाए तो बोल देना कि वह लोग मुझसे बात कर लें। मैं सब कुछ हैंडल कर लूंगा।'

राज एक शातिर चोर की तरह, अल्फा को असलियत की चोरी करना सिखा रहा था और नई नवेली चोर की भांति वह सब कुछ बड़ी ही बारीकी से सीखती जा रही थी। धीरे-धीरे रात गहराती गई, करवटों ही करवटों में बातों का दायरा और भी लंबा-चौड़ा होता गया। आज मानो यह फोन का स्क्रीन एक खिड़की बन गया था। जिसके दोनों तरफ दो प्रेमी काफी दिनों के बाद एक-दूसरे का दीदार कर रहे थे। इन्हें देखकर ऐसा महसूस हो रहा था कि मानो यह पल फिर से कई युगों के बाद आने वाला है। शब्द चुप होकर खामोशी बन चुके थे और इन खामोशियों ने दोनों की आंखों में चाहत की कभी ना खत्म होने वाली भूख जगा दी थी। अल्फा ने शर्मा कर अपनी आंखें झुका लीं। राज ने उसे नजरें उठाने को कहा। लेकिन अल्फा ने राज से कहा कि 'उसे शर्म आती है राज को निहारने में।' राज ने जवाब दिया, 'इसमें शर्माने वाली कौन-सी बात है। क्या अपने प्यार को निहारना कोई पाप है? तुम चाहे कितनी भी बार अपनी नजरें क्यों ना झुका लो और कुछ भी बहाने क्यों ना बना लो। लेकिन मैं तुम पर से अपनी नजरें नहीं हटाने वाला।'

अल्फा - 'अगर तुम मुझे इतना ज्यादा निहारते रहोगे तो जल्दी ही मुझसे ऊब जाओगे।'

राज - 'क्यों तुम कोई कपड़ा या फिर खाने की चीज हो, जो मैं ऊब जाऊंगा? तुम मेरा पहला और आखरी प्यार हो। तुम्हें जितना ज्यादा निहारूंगा और तुमसे जितना ज्यादा बातें करूंगा, उतनी ही हमारे प्यार की डोर मजबूत होगी। फिर इसी प्यार की मजबूत डोर से ही तो मैं तुम्हें अपने साथ शादी के बंधन में बांधूगा।'

अल्फा - 'शादी? तुमने अभी से ही शादी के सपने देखना शुरु कर दिया है?'

राज – 'हां, क्यों नहीं देखना चाहिए? अगर सपने नहीं देखूंगा तो फिर उन्हें साकार कैसे करूंगा? हर इंसान का सपना होता है चाहे वह लड़का हो या फिर लड़की, कि वह अच्छे से अच्छे स्कूल में पढ़े, अच्छी नौकरी करे और फिर एक सुंदर सी लड़की या फिर लड़के से शादी कर ले। मैंने पटना के नामी स्कूल से पढ़ाई की, उसके बदौलत मेरे पास आज एक अच्छे बैंक की अच्छी पोस्ट की सरकारी नौकरी भी है और रही बात एक सुंदर लड़की की तो वह कमी, कल को तुम्हें पाकर पूरी हो जाएगी। अब बस मेरी जिंदगी में शादी का पड़ाव ही बच गया है। मेरी बड़ी बहन नीलम की शादी हो जाए तो फिर साल भर के अंदर ही मेरी बारी भी आ जाएगी। 'हां, मगर पापा को मनाने में बहुत मुश्किल होगी।'

अल्फा – 'अगर कहीं तुम्हारे पापा नहीं माने तो?'

राज – 'कोई बात नहीं, तुम्हें भगा कर कहीं और ले जाऊंगा।'

अल्फा – 'तुम्हें क्या लगता कि मेरे अब्बू मुझे तुम्हारे साथ भागने देंगे?'

राज – 'मुझे तो तुम्हारे अब्बू एक नंबर के कट्टर इंसान लगते हैं। इस आधुनिक जमाने में भी उन्होंने तुम्हें फोन जैसी बेहद जरूरी चीज से दूर रखा, जिसके बिना आज के समय में एक काम भी करना बेहद मुश्किल है। उन्होंने तुम्हें घर से बाहर निकलते समय बुर्के की कैद से हल्की सी आजादी क्या दे दी, मानो ऐसा महसूस करते हैं कि बहुत बड़ा तीर मार दिया हो। मुझे तो लगता है कि अगर मैंने उनसे तुम्हारे साथ शादी करने की बात की तो वह मुझे चौराहे पर ले जाकर काट डालेंगे। लेकिन तुम चिंता मत करो, मैं हार मानने वालों में से नहीं हूं। अगर तुम्हारे साथ, शादी करने का सपना देखा है तो उसे साकार करके ही रहूंगा, भले ही उसे पूरा करने में मेरी जान ही क्यों ना चली जाए और वैसे भी अगर जान चली भी गई तो अच्छा ही है ना प्रेम के इतिहास में मजनू, रांझा और रोमियों के बाद मेरा भी नाम सुनहरे अक्षरों से लिखा जाएगा 'राज' कितना गर्व होगा सुनकर।'

अल्फा – गुस्से से भरे स्वर में बोली, 'तुम्हें मजाक सूझ रहा है। अगर तुम इन गंभीर बातों को मजाक में लेते रहे तो सही में हमारी जिंदगी सबके सामने एक मजाक बनकर रह जाएगी। अगर आगे चलकर मरना ही है तो चलो ना अभी ही मर जाते हैं। अगर कुछ वक्त बाद, कुछ करके मरेंगे तो परिवार वालों की कितनी बदनामी होगी और हम पर भी तो समाज न जाने

कितने, कभी ना मिटने वाले दाग लगा देगा। इससे तो अच्छा है कि हम अभी ही मर जाएं। वैसे भी अभी हम दोनों के परिवार वाले हमारे प्यार के बारे में जानते ही कहां हैं?' यह कहकर अल्फा ने फोन कट कर दिया। अल्फा के फोन काटते ही राज घबरा गया। वह सोचने लगा कि कहीं सच में अल्फा सुसाइड करने तो नहीं चली गई। राज ने अल्फा को तुरंत काल बैक किया। पहले तो अल्फा ने तीन-चार बार राज के काल्स को इग्नोर कर दिया। लेकिन राज भी हार मानने वालों में से कहां था। उसने फिर अल्फा को फोन किया और इस बार अल्फा ने उसका फोन रिसीव कर लिया। अल्फा फोन रिसीव करते ही बोली, 'क्या हुआ, क्यों बार-बार फोन करके परेशान कर रहे हो? चिंता मत करो, मैं इतनी जल्दी नहीं मरने वाली और न ही तुम्हें मरने दूंगी।'

राज – 'तुम बिना बताए फोन मत काटा करो। मैं बहुत घबरा जाता हूं।'

अल्फा – 'अच्छा।'

राज – 'हां, सचमुच बहुत ज्यादा।'

अल्फा – 'आज तुम मुझे अपने परिवार वालों से मिलवाने वाले थे न?'

राज – 'हां।'

अल्फा – 'तो फिर मिलवाओ। मैं भी बेसब्री से तुम्हारे परिवार वालों से मिलने का इंतजार कर रही हूं।' राज ने एक-एक कर अपने मां, पापा और नीलम तीनों के फोटोज, अल्फा को सेंड कर दिए।

राज – देखो यह मेरे मां, पापा और बहन हैं और मुझे तो तुम पहले ही कई बार देख चुकी हो, बहुत छोटी और स्वीट सी फैमिली है मेरी।'

अल्फा – 'यह तुम्हारी वही बहन है ना, जो तुम्हें उस दिन कह रही थी कि अपने दोस्त को समझा देना कि वह मुसलमान लड़की से प्यार ना करें और साथ ही तुम्हें धमकी दे डाली थी कि तुम अपने दोस्त से दूर रहो वरना वह अब्बू से तुम्हारी शिकायत कर देगी। राज हंसते हुए बोला, 'वाह! तुमने तो तोते की तरह उस दिन की सारी बातें रट ली हैं।'

अल्फा – 'मैंने उन बातों को तोते की तरह रटा नहीं है, बल्कि मुसलमानों के प्रति तुम्हारी बहन का हीन नजरिया, किसी बड़े अपमान की भांति बार-बार मेरे मन और दिमाग में घूमते रहता है। तुम्हारी बहन की बातों को सुनकर तो ऐसा लगता है कि वह किसी मुस्लिम से प्यार करना क्या, उनके लिए प्यार

शब्द का इस्तेमाल करने से भी घृणा करती है। किसी मुसलमान के हिंदू परिचित दोस्त से बात करना भी उन्हें बहुत बड़ा गुनाह लगता है, चाहे वह अपना भाई ही क्यों ना हो। तुम्हारा दोस्त किसी मुसलमान लड़की से प्यार करता है, यह जानकर तुम्हें तुम्हारी बहन ने इतना सब कुछ सुना दिया। तब क्या होगा, जब उन्हें असलियत का पता चलेगा कि तुम्हारा कोई दोस्त नहीं बल्कि तुम खुद ही एक मुसलमान लड़की से प्यार करते हो?'

राज – 'मेरी बहन मुस्लिमों और तुम्हारे बारे में क्या सोचती है और क्या सोचेगी.... इससे तुम्हें कोई फर्क नहीं पड़ना चाहिए अल्फा। तुम्हें तो इस बात से मतलब रखना चाहिए कि मैं तुम्हारे बारे में क्या सोचता हूं? तुम्हें क्या समझता हूं? और अपनी जिंदगी में तुम्हें क्या मायने देता हूं? क्योंकि प्यार तो मैं तुमसे करता हूं, न कि अपनी बहन नीलम से और शादी के बाद तुम्हें पूरी जिंदगी मेरे साथ बितानी है, ना कि नीलम के साथ। कोई तुम्हारे बारे में क्या सोचता है और क्या बोलता है? इन सब बातों पर ध्यान मत दो। लोगों का तो काम ही होता है कुत्तों की तरह भौंकना, इसलिए तुम एक कान से बात सुनो और दूसरे कान से बात निकाल दो। किसी भी चीज के प्रति अलग-अलग लोगों के अलग-अलग विचार होते हैं। किसी के विचार सकारात्मक होते हैं तो किसी के विचार नकारात्मक। लेकिन मेरा, तुम्हारे प्रति विचार सिर्फ और सिर्फ प्रेम में डूबा हुआ है।'

अल्फा हंसते हुए बोली, 'तुम सचमुच इतने अच्छे हो या फिर अच्छे होने का दिखावा करते हो?'

राज – 'ये तो अब तुम ही बता सकती हो कि मैं वाकई अच्छा हूं? या फिर सिर्फ अच्छे होने का दिखावा करता हूं।' बातों-ही-बातों में पूरी रात निकल गई। अब तो सूरज भी आसमान से ताका-झांकी करने लगा था। अब सुबह के 11:30 बज रहे थे और राज का फोन रिंग कर रहा था। राज ने फोन रिसीव किया तो सामने से प्यारी सी आवाज आई, 'मेरे प्यारे भाई अब तो उठ जा, सुबह ढलने को आई।' राज ने घड़ी की ओर नजर दौड़ाई, 12:00 बजने वाले थे। राज झट से नीलम से बोला, 'तुमने मुझे सुबह जगाया क्यों नहीं?' नीलम ने जवाब दिया, 'जगाया तो बहुत था, लेकिन शायद कल रात तू ठान कर सोया था कि आज सुबह 11:30 बजे से पहले जागना नहीं है इसलिए जब देर होने लगी तो मैं मां को लेकर अस्पताल आ गई। अच्छा

तू यह सब छोड़ और जल्दी से तैयार होकर अस्पताल आ जा। मुझे घर जा कर पापा के लिए दोपहर का खाना बनाना है।'

फोन रखने के बाद राज ने सबसे पहले अपने और अल्फा के रात के सारे मैसेजेस डिलीट किए और फिर उसके बाद कॉल डिटेल्स। फिर झटपट तैयार होकर 1 घंटे के भीतर ही अस्पताल पहुंच गया। अस्पताल पहुंचने पर राज ने डॉक्टर को अपनी मां से यह कहते हुए सुना कि 'अब तो आपके पतिदेव पूरी तरह ठीक हो चुके हैं। अब कल तक आप इन्हें अपने घर ले जा सकती हैं।' यह राज के लिये दिन बन जाने वाली बात की तरह थी। यह बात सुनकर राज के चेहरे पर खुशियों की लकीरों ने ऐसा कत्थक करना शुरू किया मानों जैसे उसने ओलंपिक में भारत की तरफ से अकेले ही गोल्ड मेडल जीता हो। उसकी खुशी देखकर डॉक्टर भी हैरत में पड़ गए थे। आखिरकार राज खुश होता भी क्यों ना, उसका पूरा हक था अपने पिता के भलाई के प्रति खुश होने का। लेकिन राज के चेहरे पर यह खुशी सिर्फ अपने पिता के स्वास्थ्य के प्रति ही नहीं थी, बल्कि इससे भी कई गुना बढ़ कर अल्फा के लिए थी।

पटना आने और पटना रुकने का कारण सिर्फ पिता की तबीयत थी। अब तो वह जल्द से जल्द फिर से लखनऊ जा सकता था, क्योंकि उसके पिता ठीक हो चुके थे। राज की हालत और उसकी मानसिकता देखकर कोई भी इंसान सिर्फ यही महसूस कर सकता है कि वह अल्फा के प्यार में पूरी तरह पागल हो चुका है, अगर किसी को उसके और अल्फा की प्रेम कहानी के बारे में पता हो तो? एक नए शहर की नई लड़की ने एक-डेढ़ महीने में ही राज के दिल में अपने लिए एक ऐसी जगह बना ली थी, जो शायद आज तक उसके अपने परिवार वाले भी नहीं बना पाए थे या फिर यूं कहूं कि परिवार वालों से इतना प्यार दुलार मिलने के बावजूद भी राज ने उन्हें अपने दिल में रखने लायक कभी समझा ही नहीं था। देखते ही देखते दिन, शाम और रात ढल गए।

नए दिन का नया सूरज अपने साथ राज के परिवार के लिए नई खुशियों की किरणें लेकर उगा था। सुबह 10:00 बजे तक नीलम अपने पापा को अस्पताल से घर ले आई थी। पांडे जी के स्वागत के लिए, पहले से ही उनके घर में जायसवाल जी मौजूद थे। उन्होंने नीलम को पांडे जी के साथ

अकेले देख कर कहा, 'बेटी तुम अपने पिता को अस्पताल से अकेले लेकर आई हो? तुम्हारा भाई कहां है?'

नीलम - 'सोया हुआ है। उसे सुबह जल्दी उठने की आदत नहीं है। दिनभर घर से अस्पताल दौड़कर थक जाता है, इसलिए उसे सुबह उठाना, मैंने ठीक नहीं समझा और पापा को अकेले ही अस्पताल से घर ले आई।'

जायसवाल जी - 'अच्छा बेटा जरा यह बताना कि तुम्हारा भाई पूरे दिन घर से अस्पताल दौड़कर ऐसा कौन-सा तीर मारता है जो इतना थक जाता है? वह तो यहां आया ही था पांडे जी की देखभाल करने। फिर इसमें थकान की बात कहां से आ गई? एक बात तो है, पांडे जी बड़ी ही किस्मत वाले हैं, जो इन्हें तुम्हारी जैसी बेटी मिली। जो बेटे और बेटी दोनों का फर्ज बड़ी ही निष्ठा और सफलता के साथ निभा रही है। तुम तो जिस घर की बहू बनोगी उस घर के लोगों के तो भाग्य ही खुल जाएंगे। तभी पीछे से एक आवाज आई, 'हां, पापा भाग्य तो खुल ही जाएंगे उन लोगों के, आखिरकार फ्री में पूरी लाइफ टाइम के लिए एक पढ़ी-लिखी मेड जो मिल जाएगी।' यह आवाज किसी और की नहीं बल्कि जायसवाल जी के बेटे 'अमन' की थी।

यह वही अमन था जो बचपन से ही नीलम को बेइंतहा चाहता था। लेकिन आज तक कभी भी नीलम से अपने प्यार का इजहार ना कर सका। लेकिन इन सबके बावजूद भी उसने गुप्त तरीके से अपने दिल में नीलम के साथ, अपनी एक सपनों की दुनिया बसा कर रखी थी और उन सपनों की दुनिया में से एक सपना था शादी का। 'हां' नीलम के साथ 'शादी का सपना' और इसी सपने को साकार करने के चक्कर और नीलम के इंतजार में उसने भी अभी तक शादी नहीं की थी। अमन की बातें सुन पांडे जी और जायसवाल जी दोनों ही ठहाके लगा कर हंस पड़े। नीलम को अमन के, ऐसे मजाक और शरारतों की आदत हो चुकी थी। आदत होती भी क्यों ना, यह सब तो वह बचपन से देख रही थी। पांडे जी ने अमन को देखकर पूछा, 'तुम कब आए बेटा?' 'आज ही सुबह 7:00 बजे आया हूं अंकल।' अमन ने पांडे जी के पैर छूते हुए कहा। तभी बीच में जायसवाल जी कूद पड़े और बोले, 'बेटी नीलम जरा एक कप चाय पिला दो, तुम्हारे हाथों की बनी चाय पिए बहुत दिन गुजर गए।' नीलम चाय बनाने के लिए किचन की ओर चल पड़ी और अमन नीलम की ओर। तभी अमन की नजर सोते हुए

राज पर पड़ी और वह बोल पड़ा, 'वाह! साले की क्या किस्मत है। सुबह ढलने को आई, लेकिन इस महाशय की नींद अभी तक खुली नहीं। खुलेगी भी कैसे? किसी चीज की कमी और परवाह हो तब ना। सारी कमियों और चिंताओं को दूर करने का ठेका तो हमारी नीलम जी ने जो लिया है। यहां एक अपनी लाइफ है कि अगर खुद से खाना ना बनाओ तो इंसान भूखा ही मर जाएगा। काश हमारी भी चिंताओं और कमियों को दूर करने का कोई टेंडर ले लेता तो मेरी भी जिंदगी कितनी अच्छी होती।'

नीलम – 'मेड रख लो।'

अमन – 'मेड, बिल्कुल भी नहीं। खासकर बैचलर्स के लिए, जीना मुहाल कर देती हैं। वह लोग, ना तो कोई ढंग का खाना बनाती हैं और ना ही कोई काम ढंग से करती हैं। एक बार मेड रखी थी मैंने, उसे दो दिन बाद ही निकालना पड़ गया।'

नीलम – 'तो फिर शादी कर लो।'

अमन – 'चलो कर लेते हैं। बस तुम्हारी 'हां' का इंतजार है मुझे।' ऐसा पहली बार नहीं हुआ था, जब अमन ने नीलम के सामने शादी का प्रस्ताव रखा हो। ऐसा इससे पहले भी कई बार हो चुका था। आज तक पूरी हिम्मत के साथ अमन नीलम के सामने शादी का प्रस्ताव तो नहीं रख पाया था, लेकिन अक्सर बातों ही बातों में, उसके दिल की बात जुबां पर जरूर आ जाती थी। अमन के मज़ाकिया व्यवहार के कारण नीलम ने कभी भी उसकी किसी भी बात को सीरियसली नहीं लिया। हर बार की तरह इस बार भी नीलम ने अमन के शादी के प्रस्ताव को यह कहते हुए मजाक में उड़ा दिया कि 'अमन तुम मेरे साथ मजाक कर रहे हो ना?'

अमन – 'नहीं तो, तुम्हें ऐसा क्यों लग रहा है?'

नीलम – 'तुम ठहरे मैकेनिकल इंजीनियर। लाख रुपए के आस-पास तुम्हारी सैलरी होगी। फिर तुम भला एक सिंपल लड़की से शादी क्यों करोगे? तुम्हें तो बड़ी ही आसानी से, तुम्हारी जैसी इंजीनियर लड़की मिल जाएगी, जो काफी सुंदर और स्मार्ट होगी।'

अमन – 'मुझे तो तुमसे ज्यादा कोई सुंदर और स्मार्ट लगती ही नहीं है।'

नीलम – 'अच्छा झूठा, मैं तुम्हें किस ऐंगल से सुंदर और स्मार्ट दिखती हूं?'

अमन – 'हर एंगल से, दिल के एंगल से, भावनाओं के ऐंगल से,

जज्बातों के ऐंगल से और बातों के ऐंगल से बिल्कुल परफेक्ट, स्मार्ट और सुंदर हो तुम, या यूं कहूं कि मेरे बचपन का ख्वाब हो तुम, जिसे पाने और साकार करने की कोशिश आज भी करता हूं मैं।'

नीलम – 'अरे वाह! अब तो तुम शायर भी बन गए।'

राज – 'ये प्यार चीज ही ऐसी है जो इंसान को शायर, कायर और न जाने क्या-क्या एक ही जन्म में बना डालती है।' तभी जायसवाल जी की आवाज आई, 'और कितना वक्त लगेगा बेटा चाय बनाने में।'

नीलम – 'बस अभी लेकर आई अंकल।'

नीलम को छलनी से चाय कप में छानते हुए देख, अमन सोचने लगा कि 'काश! ये जिंदगी की छलनी, नीलम को मेरे जीवन रूपी कप में छान दे तो मेरे बचपन का सपना पूरा हो जाएगा।' नीलम चाय लेकर अपने पिता और जायसवाल जी को दे आई। अब राज की नींद भी खुल चुकी थी। जब अमन की नजर राज पर पड़ी तो वह न चाहते हुए भी बोल ही पड़ा, 'वाह! क्या बात है राज साहब, आपकी सुबह तो बहुत जल्दी हो जाती है। रात-भर क्या मोबाइल के मैसेजेस के साथ कबड्डी खेलते हो? आपके सोने-जागने के टाइम के पीछे, मुझे किसी लड़की का बहुत बड़ा हाथ नजर आ रहा है।' अमन ने राज के गाल को खींचते हुए कहा, 'कहीं प्यार-व्यार का तो चक्कर नहीं है ना?' राज अभी कुछ बोलता इससे पहले ही उसके पिता मैदाने ऐ विरोध में कूद पड़े। 'प्यार नहीं-नहीं बेटा, राज ऐसा लड़का नहीं है, जो प्यार-व्यार के चक्कर में पड़ जाए। अभी तक हमारे खानदान में कोई इस पचड़े में नहीं पड़ा है।'

अमन – 'अभी तक आप के खानदान में कोई प्यार के पचड़े में नहीं पड़ा, इसका मतलब यह थोड़ी ना है कि आने वाली पीढ़ियां भी प्यार में नहीं पड़ेंगी?'

पांडे जी – 'हमारे संस्कार ऐसे नहीं है कि बच्चे किसी से भी प्यार कर लें।'

अमन – 'क्यों अंकल, अपने बच्चों को संस्कारों में सबसे नफरत करना सिखाया है क्या?'

पांडे जी – 'मेरा वह मतलब नहीं है।'

अमन – 'तो फिर क्या मतलब है आपका?'

पांडे जी – 'देखो बेटा, मैं यह प्यार चीज के बिल्कुल खिलाफ हूं। कोई भला किसी से कैसे प्यार कर सकता है? सिर्फ दो-चार शब्दों और सूरत के आकर्षण को ही प्यार नहीं कहा जा सकता।'

अमन – 'अंकल आपसे किसने कह दिया कि शब्द और सूरत के आकर्षण को ही प्यार कहते हैं? आज वक्त बदल गया है और प्यार के मायने और आधार भी। अब प्यार शब्दों और सूरत से आकर्षित होकर नहीं होता, बल्कि लोगों की सीरत से आकर्षित होकर होता है। प्यार ऐसे इंसान से होता है, जो आपके आंसुओं को अपना समझे, दुख के समय आप जिसके कंधे पर बेफिक्र होकर सिर रख कर रो सकें, जो ना सिर्फ जिंदगी के रास्ते पर आपके साथ चले, बल्कि रास्ते के पत्थर को आप से भी पहले हटाने में जुट जाए। अगर किसी इंसान में इतनी सारी खूबियां हैं तो भला प्यार क्यों ना हो? वैसे भी ये प्यार तो भगवान की रचना और देन है। हम इंसान भला इसे होने से कैसे रोक सकते हैं? कैसे नियंत्रित कर सकते हैं?'

पांडे जी – 'बेटा जितनी खूबियां तुमने मुझे गिनवाई हैं, उतनी खूबियां किसी में होती नहीं और रही बात कि यह प्यार-व्यार भगवान की रचना है, तो मैं तुम्हें यह बता दूं कि कृष्ण और राम भी भगवान ही थे। कृष्ण की प्रेमिका राधा जोगन बन गई और भगवान राम ने माता सीता की अग्नि परीक्षा ले ली। जब इस प्यार की रचना करने वाला ही प्यार के प्रति वफादार नहीं रहा, तो हम इंसानों से भला कैसे वफादारी की उम्मीद कर सकते हैं? प्यार नाम की कोई चीज नहीं होती बेटा, अगर प्यार नाम की कोई चीज होती भी होगी तो वह अब बिल्कुल खत्म हो चुकी है। अब लोगों ने प्यार को सिर्फ तन और मन से खेलने का साधन बना लिया है। प्यार के कारनामे आए दिन अखबारों में मोटे-मोटे अक्षरों में पढ़ने को मिलते हैं, फलाने ने फलाने को धोखा दे दिया, शादी का झांसा देकर शारीरिक संबंध बना लिया। तुम इन्हीं सब चीजों को प्यार मानते हो, अमन?' 'नहीं अंकल, आप यह सब छोड़िए और मुझे यह बताइए कि आप के हिसाब से लोगों को क्या करना चाहिए, लव मैरिज या फिर अरेंज मैरिज? और क्यों?'

पांडे जी – 'अरेंज मैरिज बेटा, क्योंकि इसमें मां-बाप सामने वाले के घर परिवार को देखकर और समझकर अपनी संतान का रिश्ता उनसे जोड़ते हैं।'

अमन – 'अंकल क्या सिर्फ दो-चार बार ही मिलकर सामने वाले के

परिवार को और उसकी संतान को अच्छे से समझा जा सकता है?'

पांडे जी – 'हां बेटा, क्यों नहीं? अगर सही से लेन-देन हो जाए तो बेटी खुश ही रहेगी ससुराल में।'

अमन – 'तो आपकी नजर में लेन-देन सही तो सब सही?'

पांडे जी – 'हां बेटा।'

अमन – 'अंकल, मैं आपसे एक बात कहूं?'

पांडे जी – 'हां बेटा, कहो।'

अमन – 'आप सोचते हैं कि लड़के को पैसे के तराजू में तौलकर बेटी की खुशियां खरीदी जा सकती हैं। लेन-देन ठीक से हो जाने पर ससुराल वाले, आपकी बेटी को खुश रखेंगे, उसे कोई नुकसान नहीं पहुंचाएंगे। अगर आपकी बात सही है तो आए दिन लड़कियां भरपूर दहेज लाने के बावजूद भी क्यों प्रताड़ित की जाती है? 10 से 12 साल के बच्चे की मां होने के बावजूद भी उन्हें नहीं बख्शा जाता, मौत की गहरी नींद सुला दी जाती हैं। वह बेचारी तो मौत की गहरी नींद सोकर मुक्ति पा जाती हैं, लेकिन उनके पीछे उनके मासूम बच्चे तड़पने और बिलखने के लिए रह जाते हैं। लालचियों का, मां को खाने के बाद भी मन और पेट नहीं भरता है, तो फिर वह बच्चों को भी अपने लालच की आपूर्ति का साधन बना बैठते हैं। आप कहते हैं कि प्यार सिर्फ तन-मन से खेलने का साधन बन गया है तो यह लालची लोग बेटियों की इज्जत से नहीं खेलते हैं, क्या? आपने लव मैरिज और अरेंज मैरिज के प्रति, इतनी सारी गलतफहमियां क्यों पाल रखी हैं? किसी भी रिश्ते की खूबियों को पैसों से नहीं खरीदा जा सकता है, खासकर शादी के रिश्ते को। अंकल यही चीज आप नीलम के लिए भी सोच रहे हैं ना कि दहेज देकर उसके लिए अच्छे से अच्छा लड़का ले आएंगे? अगर आप यह सोच रहे हैं तो प्लीज ऐसा सोचना छोड़ दीजिए, क्योंकि पैसे के लालच में लड़के के माता-पिता तो अपने बेटे की अच्छाइयां आपको दिखा देंगे, लेकिन उस लड़के की बुराइयां और खामियां तो आपको शादी के बाद ही पता चलेंगी। फिर यह शादी का बंधन आप सभी लोगों के लिए ना निगलते बनेगा और ना ही उगलते। तब आप अपने इन पैसों से उस लड़के को सुधार नहीं पाएंगे और भगवान ना करे अगर नीलम को कुछ हो गया तो, यह शादी एक बर्बादी बनकर रह जाएगी।'

पांडे जी चुपचाप अमन की बातें सुनते जा रहे थे। कहीं ना कहीं पांडे जी को अमन की कही गई एक-एक बात सच लग रही थी। वह अपने आप को रोक नहीं पाए और अमन से कह ही बैठे, 'तुम ठीक ही कह रहे हो बेटा, लड़के की खामियां तो शादी के बाद ही पता चलती हैं। मैंने कभी इस विषय में सोचा ही नहीं। लेकिन फिर भी बच्चों को इतनी छूट दे देना कि वह दूसरी जाति के साथ प्यार कर बैठे यह भी तो ठीक नहीं है।'

अमन – 'अंकल यह जरूरी थोड़ी ना है कि बच्चे अलग जाति से ही प्यार करेंगे। देखिए अंकल, मैं ना लव मैरिज का पक्षधर हूं और ना ही अरेंज मैरिज का विरोधी। बस मैं आपको इतनी-सी बात समझाना चाहता हूं कि प्यार लोग तभी करते हैं जब एक दूसरे की अच्छाइयों और बुराइयों से परिचित हो जाते हैं, दूसरे को अच्छे से समझ जाते हैं और जब ये आपसी समझ का फूल फल बन जाता है तब लव मैरिज में तब्दील हो जाता है। किसी भी रिश्ते के लिए एक दूसरे को समझना बहुत जरूरी होता है। अरेंज मैरिज में शादी पहले होती है और एक-दूसरे को समझने का मौका बाद में मिलता है। जिसके बाद हमसफर में लाख कमियां ही क्यों ना निकले, उसे चुपचाप सहना ही पड़ता है, समाज और परिवार के डर से, क्योंकि समाज बहुत कमीनी चीज है, वह हर गलती के लिए लड़की पर ही उंगली उठाता है। जिन लड़कियों के पास समाज की कमीनी नजरों का सामना करने की हिम्मत होती है वह अपने बच्चों के भविष्य के लिए जैसे-तैसे दुःख भरे दिन काट लेती हैं और जो इस समाज का सामना नहीं कर पातीं वह थक-हारकर मौत को गले लगा लेती हैं। वहीं लव मैरिज में लोग वक्त लेकर पहले एक-दूसरे को समझते हैं और फिर शादी के मुकाम तक जाते हैं।' अमन ने राज के कंधे को थपथपाते हुए कहा 'देख लो बेटा, तुम्हारे पापा तो लव मैरिज के लिए रिंग मास्टर हैं। अगर किसी लड़की से प्यार करते हो और उसके साथ शादी के सपने देख रहे हो तो प्लीज अभी ही रुक जाओ, क्योंकि तुम्हारा यह शादी का सपना जिंदगी भर के लिए एक सपना ही बनकर रहने वाला है।' यह बोलकर अमन वहां से चला गया।

राज अपनी नजरें झुकाए और दोनों हाथों की उंगलियों को एक दूसरे में फंसा कर कुछ सोच रहा था। वहीं दूसरी तरफ पांडे जी राज की नजरों के रास्ते, उसके मन को पढ़ने की कोशिश कर रहे थे। राज भी पांडे जी की

कोशिश को भाप गया था, इसलिए वह वहां से उठ कर चला गया। दिन बीता, शाम ढली और रात के काले अंधेरे ने पूरे आसमान को फिर से अपने आगोश में ले लिया। रात को खाना खाने के बाद सभी लोग अपने कमरे में जा चुके थे। राज अपने कमरे में जाकर अल्फा को अपनी दिनचर्या सुनाने में लग गया। उसके पिता थके होने के कारण बिस्तर पर जाते ही सो गए। लेकिन नीलम की आंखों से, 'नींद कोसों दूर थी'। शायद! उसकी नींद रात के काले अंधेरे में कहीं खो सी गई थी। यह रात नीलम के लिए बाकी रातों से कुछ ज्यादा ही अलग सी थी। आसमान में चांद आज हद से कुछ ज्यादा ही चमक रहा था। आसमान का चांद और धरती की नीलम दोनों एक टक, एक-दूसरे को निहारते जा रहे थे। नीलम की आंखों को पढ़कर ऐसा आभास हो रहा था कि, वह चांद के सामने दोस्ती का प्रस्ताव रख रही है। एक ऐसा दोस्त, जिससे वह हर तरह की बात, विचार, कष्ट, दुःख और दुविधाएं बांट सके, जो वह किसी से भी नहीं बांट सकती, यहां तक कि अपने मां-बाप से भी नहीं।

आज नीलम के मन के जज़बातों और भावनाओं ने अपने पंख फैला लिए थे। वह आज चांद को अपना दोस्त बना, उससे अपने मन की बेइंतहां बातें करना चाहती थी। अपनी सारी असमंजस भरी स्थितियां चांद को बता देना चाहती थी। नीलम ने चांद से पहला सवाल किया, 'चांद, क्या अमन वाकई मुझसे प्यार करता है?' नीलम के धड़कते दिल ने आसमान में चमकते चांद की ओर से जवाब दिया। 'यह तो तुम्हें पता होना चाहिए नीलम, क्योंकि तुमने तो उसके साथ खेलते हुए अपना पूरा बचपन बिताया है। उसे तो तुम बचपन से ही जानती हो। उसे खाने में क्या पसंद है? पहनने में क्या पसंद है? कहां घूमना पसंद है? यह सभी चीजें तो तुम जानती हो, तो भला ऐसा थोड़ी ना हो सकता है कि तुम उसके जीवन की इतनी महत्वपूर्ण बात, उसके प्यार के बारे में ही नहीं जानती होगी? 'हां, यह बात और है कि अगर तुम सब कुछ जानकर भी अनजान बने रहना चाहती हो तो इसमें मैं और अमन चाहकर भी कुछ नहीं कर सकते।' चांद का जवाब सुन नीलम की आंखें भर आईं। उसने भरी आंखों से ही चांद से एक और सवाल किया, 'क्या मैं भी अमन से प्यार करती हूं?'

चांद - 'इसका जवाब तो तुम्हारी भरी हुई आंखें ही दे रही हैं। अगर तुम्हें अमन से प्यार ना होता तो यह सवाल पूछने से पहले तुम्हारी आंखें यूं

ना भरी होतीं। जब तुम किसी को अपना मानो और समाज के सामने उसे अपना ना कह सको तो बहुत दुःख होता है, एक असहनीय पीड़ा होती है और यह पीड़ा आंखों के रास्ते से ही बाहर आती है। जैसे कि अभी तुम्हारी आंखों से आ रही है। लेकिन फिर भी अगर तुम इस सवाल को लेकर असमंजस में हो कि तुम्हें अमन से प्यार है कि नहीं? तो मैं तुम्हें बता दूं कि 'हां, तुम्हें अमन से प्यार है, वह भी बेइंतहा।' नीलम को चांद का जवाब सुन संतुष्टि मिल गई कि 'हां, वह भी अमन से प्यार करती है और अमन भी उससे।' नीलम सोचने लगी कि अमन तो बचपन से ही उससे प्यार करता था, वह भी सच्चा और निश्चल प्यार। लेकिन वही बेवकूफ थी जो उसके प्यार को देख और समझ नहीं सकी या फिर यह कहे कि उसने कभी अमन के प्यार को देखना और समझना चाहा ही नहीं। चाहे भी तो कैसे उसे अपने पापा की परफेक्ट बेटी कहलाने की जो आदत थी। अगर अमन के प्यार को समझ कर उसे अपना लेती तो परफेक्ट से अनपरफेक्ट बेटी जो बन जाती। अमन का स्कूल से लेकर कॉलेज तक, उसके लिए बाकी स्टूडेंट और टीचर से लड़ना, उसके करण एग्जाम्स में देर से पहुंचना, यहां तक कि कई बार सस्पेंड तक हो जाना, आज यूं दहेज के विरोध में, पापा से बहस करना, अभी तक उसकी राह ताकना, घुमावदार बातों में ही प्यार का इजहार करना और अभी तक उसके इंतजार में शादी ना करना, यह सब एक सच्चा प्रेमी ही तो कर सकता है, जो अमन ने उसके लिए किया है। नीलम करवटें बदलती जा रही थी। हर करवट उसे अमन के एक नए रूप से सामना करवा रहा था। कभी दोस्त के रूप में, कभी दूरदर्शी के रूप में, तो कभी पक्षधर के रूप में, अब तो अमन उसे हमसफर के रूप में भी दिखने लगा था। करवटें और चांद अब तो दोनों ही मिलकर नीलम के मन में दबी, अमन के प्रति चाहत को बढ़ावा दे रहे थे। नीलम ने भी इन दोनों के बहकावे में आकर अपनी सोच, इच्छाओं और सपनों के बाण खोल दिए।

आज नीलम ने पहली बार अपनी जिंदगी में अपनी सोच, इच्छा और सपनों को अपने नियंत्रण से मुक्त कर, आजाद होकर बहने दिया था। इससे पहले तो नीलम किसी भी सोच, सपने और इच्छाओं को सकारात्मकता और नकारात्मकता के तराजू में तौलती थी और अगर कहीं नकारात्मकता का भार जरा-सा भी भारी होता तो वह उस विचार, इच्छा और सपने का गला

मन में ही घोंट देती थी, चाहे इससे उसकी आत्मा को कितनी ही पीड़ा क्यों ना हो। एक बार बचपन में ऐसे ही उसने पायल खरीदने के लिए पैसे जमा किए थे और राज की पेंटिंग सीखने की जिद्द के कारण उसने अपने पायल के लिए जमा पैसों की बलि चढ़ा दी, ताकि राज की इच्छा पूरी हो सके। हर बार खुद की जगह दूसरों को प्राथमिकता देना उसकी आदत बन चुकी थी। लेकिन आज वह कुछ अलग महसूस कर रही थी। वह मन ही मन सोच रही थी कि भले ही उसने आज तक खुद को प्राथमिकता न दी हो, लेकिन उसे प्राथमिकता देने वाला कोई है। ये कोई, कोई और नहीं बल्कि 'अमन' ही है। आज नीलम में पता नहीं इतनी हिम्मत कहां से आ गई थी कि वह अमन के साथ शादी करने का सपना, उसकी दुल्हन बनने का सपना, उसके नाम का श्रृंगार और सिंदूर लगाने का सपना देखने लगी थी। तभी वह अचानक घबरा कर बैठ गई। उसकी आंखों से तेजी से आंसू बहने लगे, मानो जैसे किसी ने उसकी बहुत कीमती वस्तु चुरा ली हो। उसने तकिए को अपनी बाहों में कस कर भर लिया। नीलम के यह आंसू और घबराहट किसी वस्तु के चोरी होने के नहीं थे, बल्कि सपने टूटने के थे। एक बार फिर नीलम ने सपनों को पनपने से पहले ही सकारात्मकता और नकारात्मकता के तराजू में तौल दिया। लेकिन इस बार उसके सपनों के टूटने का कारण वह खुद नहीं थी, बल्कि उसके पिता थे।

वह समझ चुकी थी कि, चाहे अमन दुनिया का सबसे अच्छा इंसान ही क्यों ना हो। लेकिन उसके पिता किसी भी हालत में उसे अपने दामाद के रुप में नहीं स्वीकार करेंगे, क्योंकि वह हमारी जाति का जो नहीं है। बचपन से लेकर आज तक नीलम ने कुछ भी अपने पिता से पूछे बिना नहीं किया और ना ही कभी उनके विरोध में गई। इसी कारण उसके कई छोटे-छोटे अरमान, सपने ही बनकर रह गए। लेकिन इस बार तो वह इतनी लाचार थी कि, चाह कर भी अमन को पाने के लिए अपने पिता का विरोध नहीं कर सकती थी, क्योंकि डॉक्टर ने पहले ही उसके पिता को किसी भी प्रकार का टेंशन लेने से मना कर दिया था और साफ शब्दों में यह भी बता दिया था कि उनके पास मुश्किल से अब बस एक साल का ही वक्त है।

अपनी आंखों से आंसू पोंछते हुए नीलम बड़बड़ाने लगी कि वह इतनी स्वार्थी नहीं है, जो अपनी मांग में अमन के नाम का सिंदूर सजाने के लिए

अपनी मां की ही मांग का सिंदूर चुरा ले। मैं अपने सपनों का आशियाना अपनी मां के बरसों के बने घरौंदे को ध्वस्त करके नहीं बनाना चाहती। मैं एक बेटी हूं और बेटी ही बनकर रहना चाहती हूं। मैं अपनी मां की हाय और बद्दुआएं नहीं लेना चाहती हूं। रोते-रोते नीलम की आंख कब लग गई उसे पता ही नहीं चला। एक दुःखी और लाचार इंसान अपने दुःख के कारण फूट-फूट कर रोने के बाद थक हार कर सो ही जाता है और उसकी यह नींद बाकी नींदों की अपेक्षा अधिक सुकून भरी होती है क्योंकि उसके दुःखों का बोझ आंखों के रास्ते आंसू बनकर बह जो जाता है। इस राहत वाली नींद के भाव नीलम के चेहरे पर भी साफ दिख रहे थे। बेचारी नींद में कितनी मासूम दिख रही थी, कोई भी उसे देखकर नहीं कह सकता था कि उसने अपने मन में ना जाने कितने सारे सपनों की अस्ती छुपा रखी है....?

सूरज की किरणें नीलम के चेहरे पर पड़ने लगी थी, सुबह जो हो चली थी। रात की अपेक्षा नीलम को अभी बेहतर महसूस हो रहा था, क्योंकि उसने अपने दुखों का बोझ रोकर जो हल्का कर लिया था। उसकी आंखें सूजी हुई थीं। तभी नीलम की मां उसके कमरे में चाय लेकर आई और उनकी नजर नीलम की आंखों पर पड़ी। उन्होंने नीलम से पूछा क्या हुआ बेटा, तुम्हारी आंखे इतनी सूजी हुई क्यों हैं? क्या रात को नींद पूरी नहीं हुई?'

नीलम - 'नहीं मां ऐसा नहीं है।'

मां - 'तो फिर क्या चोट लग गई है?'

बेचारी नीलम भी क्या जवाब देती कि मां 'हां' चोट तो लगी है दिल में और इस चोट के कारण एक अनमोल सपना भी टूटा है, 'शादी का सपना' वह भी 'अमन' के साथ। उसी का मातम मनाया है, कल पूरी रात रो-रो कर। मां नीलम के कंधे पर हाथ रखकर बोली, 'बेटा तुम्हारी आंखें कैसे सूज गई? नीलम ने आंखें चुराते हुए जवाब दिया, 'लगता है थकान के कारण सूज गई हैं मां।' नीलम को डर था कि कहीं वह मां से आंखें मिलाकर बात करेगी तो रो पड़ेगी और मां को सब कुछ बता बैठेगी, इसलिए वह वहां से उठकर किचन में नाश्ता बनाने चली गई।

नीलम यह क्यों नहीं समझ पा रही थी कि वह केवल अपने सपनों का ही गला घोंटकर अपने पिता को सुकून और सम्मान नहीं दे सकती है। मुट्ठी भी पांच उंगलियों के बंद होने से ही बनती है, अगर मुट्ठी में एक भी

उंगली कम हुई तो वह मुट्ठी-मुट्ठी नहीं रह जाती। उसी प्रकार सिर्फ अपने सपने को त्याग कर, यह सोच लेना कि अब आगे सब ठीक ही होगा, यह उचित नहीं है। अगर आगे चलकर राज ही किसी अलग जाति या धर्म की लड़की से शादी कर ले तो फिर कैसे बचा पाएगी नीलम अपने पिता की इज्जत? क्यों समाज में हर बलिदान के लिए लड़कियां सबसे पहले, अपनी जिंदगी की ही कुर्बानी चढ़ा देती हैं? क्या एक अकेली लड़की सिर्फ अपनी चाहत और सपनों का त्याग कर पूरे परिवार को संवार सकती है? बिल्कुल भी नहीं। लेकिन नीलम तो कुछ ऐसे ही धारणा बना बैठी थी। नीलम के पापा गेस्ट रूम में बैठकर चाय पी रहे थे। तभी वहां राज भी आकर बैठ गया। उसने अपने पापा से कहा 'पापा अब तो आपकी तबीयत ठीक हो गई है और मुझे भी यहां आए काफी दिन हो चुके हैं।' अभी राज की बात पूरी हुई भी नहीं थी कि, उसके पिता उसकी मन की बात भाप खुद ही कहने लगे 'हां, बेटा अब तुम्हें लखनऊ लौट जाना चाहिए। काफी दिनों की छुट्टी ले चुके हो तुम। आज ही लखनऊ की टिकट करवा लो।' तभी वहां शर्मा जी और जायसवाल जी भी आ पहुंचे।

शर्मा जी – 'टिकट करवा लो? क्यों राज वापस लखनऊ जा रहा है क्या?'

पांडे जी – 'हां, महीने के आसपास हो चुके हैं राज को यहां आए। आखिरकार सरकारी नौकरी में भी तो एक सीमा तक ही छुट्टी मिलती है।' उधर से जायसवाल जी बोले, 'बिल्कुल सही बोल रहे हैं, आप। लेकिन प्राइवेट नौकरियों का हाल बहुत खराब है चाहे पोस्ट कितनी भी अच्छी क्यों ना हो। जीना हराम कर देते हैं, वह लोग अपने एंप्लाइज का। मेरे अमन को ही देख लीजिए, मेकेनिकल इंजीनियर है। अभी छुट्टी पर मुश्किल से आए 1 हफ्ते ही हुए हैं और अभी से ही वापसी के लिए ऑफिस से फोन आने शुरू हो गए हैं।' पांडे जी ने फिर से राज को याद दिलाते हुए कहा, 'जाओ बेटा नहा कर तैयार हो जाओ और लखनऊ के लिए टिकट करवा लो।'

राज को वहां से हटाकर पांडे जी, शर्मा और जायसवाल जी से कुछ महत्वपूर्ण बात करना चाहते थे। पांडे जी ने अपने दोनों मित्रों से कहा, 'देखिए आप दोनों तो जानते ही हैं कि डॉक्टर ने कह दिया है कि मेरे पास अब मुश्किल से एक साल का समय ही बच गया है, और मैं मरने से पहले अपने सबसे बड़ी जिम्मेदारी से मुक्त हो जाना चाहता हूं, यानी कि नीलम

की शादी करवा देना चाहता हूं। मैं नहीं चाहता कि मैं नीलम की शादी करवाए बिना ही इस दुनिया से चला जाऊं। मैं नीलम को अपने आंगन से विदा करने के बाद ही इस दुनिया से विदा होना चाहता हूं। कहीं मैं नीलम की शादी किए बिना ही इस दुनिया से चला गया तो पता नहीं उसकी शादी किसी अच्छे लड़के से हो भी पाएगी या नहीं? क्योंकि नीलम की मां को अच्छे-बुरे की समझ तो है नहीं और रही बात राज की, तो वह नीलम का भाई है 'पिता' नहीं। एक पिता और भाई के नजरिए में जमीन आसमान से भी ज्यादा का अंतर होता है।

मैं नीलम के लिए एक अच्छा लड़का ढूंढने में आप दोनों की मदद चाहता हूं। आप लोग एक ऐसा लड़का ढूंढिए जो हमारी ही जाति का हो और अच्छे पोस्ट की सरकारी नौकरी करता हो, बस यही दो मांगे हैं मेरी।' जायसवाल जी ने पांडे जी से कुछ कहने के लिए मुंह खोला, फिर अचानक ही वह कुछ मन ही मन सोच कर चुप हो गए। शायद वह अमन के लिए नीलम का हाथ मांगना चाहते थे, नीलम को अपनी बहू बनाना चाहते थे। नीलम का स्वभाव कुछ था ही ऐसा, जो उसे हर कोई अपने घर की बहू या बेटी बनाना चाहता था। लेकिन जायसवाल जी के मन में उत्पन्न हो रहे इस विचार का एक और कारण भी था, वह जान चुके थे कि अमन भी नीलम से प्यार करता है। कुछ दिन पहले ही उनकी नजर अमन के मोबाइल की गैलरी पर पड़ी, जिसमें नीलम की सैकड़ों फोटोस थीं और बची खुची कसर अमन की डायरी ने पूरी कर दी। डायरी को पढ़ने के बाद जायसवाल जी को पता चला कि ऊपर से इतना सरल, सहज और खुश दिखने वाला, उनका बेटा अमन वास्तविकता में अंदर से कितना दुखी है। पगला बचपन से ही नीलम से प्यार करता है, लेकिन आज तक इजहार नहीं कर पाया। उससे इजहार करता भी तो कैसे बेचारा, नीलम के पिता के जात-धर्म के मापदंडों से जो परिचित था। उसे पता था कि नीलम के पिता नीलम की शादी उससे करवाने के लिए कभी राजी नहीं होंगे।

जायसवाल जी ने सोचा कि वह इस विषय में एक बार पांडे जी से बात करें। लेकिन फिर वह यह सोच कर चुप हो गए कि शादी के लिए जात-पात को लेकर काफी ज्यादा बहस हो जाएगी और कहीं इस बहस में उनके या फिर पांडे जी के मुंह से कहीं कुछ उल्टा-सीधा निकल गया तो...

.? फिर वर्षों पुरानी दोस्ती खतरे में पड़ जाएगी और वैसे भी किसी की बेटी को बहस के माध्यम से अपने घर की बहू नहीं बनाया जा सकता है। आज राज की मां फिर से किचन में पूरियां छान रही थी, नीलम जल्दी-जल्दी राज का बैग पैक कर रही थी और राज अल्फा के साथ फोन पर चैटिंग करने में बिजी था। राज आज लखनऊ वापिस जाने वाला था, इसलिए घर के सभी सदस्य काम में लगे हुए थे और राज अल्फा में। ऑटो वाला आ चुका था। राज अपना बैग लेकर बाहर निकला और घर के सभी सदस्य भी उसे विदा करने के लिए बाहर आए। मां ने राज से कहा, 'जल्दी ही वापिस आना बेटा, तुम्हारी बहुत याद आती है।'

राज - 'हां, मां जल्दी ही आऊंगा। मुझे भी तो आप लोगों की बहुत याद आती है।' अभी दोनों मां-बेटे बात कर ही रहे थे कि अचानक राज का फोन रिंग होने लगा। उसने फोन देखा तो अल्फा कॉल कर रही थी। मां की बात को अधूरा ही छोड़ राज झट से ऑटो पर बैठ गया और ऑटो वाले को स्टेशन चलने के लिए कह दिया। मां उसे टकटकी लगाए देखते ही रह गई, फिर नीलम से बोली, 'नीलम देख लखनऊ जाने के बाद राज कितना बदल गया है।'

नीलम - 'वह कैसे मां?'

मां - 'ना हीं पहले की तरह फोन करता है और ना ही घर आने पर बात करता है। अभी तो तुमने देखा ना नीलम कैसे फोन आने पर मेरे पैर छुए बिना ही चला गया।' अभी नीलम अपनी मां को कुछ जवाब देती कि इससे पहले ही उसके पिता बोल पड़े, 'आप भी ना नीलम की मां...., छोटी-छोटी बातों को लेकर बैठ जाती हो। बच्चा हमारा अपना है, फिर ये झूठ-मूठ की औपचारिकताएं दिखा कर क्या फायदा और वैसे भी आज के इस 21वीं शताब्दी में यह पैर-वैर छूने का चलन समाप्त हो गया है।'

नीलम की मां ने जवाब दिया, 'आप तो रहने ही दीजिए, मां-बाप के पैर छूना कोई फैशन या दिखावा है क्या? जो अब इनका चलन खत्म हो गया? यह तो वही बात हो गई ना कि भगवान को दीया-बाती दिखाना औपचारिकताएं हैं और बदलते जमाने के साथ चलने के लिए हमें, अपने भगवान की पूजा करना छोड़ देनी चाहिए। मतलब बेटे की गलती छुपाने के लिए कुछ भी बोलेंगे आप? मां-बाप के पैर छूना बच्चों के मन में मां-बाप

के प्रति श्रद्धा को दर्शाता है और यही श्रद्धा राज के मन से दिन-प्रतिदिन खत्म होती जा रही है। पहले हमारा बेटा प्रतिदिन कॉलेज जाने से पहले हम दोनों के पैर छूकर आशीर्वाद लेता था। लेकिन अब देख लीजिए, इतनी दूर लखनऊ चला जा रहा है हमारा आशीर्वाद लिए बिना। लखनऊ जाने के बाद यह काफी ज्यादा बदल गया है। वहां की हवा ने इसके व्यवहार और दिमाग को वाकई हमारे लिए एक राज बना कर रख दिया है।' तभी नीलम बोल पड़ी, 'मेरी प्यारी मां, अब गुस्सा थूक दो और मान भी जाओ। मैं राज को फोन करके बोल दूंगी कि अब से वह जब भी आए, तो तुम्हारे पैर छूकर जाए। चलो अब घर के अंदर और मुझे भी अपने हाथों से बनी गरमा-गरम पूरियां खिलाओ।'

आसमान ने दिन के दीपक को बुझा कर रात के काली अंधेरे की चुन्नी को ओढ़ लिया था। ट्रेन अपनी मंजिल तक पहुंचने के लिए पटरियों पर तेजी से दौड़ रही थी और दूसरी तरफ राज का दिल भी अल्फा के प्यार में कुछ ज्यादा ही तेजी से धड़क रहा था। एक महीने से अल्फा को निहारे बिना राज की आंखें पथरा सी गई थी। उसे ऐसा महसूस हो रहा था कि मानो एक महीने से उसकी जिंदगी का एक महत्त्वपूर्ण हिस्सा कहीं खो-सा गया है। राज मुस्कुराया और फिर बड़बड़ा कर अपने आपसे ही बातें करने लगा। कहने लगा कि, 'मैं लखनऊ से पटना आया तो था पापा की सेवा करने, लेकिन मैंने ऐसा कुछ नहीं किया। आधे समय तो अल्फा के साथ फोन पर बातें और मैसेजिस किए और बाकी समय अस्पताल में बैठकर पापा की बजाए अल्फा की चिंता की। पटना आकर उसे फायदा ही क्या हुआ? सारी जिम्मेदारियां तो नीलम ही अकेले अच्छे से संभाल ले रही थी। यहां आकर बस उसका समय बर्बाद हुआ है, उसे पूरे एक महीने तक अल्फा से दूर रहना पड़ा है।

आज राज का स्वार्थ उसके सिर पर चढ़कर बोल रहा था। एक पराए इंसान के प्यार ने, राज के अपनों को उसके लिए पराया बना दिया था, या फिर यूं कहें कि राज ने खुद ही पराए इंसान के प्यार में अपनों को पराया कर दिया। जिस प्यार की शुरुआत ही ऐसी थी, ना जाने वह प्यार आगे चलकर संतान की नीचता की कौन-कौन से नए रूप दिखाएगी? वक्त और ट्रेन की रफ्तार दोनों ही तेजी से आगे बढ़ते जा रहे थे। राज की पलकें

झपकी और कुछ देर बाद जब उसकी पलकें खुलीं तो सुबह हो चुकी थी और ट्रेन लखनऊ स्टेशन पर थी। लखनऊ स्टेशन देखकर राज का चेहरा फूल की तरह खिलखिला उठा। यह शहर जो चन्द महीने पहले उसके लिए बिल्कुल अनजान था। आज वही शहर, उसे अपनों से भी ज्यादा अजीज हो गया था। राज अपना बैग लेकर ट्रेन से उतरा और फिर बोला, 'अब बस चंद मिनटों का इंतजार है। उसके बाद मैं और अल्फा हम दोनों एक दूसरे के सामने होंगे।'

वहीं दूसरी तरफ पटना में हर दिन की भांति राज के पिता नाश्ता कर रहे थे। तभी शर्मा और जायसवाल जी भी वहां पहुंचे। तीनों ने बातों का सिलसिला शुरु किया। लेकिन आज बातों का विषय कुछ खास था। शर्मा और जायसवाल जी दोनों ही जन, पांडे जी के बच्चों के लिए शादी का रिश्ता ढूंढ कर आए थे। पहले शर्मा जी बोले, 'देखिए पांडे जी मैं एक बहुत अच्छे और संपूर्ण घर की लड़की का रिश्ता आपके राज के लिए लेकर आया हूं। लड़की इंजीनियर है, अपने माता-पिता की इकलौती संतान है। उसके पिता सरकारी बैंक में अच्छी पोस्ट में कार्यरत हैं और मेन टाउन में उनका चार तले का मकान भी है। हमारे राज को तो इससे अच्छी लड़की मिल ही नहीं सकती है। मैंने राज की फोटो भी लड़की वालों को दिखा दी है। लड़की वाले चाहते हैं कि आप यह शादी इसी महीने करवा दें।

पांडे जी - 'इसी महीने? यह कैसे हो सकता है? नीलम बड़ी है पहले उसकी शादी होगी फिर बाद में राज की।'

शर्मा जी - 'लड़की वालों को पता था कि आप नीलम की शादी को लेकर समय लगाएंगे, इसलिए उन्होंने कहा है कि आप पहले उनकी बेटी और राज की शादी करवा दीजिए। उसके बाद वह हर तरह से नीलम के लिए एक अच्छा लड़का ढूंढने में आपकी मदद करेंगे। वैसे भी राज की शादी में उसे जो कुछ भी मिलेगा, उससे हम नीलम के लिए और भी बेहतर लड़का ढूंढ सकेंगे।'

पांडे जी - 'शर्मा जी आप यह कहना चाहते हैं कि मैं पैसों के लालच में अपनी बेटी की जगह बेटे की शादी पहले करवा दूं? मैं अपनी बेटी के साथ बेईमानी नहीं कर सकता हूं। एक तो पहले ही मेरी गलती के कारण नीलम की शादी होने में इतनी देर हो गई और उस पर बेटे की शादी पहले

करवाकर नीलम के लिए मैं और मुसीबतें नहीं बढ़ा सकता। यहां लोग बड़ा बेटा होने के बावजूद भी अपनी छोटी बेटियों की शादी पहले करवाते हैं और यहां आप चाहते हैं कि मैं अपनी बड़ी बेटी को कुंवारी रखकर छोटे बेटे की शादी पहले करवा दूं, ताकि लोग यह सोचें कि लड़की में जरूर कोई ना कोई कमी है इसलिए बड़ी बहन से पहले छोटे भाई की शादी हो गई। ऐसा करने पर तो कोई भी परिवार मेरी बेटी को अपनी बहू के रूप में नहीं स्वीकारेगा, फिर तो शादी के लिए संजोए सपने नीलम के लिए सपने ही बनकर रह जाएंगे।'

पांडे जी का चेहरा यह सारी चीजें सोचकर गुस्से से लाल हो गया। वह अपने गुस्से पर काबू नहीं कर पाए और ना चाहते हुए भी ऊंचे स्वर में शर्मा जी से बोल ही पड़े, 'आप नीलम के लिए शादी के सपने को सपना ही बनाकर रखना चाहते हैं क्या? क्या आप नहीं चाहते हैं कि मेरी बेटी की शादी हो?' बात और पांडे जी के गुस्से को बिगड़ता देख, जायसवाल जी बीच बचाव करने उतरे। उन्होंने कहा, 'नीलम बेटी के लिए शादी सपना बनकर कैसे रह जाएगा, वह भी मेरे रहते हुए। आप शांत होकर बैठ जाइए।' जायसवाल जी ने पानी से भरे गिलास को पांडे जी के हाथ में थमाया, फिर उनके बगल में बैठकर बोले कि 'आप तो शर्मा जी की ही बात सुनकर इतना ज्यादा भड़क गए, मुझे तो अपनी बात आप दोनों के सामने रखने का मौका ही नहीं मिला।'

पांडे जी – 'बोलिए आप क्या बोलना चाहते हैं'

जायसवाल जी – 'मैं भी आपको नीलम के लिए एक लड़के के बारे में बताना चाहता हूं। उस लड़के का नाम अभिजीत है। उसके पिता मेरे ही साथ काम करते थे। अभिजीत रेलवे में स्टेशन मास्टर की पोस्ट पर है। अब उसके पिता उसकी शादी करवाना चाहते हैं। एक हफ्ते पहले उनका फोन मेरे पास आया था, तो बातों ही बातों में उन्होंने बेटे की शादी की बात मुझे बताई। उन्होंने कहा कि 'उन्हें अपने बेटे के लिए एक संस्कारी एवं घरेलू लड़की चाहिए, जो उनके परिवार को बांधकर रख सके, क्योंकि अब उनकी पत्नी अपने बेटे की शादी के बाद घर की जिम्मेदारियों से रिटायरमेंट लेना चाहती हैं। उन्होंने यह भी कहा है कि शादी के लिए उनकी तरफ से किसी भी प्रकार की कोई मांग नहीं है क्योंकि बेटा अच्छी पोस्ट पर है,

अच्छी सैलरी मिलती है और यहां तक कि ऊपरी कमाई भी हो जाती है।' जायसवाल जी की बात सुनकर पांडे जी का गर्म मूड ठंडा हो चला था। पांडे जी के चेहरे पर एक संतुष्टि भरी मुस्कान थी। मुस्कान हो भी क्यों ना, आखिरकार उनकी बेटी के लिए इतने अच्छे लड़के के बारे में जो पता चला था। जिस तरह के दामाद की कल्पना उन्होंने की थी और जिस तरह के दमाद का उन्होंने सपना देखा था। यह लड़का उन कल्पनाओं एवं सपनों से भी ज्यादा अच्छा था।

अब पांडे जी एक बड़ी जिम्मेदारी निभाने के कगार पर खुद को खड़ा महसूस कर रहे थे। नीलम ने जो शादी को लेकर सपने संजोए थे, अब उन्हें पूरा करने के लिए बस पहल करने की जरूरत थी। अब तो पांडे जी नीलम के कन्यादान के सपने भी देखने लगे थे। लेकिन उनका यह सपना आगे चलकर साकार होने वाला था या फिर सपना बनकर ही रहने वाला है यह कोई भी नहीं जानता था। हम सभी इंसानों की जिंदगी कुछ ऐसी ही होती है। हम सपने तो सैकड़ों देख लेते हैं, लेकिन वह सपने हकीकत में तब्दील होंगे या फिर सपने बनकर रह ही जाएंगे, इस बात से हम बिल्कुल अनजान होते हैं। मन और आंखों पर किसी का बस नहीं होता। यह दोनों आपस में जब भी मिलते हैं जाने-अनजाने हजारों सपने देख डालते हैं। सपने देखे भी क्यों ना? सपने देखना तो हर किसी का जन्मसिद्ध अधिकार है। अगर इंसान सपने ही देखना छोड़ दे तो वह आगे कैसे बढ़ेगा? सपने देखेगा, उन्हें साकार करेगा तभी तो आगे बढ़ेगा। लेकिन सपने देखना और उन्हें साकार करने के बीच एक बहुत बड़ा दरिया है। जिसे बहुत कम लोग ही पार कर पाते हैं।

उधर राज स्टेशन से सीधे अल्फा के घर जा पहुंचा। अल्फा का घर खाली था, शायद सभी लोग कहीं गए हुए थे। अल्फा किचन से कुछ लेकर निकल ही रही थी, तभी अचानक प्यार के रस में डूबी हुई एक आवाज आई, 'अल्फा कैसी हो तुम?' अल्फा ने अपनी नजरें उठाकर देखा तो सामने राज खड़ा था। अल्फा को देख कर राज के दिल में एक प्यार का सुनामी सा आ गया। अल्फा अभी राज को कुछ कह पाती या, फिर कुछ कर पाती इससे पहले ही उसने अल्फा को अपनी बाहों में भर लिया। राज को देखकर ऐसा लग रहा था कि मानो, ना जाने वह कितने जन्मों से अल्फा से दूर है? एक बंजर भूमि की तरह बर्ताव कर रहा था राज।

राज को इंतजार था कि कब यह बरखा रूपी अल्फा उस पर अपने स्नेह की वर्षा करे और उसका बंजर मन उसके प्रेम से अंकुरित हो उठे। दोनों को एक दूसरे की बाहों का साथ बहुत भा रहा था। यह छुअन और एहसास, राज और अल्फा के लिए किसी जन्नत के एहसास से कम ना था। कम होगा कैसे एक महीने की जुदाई के बाद जो दोनों मिले थे। वैसे भी प्यार ने ही तो जन्नत और स्वर्ग जैसे शब्द को जन्म दिया है। सही कहते हैं लोग प्यार अंधा होता है। ना रंग देखता है, ना रूप देखता है, ना जात देखता है और ना ही मजहब देखता है, बस देखता है तो अपने साथी का दिल और उसके दिल में छुपा अपने प्रति बेइंतहा प्यार। बस इतना ही देखना काफी होता है दो प्यार करने वालों के लिए। 'हां, लेकिन यह समझना थोड़ा मुश्किल है कि मन में किसी के प्रति आ रही यह भावनाएं प्यार है या फिर प्यार का मुखौटा पहने हुए आकर्षण? अगर यह भावनाएं वाकई प्यार है तो सब ठीक है और कहीं यह भावनाएं मात्र आकर्षण हुईं और लंबे समय तक बने रहने के साथ कहीं इन्होंने अपनी सीमाएं लांघ दीं तो यह सिर्फ और सिर्फ तबाही का सबब बन कर रह जाएंगी।

अल्फा ने राज की बाहों में खुद के बिखरे हुए जिस्म को संभाला। उसे डर था कि कहीं उसके परिवार के किसी सदस्य ने, उसे यूं राज की बाहों में टूटकर बिखरे हुए देख लिया तो वह लोग राज और अल्फा के प्यार की कली को खिलने से पहले ही अपने पैरों तले रोंद डालेंगे। लड़के तो शुरु से ही प्यार और उसके इजहार के मामले में काफी बेबाक होते हैं और यही बेबाकी आज राज में भी साफ तौर पर दिख रही थी। उसने अल्फा को अपनी बाहों में भर तो लिया था, लेकिन उसे छोड़ने का बिल्कुल भी नाम नहीं ले रहा था। आखिरकार थक-हारकर अल्फा को ही कहना पड़ा, 'राज मुझे छोड़ो नहीं तो कोई देख लेगा, पूरी जिंदगी का कोटा आज ही पूरा करना है क्या?' राज ने अल्फा पर से अपनी पकड़ ढीली करते हुए कहा, 'सॉरी, मुझे बिल्कुल ध्यान ही नहीं था कि हमें कोई यूं ऐसे देख लेगा।' अल्फा ने बिल्कुल सही वक्त पर सही फैसला लिया था। पलक झपकते ही उसके परिवार वाले हाजिर हो गए। आज अल्फा की सावधानी ने उसे एक बड़ी तबाही से बचा लिया। लेकिन अल्फा खुद को और राज को कब तक इस तबाही से बचा पाएगी यह एक सवाल ही था? जिसका जवाब सिर्फ और

सिर्फ अल्फा और राज ही जानते थे। अगर यह दोनों एक दूसरे से सच्चा प्यार करते हैं और इन्हें अपने रिश्ते को एक नाम देना है, यानी कि शादी के बंधन में बंधना है तो एक न एक दिन, इन्हें हिम्मत के साथ इस तबाही का सामना करना ही होगा।

अल्फा के अब्बू ने राज से पूछा, 'अरे! बेटा, तुम कब आए?'

राज – 'अभी तुरंत ही आया हूं। घर गया तो देखा कि ताला लटका हुआ है। तेजस को फोन किया तो उसने फोन नहीं उठाया। सोचा कि उसके आने तक सामान लेकर कहां भटकता फिरुंगा, इसलिए सीधे यहां आ गया।'

अल्फा के अब्बू – 'तुमने ठीक ही किया बेटा, जो यहां आ गए। यह भी तो तुम्हारा अपना ही घर है।'

राज ने मुस्कुराते हुए जवाब दिया, 'हां अंकल।' फिर राज ने धीमी स्वर में बुदबुदाते हुए कहा, 'यह मेरा घर नहीं मेरा होने वाला ससुराल है।' राज ने फिर संस्कारी बच्चे की भांति अल्फा के अम्मी-अब्बू के पैर छुए। यह वही राज था, जिसने पटना से लखनऊ आते समय अपने मां-बाप के पैर नहीं छुए और आज यहां अल्फा के अम्मी-अब्बू के पैर छूते नहीं थक रहा था। कितनी मतलबी है आज की संतान, जो अपना सगा है उसे इज्जत नहीं देते और जो पराया है उसे अपना सगा बनाने के लिए उसके सामने अपने संस्कारों की नुमाइश करते नहीं थक रहे हैं।

दोपहर होने को थी। अल्फा के अब्बू ने राज को दोपहर का खाना अपने घर ही खाने को कहा। राज ने भी ना नुकुर नहीं किया, क्योंकि वह भी अल्फा के हाथों से बना खाना, खाना चाहता था। चाहे भी क्यों ना अल्फा उसकी मोहब्बत जो ठहरी। आज खाना भी अल्फा ने बनाया था और राज को परोसा भी उसी ने था, इसी कारण बाकी दिनों की तुलना में आज राज की भूख कुछ ज्यादा ही बढ़ गई थी। इसी चक्कर में आज राज ने कुछ ज्यादा ही खा लिया था। इसके बाद अल्फा के अब्बू और राज ने खूब बातें कीं। राज ने बातों ही बातों में अल्फा के अब्बू को पटना में गुजारे अपने पूरे एक-एक सेकंड का ब्यौरा दे दिया। लेकिन वहां पटना में उसने कभी 5 मिनट भी अपने माता-पिता या फिर अपनी बहन से बैठकर बात नहीं की और यहां अपनी यात्रा का वृतांत अल्फा के अब्बू को सुना रहा है। देखते ही देखते सूरज ने अपनी लालटेन की रोशनी बिल्कुल कम कर दी, क्योंकि

शाम हो चली थी। राज ने अपना बैग उठाया और अल्फा से कहा, 'अब मैं चलता हूं तेजस ऑफिस से आ गया होगा। कल से तुम पहले वाले टाइम पर शाम को ट्यूशन पढ़ने आ जाना। अब ज्यादा समय बर्बाद करना ठीक नहीं है, एग्जाम बहुत नजदीक हैं।' यह कहकर राज वहां से चला गया।

उधर पटना में नीलम की शादी की बात जायसवाल जी के बताए हुए लड़के से चलाई गई। लड़के वाले नीलम को देखने आए। लड़के के परिवार वाले लड़के को अपने साथ लेकर आए थे, क्योंकि उनका मानना था कि शादी तो लड़के और लड़की को करनी है, तो उन्हें एक दूसरे को अच्छे से देखने दें।

वैसे जो लड़का नीलम को देखने आया था, वह भी किसी मामले में कम नहीं था। गोरा-चिट्टा चेहरा, गुलाबी गाल, लंबा कद, घने बाल वाकई खूबसूरत था। नीलम ने सभी लोगों को चाय से भरा कप पकड़ाया। इतने पर ही जायसवाल जी बोल पड़े, 'देखिए यह है हमारी प्यारी बिटिया रानी नीलम, काफी शांत और सुशील स्वभाव की है।' जायसवाल जी एक-एक कर नीलम की तारीफों के पुल बांधते गए, फिर अचानक रुके और बोले, 'मैं तो आप लोगों को लड़के का नाम बताना ही भूल गया। 'अभिजीत' नाम है मेरे होनहार बेटे का। अब मैं अभिजीत की क्या तारीफ करूं। सब कुछ तो मैं आपको पहले ही बता चुका हूं, पांडे जी।'

नीलम को काफी देर से खड़ा देख, अभिजीत के पिता ने उसे सोफे पर बैठने को कहा। नीलम काफी शर्मा रही थी, सोफे तक जाने के लिए उसके कदम ही नहीं बढ़ पा रहे थे। अभिजीत की मां उठी और नीलम का हाथ पकड़कर उसे सोफे के पास ले जाने लगी। तभी नीलम का पैर साड़ी में फंस गया और वह लड़खड़ा कर गिर पड़ी। लोग अभी कुछ करते या फिर कुछ सोच पाते, इससे पहले ही अमन ने नीलम को अपनी बाहों का सहारा देकर उठा लिया। अमन के इस मददगार स्वभाव को देखकर नीलम को अपने कॉलेज के पुराने दिन याद आ गए कि किस तरह अमन उसके लिए सभी से लड़ जाता था, उसकी हर तकलीफ को अपनी तकलीफ समझता था, जब तक वह उसकी मुसीबतों को दूर ना कर दे तब तक उसे चैन नहीं मिलता था। आज भी अमन बिल्कुल वैसा ही है, बिल्कुल भी नहीं बदला। वैसे मैं भी कहां बदली हूं, स्कूल से लेकर कॉलेज के टाइम तक उसके प्यार को

समझ नहीं पाई और आज उसके प्यार को जान और समझ कर भी अनजान बनी हुई हूं। कितनी मतलबी हूं मैं, या फिर मतलबी बना दी गई हूं। परिवार के मोह ने मुझे अमन के प्यार के सामने आंख मुंदने पर मजबूर कर दिया है।

हर बार लड़के वाले मुझे मेरे सिंपल ग्रेजुएट और बेरोजगार होने के कारण ठुकरा कर चले जाते हैं और जो अपनाने के लिए तैयार होते हैं, वह दहेज में हद से ज्यादा ही पैसों की मांग कर डालते हैं। इधर अमन है, जिसे मुझसे किसी भी प्रकार का कोई लोभ नहीं है। एक तरफ परिवार वाले मुझे अमन को अपनाने की इजाजत नहीं दे रहे हैं और दूसरी तरफ दहेज में ज्यादा पैसे ना मिलने के कारण मुझे कोई अपनाने को तैयार नहीं हैं। डर लगता है, कहीं मेरी शादी का सपना, सपना ही बनकर ना रह जाए। शायद नीलम के पैर में मोच आ गई थी। सोफे तक जाने के लिए उसके पांव नहीं बढ़ रहे थे, वह बार-बार लड़खड़ा जा रही थी। अमन ने उसे अपनी गोद में उठाया और सोफे पर ले जाकर बैठा दिया। अभिजीत के पिता नीलम के पांव को लेकर काफी चिंतित दिख रहे थे। उन्होंने नीलम से पूछा, 'तुम कैसे गिर गई बेटा?'

नीलम – 'वो साड़ी पैर में फंस गई थी, अंकल।'

अभिजीत के पिता – 'बेटा जब साड़ी पहनने में तकलीफ है तो फिर उसे पहनती ही क्यों हो? साड़ी की जगह सूट पहन लेती।' उधर से अभिजीत की मां बोली, 'हां बेटा, तुम्हारे अंकल बिल्कुल सही कह रहे हैं। जिन चीजों को पहनने और संभालने में तकलीफ हो वैसी चीजों को पहनना ही क्यों? और वैसे भी बेटी तुमने अगर हमारे लिए साड़ी पहनी थी तो मैं तुम्हें यह बता दूं कि कोई पहनावे से अच्छा या बुरा नहीं बनता है। अगर तुम साड़ी की जगह सूट या फिर जींस टॉप भी पहनती तो उतनी ही प्यारी, मासूम और सुशील दिखती, जितनी तुम अभी दिख रही हो। तुम्हारी आभा और गुण कपड़ों के मोहताज नहीं हैं बेटी और ना ही हमारा तुम्हें देखने का नजरिया कपड़ों का मोहताज है। बेटी अगर तुम्हें या फिर तुम्हारे परिवार वालों को ऐसी कोई गलतफहमी है कि हम शादी के बाद तुम्हें कुछ भी मनमुताबिक कपड़े पहनने में रोक-टोक करेंगे, तो प्लीज इस गलतफहमी को दूर कर लेना, क्योंकि कपड़े सिर्फ तन ही ढकने का काम करते हैं, चरित्र निर्माण और गुण यह सब तो हमारे हाथों की चीजें हैं। कपड़ों से चरित्र और गुणों का कोई लेना-देना नहीं है।'

अभिजीत के माता-पिता की बातों को सुनकर नीलम के पिता को यह विश्वास हो चला था कि अब उनकी बेटी को सपनों में देखा हुआ घर और परिवार मिलने वाला है। अब बस उन लोगों की 'हां' का इंतजार था। सारी बातचीत, खान-पान और औपचारिकताएं हो चुकी थीं। अभिजीत की मां ने अपने हाथों के सोने के कंगन उतारकर नीलम के हाथों में पहना दिए और बोली, इस कंगन के साथ मेरा बेटा, हम दोनों पति-पत्नी और मेरे घर की सारी जिम्मेदारियां अब तुम्हारी हुई बेटी। अब तुम हमारे घर की लक्ष्मी बनने वाली हो।' नीलम ने अभिजीत के मां-पिता के पैर छुए। दोनों ने उसके सिर पर हाथ रखकर कहा, 'हमेशा खुश रहो बेटी और तुम्हारे हर सपने हकीकत में तब्दील हों।'

शुरू से लेकर अंत तक अभिजीत शांत ही बैठा रहा। उसके मुंह से एक भी शब्द नहीं फूटा। वैसे तो शादी उसकी तय हो रही थी। लेकिन अभी तक किसी ने भी उससे यह नहीं पूछा था कि उसे नीलम पसंद है भी या नहीं? लेकिन अभिजीत के चेहरे की मुस्कान को देखकर यह साफ अंदाजा लगाया जा सकता था कि उसे नीलम पसंद थी। पसंद हो भी क्यों ना, एक तो नीलम इतनी गुणी और संस्कारी है, उस पर दूसरी बात यह कि वह उसके माता-पिता की पसंद थी। आखिरकार उसके माता-पिता के पास बरसों का तजुर्बा है, तभी तो उन्होंने नीलम को उसके लिए चुना। आगे चलकर जरूर वह उसके लिए सर्वश्रेष्ठ जीवनसाथी सिद्ध होगी।

आखिरकार रही-सही कसर जायसवाल जी ने अभिजीत से यह पूछकर पूरी कर ही दी कि 'बेटा तुम्हें नीलम पसंद है ना?' अभिजीत ने भी मुस्कुराकर हामी भरने में बिल्कुल भी देरी नहीं की। अभिजीत की मां ने पांडे जी से कहा, 'अब तो आपकी बेटी हमारी हुई। अब बस सगाई और विदाई की तारीख तय करने की औपचारिकताएं रह गई हैं।' पांडे जी मुस्कुरा कर बोले, 'बिल्कुल सही बोल रही हैं आप।'

आज नीलम के पिता काफी खुश थे। उनके चेहरे पर संतुष्टि के भाव साफ दिख रहे थे। उनके दिल पर से आज एक बड़ा बोझ उतर-सा गया था। हर बार कभी दहेज के कारण तो, तो कभी नीलम के बेरोजगार होने के कारण उन्हें ना सुनना पड़ रहा था। किसी भी पिता के लिए लड़के वालों की तरफ से अपनी बेटी के लिए ना सुनना काफी दुःखदायक होता है और

वह भी खासकर तब जब बेटी को पिता के कारण ठुकराया गया हो। पांडे जी सोचने लगे, आखिरकार मैंने ही तो नीलम को आगे पढ़कर नौकरी करने की इजाजत नहीं दी और इसी कमी का फायदा उठाकर लड़के वाले नासमझों की भांति, दहेज में बेइंतहा पैसों की मांग करने लगे।

कितना दु:ख होता है जब खुद के गलत फैसलों की सजा बच्चों को भुगतनी पड़ती है, वह भी खासकर बेटी को। कितना दु:ख होता होगा नीलम को जब वह लड़के वालों की तरफ से बार-बार ना सुनती होगी। मेरी नासमझी ने उसे हर चीज में सक्षम होते हुए भी एक अपाहिज बना कर रख दिया। काश! मैंने वक्त रहते उसकी बात सुनी होती, उसे भी अपने दोस्तों की बेटियों की तरह आगे तक पढ़ लिखकर नौकरी करने की छूट दी होती तो शायद जो खुशियां उसे आज मिली हैं वह उसे काफी वक्त पहले मिल चुकी होतीं। खैर जो भी हो अब नीलम के सपने हकीकत का आकार लेने लगे हैं। उसका संजोया 'शादी का सपना' साकार होने को है। कितनी सुंदर लगेगी मेरी बेटी लाल जोड़े में! शायद! मैं इसकी कल्पना भी नहीं कर सकता। आखिरकार नीलम के साथ मेरा भी तो सपना साकार होने वाला है 'कन्यादान का सपना'।

इधर नीलम के परिवार वालों से लेकर अभिजीत के परिवार वाले सभी खुश थे। लेकिन नीलम ने अपनी आंखों के आंसुओं को बनावटी मुस्कान के मुखोटे से ढक रखा था। नीलम को अभिजीत को पाने की खुशी ना होकर अमन को खोने का गम ज्यादा था। नीलम से तो किसी ने उसकी मर्जी जानने की कोशिश ही नहीं की। किसी ने उससे यह भी पूछना जरूरी नहीं समझा कि उसे अभिजीत पसंद है भी या नहीं? सभी लोगों ने इस रिश्ते के लिए अपनी-अपनी हामी भर दी। लेकिन जिस लड़की के कारण यह रिश्ता जुड़ने वाला था, उसकी मर्जी को जानने एवं अहमियत देने की जरूरत किसी ने नहीं समझी। इन्हीं कुछ चीजों को देखकर लगता है कि लड़कियां कितनी भी आगे क्यों ना चली जाएं, लेकिन समाज उन्हें कई मामलों में लड़कों से पीछे ही रखता है। वैसे भी ठीक ही किया इन लोगों ने जो इन्होंने नीलम की मर्जी नहीं पूछी। नीलम जो बेमन 'हां' बोलती उससे अच्छा उसकी मर्जी को ना जानना ही था।

इधर नीलम के दिल के हजार टुकड़े तो हुए ही थे और उधर अमन के मन में भी मातम कम नहीं था। किसी भी इंसान की जिंदगी का सबसे

दुखद पल वह होता है, जब वह अपनी आंखों के सामने अपने प्यार को किसी और का होते हुए देखता है और चाह कर भी उसे कभी समाज के तानों के डर से तो कभी परिवार वालों की परवाह के कारण किसी और का होने से रोक नहीं पाता। ठीक ही कहा है दुनिया वालों ने प्यार सिर्फ एक बर्बादी है। अगर किसी इंसान को अपनी जिंदगी में किसी से सच्चा प्यार हो जाए और अगर वे एक ना हो पाएं तो उन्हें कोई बर्बाद होने से रोक नहीं सकता, क्योंकि इन लोगों का प्यार शारीरिक भूख पर नहीं टिका होता है, जो अपना मतलब पूरा होते ही अपने-अपने रास्ते चले जाएं, बल्कि इन लोगों का प्यार एक-दूसरे के प्रति बेइंतहा चाहत और मोहब्बत पर टिका होता है।

सभी मेहमान जा चुके थे और नीलम अपने कमरे में बैठकर रो रही थी। नीलम को अपनी तकदीर के खेल पर आश्चर्य हो रहा था। लोग अपनी शादी तय होने पर खुशी मनाते हैं और वह है कि बैठकर आंसू बहा रही है। वह सोचने लगी, 'आखिरकार यह सपना मेरा ही तो था। मैंने शादी को लेकर ना जाने कितने सपने संजोए थे। जब ये सपने धीरे-धीरे हकीकत में तब्दील होने लगे हैं तो मुझे इतना दु:ख क्यों हो रहा है? मेरी आंखों से आंसू क्यों बह रहे हैं? यह मन इतना अशांत-सा क्यों है? शायद इन सबका कारण 'अमन' ही है। मेरे दिल और दिमाग में सिर्फ अमन ही बसा है, क्योंकि मैं उससे प्यार करती हूं। मैं अमन को जितना भी अपने दिल से निकालने की कोशिश करती हूं, उसे जितना भी भुलाने की कोशिश करती हूं, उतना ही मेरी सांसे और धड़कनें मुझे उससे बेइंतहा प्यार होने का एहसास करवाती हैं। ना जाने कितने साल तो मैंने अमन के प्यार को नजर अंदाज करते हुए निकाल दिए, लेकिन अब मुझसे उसके प्यार को और नजरअंदाज नहीं किया जाता।

मेरे मन में बरसों से सोई हुई अमन के लिए भावनाएं, जज़्बात और प्यार जाग उठे हैं। पता ही नहीं चलता आखिरकार करूं तो क्या करूं? पापा से जाकर कह दूं कि मुझे अभिजीत से शादी नहीं करनी है, क्योंकि मैं अमन से प्यार करती हूं। कहीं यह सुनने के बाद पापा को हार्ट अटैक आ गया तो? नहीं-नहीं मैं अपनी खुशियों की खातिर अपनी मां की मांग को सूना नहीं कर सकती। मैं उनके सिंदूर को छीनने का पाप नहीं कर सकती। एक तो ना जाने कितने सालों से ना-ना सुनने के बाद आज अभिजीत के घर वालों की तरफ से 'हां' सुनने को मिला है। वह भी बिना किसी दहेज की

मांग किए। भगवान भी मेरी जिंदगी के साथ रोज नए-नए खेल खेलते रहता है। मेरी जिंदगी के तराजू में एक तरफ अमन को तो दूसरी तरफ अभिजीत को रखकर तौल रहा है।

एक तरफ अमन है जो मेरे बचपन का प्यार है, जिसे मैं अच्छे से जानती और समझती हूं, जो अभी तक मेरे इंतजार में बैठा है। वहीं दूसरी तरफ अभिजीत है, जिसने अभी तुरंत ही हम सबकी जिंदगी में दस्तक दी है और तुरंत ही पापा के दिल में जगह बना कर बैठ गया है या फिर यह कहूं कि पापा ने खुद ही उसे अपने दिल में जगह दे दी है, वह भी सिर्फ इसलिए ,क्योंकि वह हमारी जाति का है और उसने दहेज की मांग नहीं की।

अगर मेरी शादी अमन से होती तो क्या उसके परिवार वाले पापा से दहेज की मांग करते? बिल्कुल भी नहीं और यह बात पापा भी अच्छी तरह जानते हैं। जायसवाल अंकल तो पापा के बचपन के दोस्त हैं, फिर पापा ने कभी मेरे और अमन के रिश्ते के बारे में क्यों नहीं सोचा? क्या जरूरत है जाति को इतना महत्व देने की? शादी तो दो इंसानों का बंधन है, दो समान जातियों का थोड़ी ना है। क्या सामान्य जाति में विवाह कर लेने से आपको अपने वैवाहिक जीवन में वह सारी खुशियां मिल जाएंगी, जिसके आप हकदार हैं? क्या इस बात की कोई लिखित गारंटी है? नहीं ना? फिर पापा जाति को इतना तवज्जो क्यों दे रहे हैं?

मात्र कुछ घंटों में ही पापा ने अभिजीत को अपनी आंखों का तारा बना लिया और इन्हीं कुछ घंटों में वे अभिजीत को अच्छाई की मूर्ति समझ कर, उसे अपना दामाद बनाने के लिए तैयार भी हो गए। मैं यह नहीं कहती हूं कि अभिजीत बुरा है या फिर उसमें कोई खामियां हैं। पापा की तजुर्बेदार आंखों ने उसे पसंद किया है तो उसमें कोई ना कोई खास खासियत तो जरूर होगी ही। वैसे भी उसने और उसके परिवार वालों ने बहुत सारी चीजों के माध्यम से अपनी अच्छाई तो दिखा ही दी है, बस एक मैं ही हूं जिस पर अमन की अच्छाई कुछ ज्यादा ही हावी है।

जाति को कुछ समय के लिए अलग रखकर पापा ने जरा अमन के बारे में सोचा होता। उसका तो पूरा बचपन ही पापा की आंखों के सामने खेलते हुए बीता है। जितनी अच्छी तरह जायसवाल अंकल अपने बेटे अमन को जानते है, उतनी ही अच्छी तरह पापा भी तो उसे जानते हैं। उन्होंने कभी

दोस्ती को रिश्तेदारी में बदलने के बारे में क्यों नहीं सोचा? यह क्यों नहीं समझने की कोशिश की कि दो अच्छे बचपन के दोस्त ही भविष्य में अच्छे हमसफर बन सकते हैं और जायसवाल अंकल तो मुझे शुरु से ही अपनी बेटी मानते हैं। फिर उनके जैसा पिता रूपी ससुर और अमन जैसा हमसफर जिंदगी के सफर में आसानी से मिलता ही कहां है? खैर इन सब बातों का अब क्या फायदा। मेरी किस्मत में जो लिखा है, वही होगा। लेकिन मेरे मन में बार-बार एक ही ख्याल आ रहा है, क्या मैं अमन को अपने दिल में रखकर अभिजीत को शादी के बाद उसका अधिकार दे पाऊंगी? क्या मैं उसे खुश रख पाऊंगी?

कहते हैं वक्त हर जख्म को भर देता है। उम्मीद करती हूं कि आने वाला वक्त और अभिजीत का साथ मुझे शादी के बाद अपने दिल से अमन का नाम मिटाने में जरूर मदद करेंगे, क्योंकि अब मेरे पास और कोई रास्ता नहीं है। मुझे अब पापा की खुशियों में ही खुश रहना है। अपने नादान दिल को समझाते-समझाते एक बार फिर नीलम ने अपनी पूरी रात खुली आंखों से गुजार दी। आसमान से नये दिन का नया सूरज नीलम के लिए नयी उम्मीदें लेकर निकला था।

लखनऊ में राज ने फिर से अल्फा को ट्यूशन देना शुरु कर दिया था। लेकिन इस बार ट्यूशन में कुछ बदलाव होने वाले थे और यह बदलाव अल्फा करना चाहती थी। अल्फा ने राज से कहा कि 'अब ट्वेल्थ के एग्जाम में मुश्किल से दो महीने का वक्त ही बचा है और अभी तक मेरी तैयारी जीरो है। कहीं ऐसा ना हो कि मैं फेल हो जाऊं। अगर मैं तुमसे इतना ज्यादा ट्यूशन लेने के बाद भी फेल हो गई तो अम्मी-अब्बू सब समझ जाएंगे। वह समझ जाएंगे कि मेरे और तुम्हारे बीच टीचर और स्टूडेंट का नहीं, बल्कि कुछ और ही रिश्ता है और रही-सही कसर नूर पूरी कर देगा। मैं नहीं चाहती कि तुम आज के लिए, हम दोनों का आने वाला कल तबाह कर दो। मैं तुम्हें किसी भी हालत में खोना नहीं चाहती राज। ऐसा ना हो कि तुम्हारी इस नादानी और बेबाकी के कारण सब कुछ खत्म हो जाए।

थोड़ा सब्र करो और मुझे पढ़ाने में अपनी जी जान लगा दो, ताकि अच्छे नंबर से इंटर पास होने के बाद, मैं खुद ही अब्बू से तुम्हारे और अपने लिए बात कर सकूं। अगर कहीं तुम्हारी बेवकूफी के कारण मैं फेल हो गई तो

अब्बू मेरी पढ़ाई बंद करवा, मेरा निकाह करवा देंगे। लेकिन मैंने तो अपने निकाह का सपना तुम्हारे साथ देखा है। फिर में किसी और के साथ कैसे...?'

राज – 'अब तुम बोलती ही रहोगी या फिर पढ़ने भी बैठोगी?'

फिलहाल राज ने अल्फा की बातों की कद्र करते हुए उसे पढ़ाना तो शुरू कर दिया था। लेकिन अल्फा की बातों की कद्र, शायद ज्यादा दिनों तक बरकरार नहीं रहने वाली थी। अब राज और अल्फा की जिंदगी में आगे क्या होने वाला था? इसके गवाह तो शायद खुदा भी बनना नहीं चाहते थे। अल्फा के एग्जाम्स के दिन करीब आते जा रहे थे। लेकिन राज का ध्यान पहले की ही तरह अल्फा की पढ़ाई पर कम और अल्फा पर ज्यादा था। जनवरी का महीना पार हो चुका था। साल का दूसरा महीना अपने साथ प्यार का हफ्ता लेकर आया था, यानी कि 'वैलेंटाइन वीक'। संजोग कहें या फिर राज के प्यार का असर, आज 14 फरवरी को अल्फा रेड कलर का सूट पहनकर राज से ट्यूशन पढ़ने आई थी। आज तो राज की नजर, अल्फा पर से हट ही नहीं पा रही थी। राज ने अल्फा से कहा, 'आज तो तुम इस रेड सूट में बिल्कुल गुलाब का फूल लग रही हो।'

अल्फा – 'अच्छा।'

राज – 'सच में, बिल्कुल गुलाब का फूल। तुम्हें याद था कि आज वैलेंटाइन डे है?'

अल्फा – 'वैलेंटाइन डे है क्या आज?'

राज – 'हां।'

अल्फा – 'मुझे तो बिल्कुल भी नहीं पता था कि आज 'वैलेंटाइन डे' है। मैंने तो हमेशा सिर्फ 'वैलेंटाइन डे' के बारे में सुना था। लेकिन ये कब होता है और कैसे मनाया जाता है यह मुझे पता नहीं है? तुम तो मेरे अब्बू को अच्छी तरह से जानते हो ना कि वह कितने सख्त मिजाज के हैं। ऐसे में, भला मैं 'वैलेंटाइंन डे' के बारे में सोच भी कैसे सकती हूं। अब्बू तो इतने चालाक हैं कि मेरी सोच तक को भाप लेते हैं।'

अल्फा नॉनस्टॉप बोलते ही जा रही थी, कि राज अचानक आकर उसके बगल में बैठ गया। राज ने अल्फा के हाथ में एक चॉकलेट का पैकेट थमाते हुए कहा, 'देखो वैलेंटाइन वीक में 7 दिन होते हैं, पहला चॉकलेट डे, दूसरा टेडी डे, तीसरा प्रॉमिस डे, चौथा हग डे, पांचवा किस डे, छठा प्रपोज डे

और सातवां वैलेंटाइन डे। देखो चॉकलेट तो मैं तुम्हें दे चुका हूं, गुलाब और टेडी तुम्हारा मेरे पास उधार रहा।' फिर राज ने अल्फा को जोर से अपनी बाहों में भरते हुए चूम भी लिया। ये लो वैलेंटाइंस डे का किस और हग भी पूरा हुआ और रही बात तुम्हें प्रपोज करने की...., तो तुम जानती हो कि मैं तुम्हें कितना प्यार करता हूं। मेरा तुम्हारे लिए प्यार किसी प्रपोज का मोहताज नहीं और रही बात तुमसे वादा करने की तो मैं तुमसे वादा करता हूं कि चाहे कुछ भी हो जाए मैं तुम्हारा साथ नहीं छोड़ूंगा और ना तुम्हें ध ोखा दूंगा। मैं शादी करूंगा तो तुमसे ही चाहे कुछ भी हो जाए।'

यह सारा नजारा तेजस दरवाजे पर खड़ा होकर देख रहा था। उसने दरवाजे के अंदर घुसते हुए कहा, 'तो तू अल्फा को ट्यूशन पढ़ाने के नाम पर यह सब कर रहा है?' तेजस के आते ही अल्फा का चेहरा डर से लाल पड़ गया। वह घबरा गई कि कहीं तेजस उसके अम्मी-अब्बू को सब कुछ बता न दे। वह तुरंत ही समय गवाएं बिना अपनी कॉपी-किताबें लेकर तेजस के घर से निकल गई। अल्फा के जाने के बाद तेजस ने राज से कहा, 'तू यह सब अल्फा के साथ ठीक नहीं कर रहा है।'

राज - 'मैं उसके साथ कुछ भी गलत नहीं कर रहा हूं। मैं उससे प्यार करता हूं और किसी से प्यार करना कोई बुरी बात नहीं है।'

तेजस - 'प्यार? वह भी अलग मजहब की लड़की से?'

राज - 'हां, क्यों प्यार मजहब देखकर करना चाहिए क्या? जब इंसान अस्पताल में खून लेते वक्त खून देने वाले का मजहब नहीं देखता तो फिर क्या जरूरत है प्यार में मजहब देखने की।'

तेजस - 'मेरे साथ ये सब फिलॉसफी की बातें ना किया करो तुम। उस प्यार का फायदा ही क्या जो शादी में तब्दील ना हो सके। जो मात्र एक टाइमपास बनकर रह जाए।'

राज - 'तुमसे किसने कहा कि हमारा प्यार शादी में तब्दील नहीं होगा? टाइमपास बनकर रह जाएगा?'

तेजस - 'यानी कि तुम अल्फा के साथ शादी करोगे?'

राज - 'हां।'

तेजस - 'तो तुम इतनी दूर तक की प्लानिंग करके बैठे हो?'

राज - 'हां, जिंदगी में छोटे-से-छोटे काम के लिए प्लानिंग की जाती

है। फिर ये तो शादी की बात है.... तो भला मैं प्लानिंग क्यों ना करूं?'

तेजस – 'तुमने यह सब करने से पहले कभी अपने मां-पापा और नीलम दीदी के बारे में सोचा है?'

राज – 'इसमें सोचने वाली क्या बात है।'

तेजस – 'अगर कहीं तुम्हारी और अल्फा की बात फैल गई तो, सोचा है कभी कि फिर नीलम दीदी का हाथ कौन थामेगा? उनसे शादी कौन करेगा? और तो और तुम्हारे मां-बाप पर क्या बीतेगी, जब वह यह देखेंगे कि उनके बेटे की गलती के कारण उनकी बेटी की मांग सूनी रह गई है।'

राज – 'तो तुम यह कहना चाहते हो कि मैं मां-पापा और नीलम की शादी के लिए, अल्फा को भुला दूं, उसे धोखा दे दूं, उसे छोड़ दूं। तुम कहीं पागल तो नहीं हो गए हो? मैं मां-पापा और नीलम की खुशियों के लिए, अपनी खुशियों की बलि नहीं चढ़ा सकता। मेरा दिल इतना बड़ा नहीं और ना मैं इतना महान इंसान हूं, जो खुद कष्ट और दुःख सह कर समाज कल्याण करता फिरूं।'

तेजस – 'तुम कितने स्वार्थी हो राज.....?'

राज – 'अगर मजहब ना देखकर प्यार करना, अपने प्यार को धोखा ना देना और अपनी खुशियों के बारे में सोचना स्वार्थ है तो 'हां' मैं हूं स्वार्थी।'

तेजस – 'तुम्हें क्या लगता है कि तुम अल्फा के साथ शादी के सपने देख लोगे और तुम्हारी शादी उससे हो जाएगी? किसी अलग मजहब की लड़की से शादी करना वह भी खासकर 'मुसलमान' से, जिसे हिंदू समाज अपना कट्टर दुश्मन समझते हैं। तुमने इसे दाल-भात का कोर समझा है क्या? जो मुंह खोला और कोर उठाकर अंदर डाल लिया। तुम्हें इस मोहल्ले में आए मुश्किल से 4 महीने हुए हैं। तुम जान ही कितना पाए हो, इस मोहल्ले के बारे में? मैं यहां 4 सालों से हूं और यहां के लोगों की फितरत से अच्छी तरह वाकिफ हूं। जिस पठान की बेटी के चंद महीनों के प्यार के रंग ने तुम्हारे खून के रिश्तो के रंग को फीका कर दिया है। उसी लड़की के पिता ने 3 साल पहले भरे बाजार में अपनी सगी बहन और उसके प्रेमी को काट डाला था, वह भी इसलिए क्योंकि उसकी बहन ने राजपूत लड़के से प्यार किया था। पठान जेल भी गया और 2 महीने के भीतर जेल से रिहा होकर भी आ गया, क्योंकि पठान के डर से कोर्ट में कोई भी उसके विरोध

में गवाही देने नहीं गया। जब उसने अपनी बहन और उसके प्रेमी को नहीं बख्शा तो फिर तुम उस पठान से यह उम्मीद कैसे कर सकते हो कि वह तुम्हें और अल्फा को बख्श देगा?'

राज – 'इस प्यार के लिए तो ना जाने कितनी बड़ी-बड़ी हस्तियां मर मिट गईं। कोई बात नहीं अगर उस लिस्ट में मेरा और अल्फा का नाम भी जुड़ जाए तो ये कोई घाटे का सौदा नहीं होगा। एक न एक दिन तो सबको ही मरना है। गुमनामी की मौत मरने से अच्छा है कि समाज में कुछ नाम करके मरो। कम-से-कम हमारा बलिदान, बाकी लोगों को धर्म की दीवार तोड़कर प्यार करने की सीख और दुनिया वालों का विरोध कर शादी करने का हौंसला तो दे जाएगा। हम दोनों के बलिदान से ना जाने कितनी ही जोड़ियां बन जाएंगी और उनकी जिंदगियां खुशियों से संवर जाएगी।'

तेजस समझ चुका था कि अब राज अल्फा के प्यार में बहुत आगे बढ़ चुका है। अब उसका प्यार, प्यार नहीं बल्कि पागलपन बन चुका था। जो अब किसी ना किसी की जिंदगी बर्बाद करने के बाद ही रुकने वाला था, इसलिए उसने अब राज को और ज्यादा समझाना ठीक नहीं समझा। आज पहली बार राज और अल्फा के प्यार के बारे में किसी को पता चला था इसलिए राज काफी डर गया था और उसने फैसला ले लिया था कि वह अब तेजस के साथ उसके घर में नहीं रहेगा क्योंकि तेजस अब उसके स्वार्थी स्वभाव को और बर्दाश्त करने वाला नहीं था।

अगले दिन सुबह ही राज मोहल्ले में नए किराए के घर की तलाश में जुट गया। तभी अचानक उसकी मुलाकात ट्रेन की उस राजस्थानी महिला से हुई। बातों ही बातों में राज के नए घर की तलाश पूरी हो गई थी, क्योंकि अब वह राजस्थानी महिला लखनऊ में शिफ्ट हो चुकी थी। घर काफी बड़ा होने के कारण यशोदा जी (राजस्थानी महिला का नाम) ने दो कमरे राज को किराए पर दे दिए। देखते ही देखते राज की लड़खड़ाई हुई लव स्टोरी यशोदा जी के घर पर फिर से ट्रैक पर आ गई और इस बार तो राज के नए घर को सजाने में अल्फा और उसकी मां ने भरपूर मदद की थी।

उधर पटना में नीलम की शादी की तैयारी जोरों पर थी। नीलम के हाथों में अभिजीत के नाम की मेहंदी सज चुकी थी। अब बस मांग और गले में उसके नाम का सिंदूर और मंगलसूत्र सजना बाकी था। लेकिन नीलम के

दिल में तो अब भी अमन ही था और अमन के दिल में सिर्फ और सिर्फ नीलम। चारों ही तरफ गीत-संगीत, ढोलक नगाड़े, तालियों और ठहाकों का शोर था। लेकिन इस गूंज की भीड़ में दो लोगों के मन में घनघोर मातम मन रहा था। यह मातम था एक-दूसरे को खोने का, एक दूसरे से पूरी जिंदगी मन की बात ना कह पाने का और यह मातम था किसी और की खुशी के लिए खुद की खुशी की बलि चढ़ाने का।

लेकिन अभी भी भगवान नीलम की शादी की कहानी रुक-रुक कर लिख रहे थे। कलम तो भगवान की थी और कोरा कागज नीलम की जिंदगी। लेकिन स्याही तो कहीं ना कहीं राज ही भगवान की कलम में भर रहा था और शायद राज ही अपने मन की स्क्रिप्ट भगवान के हाथों नीलम के लिए लिखवा रहा था।

इधर राज और अल्फा का प्यार अपने सातवें आसमान पर था। राज ने तो अल्फा को स्कूल ले जाने और वहां से ले आने की जिम्मेदारी भी अपने कंधों पर उठा ली थी। अब अल्फा का समय पढ़ाई के बहाने अपने घर में कम और राज के घर पर ज्यादा बीतने लगा था। मोहल्ले में धीरे-धीरे धुआं उठने लगा था। लोगों के बीच राज और अल्फा को लेकर कानाफूसी शुरू हो चुकी थी।

अब तो राज ने अपनी अय्याशी पर पैसे उड़ाना भी शुरू कर दिया था। आए दिन किसी ना किसी बहाने अल्फा को महंगे-महंगे गिफ्ट देना, रंग-बिरंगे होटल और रेस्टोरेंट में खाना खिलाना, फिल्में दिखाना। दिन-प्रतिदिन राज के खर्चे और अल्फा के लिए उसकी जरूरतें बढ़ती ही जा रही थी। अब उसे अल्फा के साथ पैदल या ऑटो में घूमना बिल्कुल भी अच्छा नहीं लग रहा था। उससे बाईक की कमी खलने लगी थी। लेकिन उसके हाथ काफी तंग थे। वह पागलों की तरह अपने दोस्तों से उधारी मांग पैसों का जुगाड़ करना चाहता था। लेकिन उसके सभी दोस्त जानते थे कि राज क्यों और किसके लिए बाइक खरीदना चाहता है, इसलिए सभी ने अपने हाथ कोई ना कोई बहाना बनाकर खड़े कर लिए। तभी वहां पटना में अभिजीत के पिता ने नीलम के पिता पांडे जी को फोन किया और उनसे कहा कि, 'देखिए पांडे जी अभिजीत मेरा इकलौता बेटा है और मैं उसकी शादी में कोई कमी नहीं रखना चाहता। इस शादी में, मैं अपने सभी दोस्तों, सहकर्मियों, रिश्तेदारों और

मोहल्ले वालों को आमंत्रित करना चाहता हूं, क्योंकि अभिजीत की शादी मेरे घर की पहली और आखिरी शादी होगी। इसके बाद तो फिर मुझे अपने पोते-पोतियों की शादी तक का इंतजार करना होगा। मैं नहीं चाहता कि अभिजीत की शादी के बाद मुझे कोई यह कहे कि आपने अपने इकलौते बेटे की शादी भी कर दी और हमें बुलाया तक नहीं।'

पांडे जी – 'आप चिंता ना करें, अभिजीत हमारा भी तो बेटा है, फिर हम शादी में कैसे कोई कमी रख सकते हैं। बस आप यह बताइए कि बारात में कितने बाराती आएंगे?'

अभिजीत के पिता – 'एक हजार।' यह सुनकर पांडे जी के सिर पर कुछ परेशानी और चिंता की शिकन उभर आए थे, पर उन्होंने अपनी चिंता और परेशानी अभिजीत के पिता को जाहिर नहीं की। उन्होंने हंसते हुए जवाब दिया, 'बस इतनी सी बात। इसके लिए आप कोई चिंता ना करें, हम आपके सभी बारातियों के लिए बहुत ही अच्छी व्यवस्था करके रखेंगे।' रात का समय था, पांडे जी को अभिजीत के पिता की कही बात सता रही थी। उन्होंने कह तो दिया था कि वह 1000 बारातियों की व्यवस्था कर लेंगे। लेकिन 1000 बारातियों की ठहरने और खाने की व्यवस्था करने में जो खर्च आएगा, वह पांडे जी के बजट के बाहर था। उन्हें अंदर-ही-अंदर यह चिंता खाए जा रही थी कि आखिर 1 हफ्तों के अंदर इतने पैसों का इंतजाम कैसे हो पाएगा? फिर उन्हें राज का ख्याल आया। उन्होंने सोचा कि राज सरकारी बैंक में है, फिर तो उसे दो-ढाई लाख रुपये का लोन आसानी से मिल जाएगा।

उन्होंने तुरंत ही राज को फोन लगाकर सारी बात बताई। लेकिन राज तो अल्फा के प्यार में पूरी तरह अंधा, बेईमान और स्वार्थी हो चुका था। वह खुद ही पहले से बाइक खरीदने के जुगाड़ में था और यहां नीलम की शादी में पैसों की कमी उसके लिए एक लॉटरी का टिकट बनकर आई थी। राज यह बात तो साफ-साफ जानता था कि अगर वह अपने पिता से सीधे शब्दों में बाइक खरीदने के लिए पैसे मांगेगा तो वह नहीं देंगे और अब तो नीलम की शादी भी तय हो चुकी थी। राज ने तय कर लिया था कि अगर अब उसे अपनी बाइक का शौक पूरा करने के लिए नीलम की शादी भी तोड़नी पड़ी तो वह पीछे नहीं हटेगा। अपने इसी लालच के कारण राज ने अपने पिता को गलत पट्टी पढ़ाना शुरू कर दिया।

राज – 'पापा, मेरी इस नौकरी को मुश्किल से 6 महीने ही हुए हैं। इतने कम समय में मुझे बैंक से यह रकम लोन में नहीं मिल सकती है। कोई भी लोन मुझे कम-से-कम 2 साल बाद ही मिलेगी। दो ढाई लाख रुपये की रकम तो मैं अपने दोस्तों से भी उधारी मांग कर इकट्ठा नहीं कर सकता।'

पांडे जी – 'कुछ ना कुछ तो करो बेटा, बहुत ही मुश्किल से इतना अच्छा लड़का मेरी बेटी नीलम के भाग्य में आया है। मैं ऐसे दमाद को खोना नहीं चाहता हूं। कितना अच्छा, सुशील और शिक्षित परिवार है। नीलम की नौकरी ना करने के बावजूद भी उन्होंने हम से दहेज की मांग नहीं की, बस एक छोटी-सी तो मांग की है उन्होंने। अगर मैं वह भी पूरा ना कर पाया तो उनकी नजरों में मेरी क्या इज्जत रह जाएगी?'

राज – 'पापा मैं एक बात कहूं आप बुरा मत मानना। जिन्हें आप अच्छा और सुशील परिवार समझ रहे हैं, मुझे वह लोग हद से ज्यादा ही होशियार और लालची लग रहे हैं।'

पांडे जी – 'नहीं-नहीं बेटा वह लोग बहुत ही भले इंसान हैं। जायसवाल जी के साथ तो उनकी दोस्ती 40 साल पुरानी है। तुम तो जानते ही हो कि जायसवाल जी नीलम को अपनी बेटी मानते हैं। अगर अभिजीत के परिवार में जरा भी कमी होती तो वह नीलम के लिए उनका रिश्ता लेकर नहीं आते।'

राज – 'अगर जायसवाल अंकल की दोस्ती अभिजीत के पिता के साथ 40 सालों से है तो इसका मतलब यह नहीं है कि वह सच्चे और अच्छे इंसान ही हों? हर इंसान के दो पहलू होते हैं, अच्छा और बुरा, और ऐसा भी हो सकता है कि जायसवाल अंकल ने अभिजीत के पिता का सिर्फ एक पहलू, अच्छाई का पहलू ही देखा हो। उन्हें शायद अभिजीत के पिता का दूसरा लालच का पहलू देखने का मौका ही ना मिला हो। मिलता भी तो कैसे, कौन-सी जो जायसवाल अंकल की कोई बेटी थी, जो उन्हें यह सब पता चलता।

बेटी की शादी तो आपको करनी है ना पापा। जायसवाल अंकल को थोड़ी ना करनी है, इसलिए सब कुछ सोच-समझकर कीजिएगा। पापा आपने तो नीलम की शादी के लिए उसके बचपन से ही पैसे इकट्ठा करना शुरू कर दिया था ना? देखिए उनकी एक छोटी-सी मांग ने आपके बरसों के बनाए हुए बजट को गड़बड़ा दिया। अगर हम नीलम की शादी में आठ-दस लाख

रुपए खर्च भी कर देते हैं तो जरा यह भी सोचिए कि कहीं उन्होंने शादी के बाद कार, टी.वी., फ्रिज और वाशिंग मशीन की मांग यह कहते हुए कर दी कि हमें यह सभी चीजें अपने परिवार वालों और समाज को दिखाने के लिए चाहिए, तब आप क्या करेंगे?'

पांडे जी – 'नहीं बेटा, ऐसा कुछ नहीं होगा।'

राज – 'पापा मुझे उन लोगों की नियत ठीक नहीं लग रही है, वह लोग जरूर ही आगे चलकर दहेज की मांग करेंगे। देखिए पापा, शादी बार-बार नहीं बल्कि एक बार होती है। कहीं ऐसा ना हो कि शादी के बाद उनकी दहेज की मांग पूरा ना कर पाने पर हम नीलम से हमेशा के लिए हाथ धो बैठें। ऐसा नहीं है कि अभिजीत से शादी ना करने पर नीलम पूरी जिंदगी बिन ब्याही ही रह जाएगी। साल या 6 महीने बाद तो उसकी शादी होगी ही, हो सकता है कि उसे अगली बार अभिजीत से भी ज्यादा अच्छा लड़का मिले?

1000 बरातियों को लाने की बात कहकर उन्होंने पहले ही अपनी नियत दिखा दी है। ऐसे परिवार में नीलम की जोर जबरदस्ती शादी कराना ठीक नहीं है। मेरी माने तो आप अभी ही अभिजीत के पापा को फोन करके यह रिश्ता तोड़ दीजिए। नीलम आपकी बेटी है और मैं उम्मीद करता हूं कि आप एक पिता की ही तरह नीलम के लिए सही फैसला लेंगे।'

बातों ही बातों में राज ने एक बहाने से अपने पिता से पैसों की मांग भी कर दी। उसने कहा कि 'पापा हमारे बैंक में एक स्कीम निकली है कुंवारी लड़कियों के लिए। दो लाख रुपए बैंक में जमा करने पर, अगर आप 1 साल बाद, उस रकम को बैंक से निकालेंगे तो आपको दो लाख रुपए के साथ 20 फीसदी ब्याज भी मिलेगा, यानी कि दो लाख रुपए देने पर दो लाख चालीस हजार रुपए मिलेंगे।'

राज और पांडे जी की बात पूरी हो चुकी थी। पांडे जी गहरी सोच में डूबे हुए थे। उन्हें समझ नहीं आ रहा था कि आखिरकार वह करें तो क्या करें? एक तरफ शादी के लिए बेटी की आंखों में पल रहे हजारों सपने, शादी के रंग में डूबा पूरा घर, अब तो नीलम के हाथों में अभिजीत के नाम की मेहंदी भी लग चुकी थी। एक तरफ अभिजीत के पिता की 1000 बारातियों को लाने की बात तो दूसरी तरफ राज की कही गई बातें उन्हें सता रही थीं। उनके तजुर्बे पर राज की सोच और सलाह भारी पड़ने लगे थे। अब

उन्हें भी यह एहसास होने लगा था कि अभिजीत के पिता वाकई लालची हैं और वह भविष्य में जरूर दहेज के लिए नीलम को नुकसान पहुंचा देंगे।

वह बार-बार यह सोच रहे थे कि 'राज ने मुझे सही सलाह दी है। अब मुझे यह रिश्ता तोड़ ही देना चाहिए। वैसे भी राज नीलम के लिए मुझे गलत सलाह क्यों देगा? वह नीलम का सगा भाई है, उसके लिए हमेशा सही ही सोचेगा। उसने अलग-अलग शहरों में नौकरियां की हैं, मुझ से ज्यादा लोगों को और समाज को देखा है। मुझे उसकी सलाह मानने में आनाकानी नहीं करनी चाहिए। ऐसा ना हो कि मेरा एक गलत फैसला मेरी बेटी की पूरी जिंदगी ले डूबे।'

इसके बाद पांडे जी ने अभिजीत के पिता को फोन करके अपनी परेशानी बताते हुए रिश्ता तोड़ने के लिए कह दिया। अभिजीत के पिता को तो नीलम इतनी पसंद थी कि वह उसे अपनी बहू बनाने के लिए हर तरह के समझौते करने को तैयार थे। यहां तक कि उन्होंने पांडे जी से बारात में 100 लोगों को लाने तक की बात कह दी। लेकिन पांडे जी के सिर पर अपने बेटे की समझाई गई बातों का असर इस कदर था कि वह अभिजीत के पिता की कोई बात सुनने को तैयार ही नहीं थे। यहां तक कि अभिजीत के पिता के इतना समझौता करने के बावजूद भी पांडे जी ने जबरदस्ती बात को विवाद में तब्दील कर उन्हें लालची, लोभी और दहेज मांगने वाला भिखारी बोल कर फोन काट दिया।

पांडे जी ने राज की सलाह को सही मानकर रिश्ता तो तोड़ दिया था। लेकिन यह सलाह वाकई सही थी या गलत यह तो आने वाला वक्त उन्हें जल्दी बताने वाला था। लेकिन इस बात का सबसे गहरा असर तो नीलम पर पड़ने वाला था। एक तो उसे जबरदस्ती शादी के सपने देखने पर मजबूर किया गया और अब फिर से उसकी शादी के लिए संजोए सपनों को तोड़ा जा रहा था। पांडे जी हिम्मत नहीं जुटा पा रहे थे कि वह यह बात जाकर नीलम को कैसे बताएं? लेकिन वह किसी तरह हिम्मत कर नीलम के कमरे के दरवाजे तक गए।

वहां उन्होंने देखा कि नीलम की मां नीलम को आईने के सामने बैठा कर शादी के लिए खरीदे हुए हार, झुमके, मांगटीका, नथनी बारी-बारी पहनाकर उसे निहार रही है और साथ ही यह भी कह रही है कि 'लाल

जोड़े के बिना सिर्फ गहनों में ही मेरी बेटी इतनी सुंदर लग रही है। शादी के दिन लाल जोड़ा पहनेगी, तो मेरी बेटी स्वर्ग लोक की अप्सरा लगेगी। मेरी बेटी जैसी लड़की को हमसफर के रुप में पाकर तो अभिजीत के भाग्य ही खुल जाएंगे।' तभी पीछे से आवाज आई, 'नहीं खुलेंगे अभिजीत के भाग्य के दरवाजे, बल्कि नीलम से उसका भाग्य ही क्या जिंदगी भी छिन जाएगी।'

नीलम की मां – 'यह क्या अनाप-शनाप बोले जा रहे हैं आप?'

पांडे जी – 'सही कह रहा हूं नीलम की मां। मेरी किस्मत अच्छी थी या फिर मैं यह कहूं कि मेरा बेटा ज्यादा ही होशियार था जो वह वक्त रहते ही अभिजीत के पिता की नियत समझ गया।'

नीलम की मां – 'मतलब?'

पांडे जी – 'अभिजीत के पिता ने कहा था कि वह बरात में 1000 बारातियों को लेकर आएंगे। मैं तो उनकी बात मान ही गया था। लेकिन जब मैंने राज को फोन कर, पैसे इकट्ठा करने की बात कही तो उसने मुझे अभिजीत के पिता की नियत से रूबरू करवा दिया। नीलम की मां आप ही बताइए कि मेरे जैसा रिटायर्ड पिता 1 हफ्ते के अंदर इतनी मोटी रकम का जुगाड़ कैसे कर पाएगा? राज ने कहा कि यह तो उनकी सिर्फ पहली मांग है। वह लोग दहेज ना मांगने का सिर्फ दिखावा कर रहे हैं। शादी हो जाने के बाद वह दहेज की भी मांग करेंगे। मुझे अपनी बेटी के लिए उनका घर सुरक्षित नहीं लग रहा था, इसलिए मैंने फोन करके अभिजीत के पिता को कह दिया है कि हमें आपके घर अपनी बेटी का रिश्ता नहीं करना है।' पांडे जी अपनी जुबान से कह तो कुछ रहे थे, लेकिन नीलम का गहनों से सजा चेहरा देखकर उनका दिल और मन अंदर ही अंदर फूट-फूट कर रो रहा था।

नीलम की मां – 'आपने राज की बातों में आकर रिश्ता तोड़ दिया? वह तो अभी बच्चा है। उसने दुनिया ही कितनी देखी है अभी, जो वह लोगों की नियत समझने और परखने लगा? आप तो उसके पिता हैं, आपने उससे ज्यादा दुनियादारी और लोगों को देखा है। आप तो उससे कई गुना ज्यादा तजुर्बेकार हैं, फिर भी आपने राज की बात मान ली?'

पांडे जी – 'नीलम की मां आज के जमाने के बच्चे हम लोगों से कई गुना ज्यादा आगे हैं और रही बात राज की तो वह है ही मुझसे कई गुना ज्यादा समझदार। उसने अलग-अलग शहरों में घूमकर अलग-अलग नौकरियां

की हैं, वहां के लोगों को देखा, जाना और समझा है, तो फिर आप कैसे कहती हैं कि वह बच्चा है। नीलम उसकी बहन है, आखिरकार उसने कुछ सोच समझकर ही मुझे यह सलाह दी होगी ना।' इतना कहने के बाद पांडे जी नीलम के कमरे से निकल गए। नीलम की आंखों में एक बार फिर आंसू भर आए थे। बेटी की आंखों में आंसू देख उसकी मां से रहा नहीं गया और वह भी अपने आंखों में आंसुओं का बोझ लिए नीलम के कमरे से बाहर निकल गई।

नीलम आईने के सामने बैठ गई थी और उसकी समुद्र बनी आंखों में आंसुओं का तूफान परवान चढ़ चुका था। नीलम का बेबस और दुःखी चेहरा आंसुओं से लथपथ था। हाथों में रची अभिजीत के नाम की मेहंदी और शरीर में लदे गहने एक बार फिर नीलम के लिए मजाक साबित हुए थे। वास्तव में तो नीलम की आंखों से आंसू नहीं बल्कि 'शादी के सपनों' की जली हुई अस्थियां बह रही थीं। शादी का सपना बार-बार उसके लिए एक सपना ही बनकर रह जा रहा था। एक ऐसा सपना जो खुली आंखों से दिखाया गया था और बार-बार तोड़ा भी जा रहा था।

अपने शरीर पर लदे गहने और शादी के लिए की गई घर की सजावट से उसे घृणा होने लगी थी। उसे अपने गहने और घर की सजावट देखकर यह महसूस हो रहा था कि अगर पापा को हर बार की तरह इस बार भी मेरे सपनों को तोड़ना ही था, तो क्या जरूरत थी घर को इतना सजाने की। मातम मनाते समय कभी घर को सजाया भी जाता है क्या? वह यह क्यों नहीं समझते कि यह सजावट मेरे जख्मों को और कुरेद देती है। बार-बार सुहागन बनते-बनते मुझे अभागन बन जाने का एहसास दिलाती है। शायद! मेरी किस्मत ही फूटी है, जो सिंदूर को मेरी मांग फूटी आंख नहीं सुहाती या फिर यह कहूं कि पापा और राज को मेरी सिंदूर भरी मांग से ज्यादा प्यार पैसों से है। क्यों उनके लिए मेरे आंसुओं से ज्यादा कीमति पैसे हैं? अगर पापा को पैसों से इतना ही ज्यादा प्यार था, जात-पात, दहेज और मुझे नौकरी न करने देने की ही सोच रखनी थी तो मुझे जन्म ही क्यों दिया? मां की कोख में ही मार क्यों नहीं दिया?

मेरे मर जाने से ना ही आसमान टूट जाता और ना ही लड़कियों की संख्या प्रभावित होती। बस धरती पर से अभागनों का बोझ कम हो जाता।

नीलम की आंखें आंसुओं को बहाते-बहाते थक चुकी थीं। एक बार फिर मातम की काली रात बीत गई। सूरज परिवर्तन की उम्मीद लेकर एक बार फिर से आसमान में चमक रहा था। सुबह नहाए और नाश्ता किए बिना ही पांडे जी बैंक चले गए। बैंक जाने के बाद उन्होंने दो लाख रुपए राज के अकाउंट में ट्रांसफर करवा दिए। अकाउंट में पैसे आ जाने के दूसरे दिन ही राज ने बैंक से छुट्टी ले ली और सुबह 11:00 बजे तैयार होकर अल्फा के घर पहुंच गया। अल्फा के घर पहुंचने के बाद राज अल्फा की अम्मी से जिद्द करने लगा कि वह बाइक के शोरूम में चलकर उसके लिए बाइक पसंद करें। अल्फा की अम्मी राज के साथ बाहर नहीं जाना चाहती थी, इसलिए उन्होंने कई बहाने बनाए। लेकिन राज भी हार मानने वालों में से कहां था। वह भी अपनी जिद्द पर अड़ा रहा। आखिरकार थक-हारकर अल्फा की अम्मी ने कह ही दिया, 'तुम अल्फा को ही अपने साथ ले जाओ। इसकी पसंद तो मुझसे कई गुना बेहतर है।' यह सुनकर राज के मन में खुशियों की शहनाइयां बजने लगी थीं। इस बार तो उसने एक तीर से दो निशाने लगाए थे। पहला, बाइक पसंद करने के बहाने उसने अल्फा की अम्मी की नजरों में इज्जत भी कमा ली थी और दूसरा अल्फा की अम्मी ने अल्फा को राज के साथ भेजकर उसकी मन की मुराद पूरी कर दी थी।

राज और अल्फा बाइक के शोरूम में थे। राज ने अल्फा से कहा, 'आखिरकार मैं तुम्हें ले ही आया यहां। अब तुम्हें जो बाइक पसंद आए वह ले लो और हां, पैसों की फिक्र मत करना, मैंने पैसों का बंदोबस्त कर लिया है।' अल्फा को बाइक पसंद करने में 3 घंटे लग चुके थे, अंत में उसने एक बाइक पसंद कर ही ली जिसकी कीमत तीन लाख रुपए थी। राज जब शोरूम के मालिक को नगद भुगतान कर रहा था, तब अल्फा ने उससे पूछा कि 'तुमने इतने कम वक्त में इतनी मोटी रकम का बंदोबस्त कैसे कर लिया?' राज ने अल्फा से कहा कि 'मैंने अपने पापा से कहा था कि मुझे एक बाइक खरीदनी है, तो उन्होंने तुरंत ही मेरे अकाउंट में दो लाख रुपए ट्रांसफर करवा दिए और बाकी के एक लाख रुपए मैंने अपनी 6 महीने की नौकरी से बचत करके जमा किए हैं।'

राज कितनी आसानी से अल्फा से झूठ बोल रहा था। ऐसा झूठ बोलते समय उसके चेहरे पर एक पैसे की भी शर्म और हया नहीं थी। वह अपनी

बहन की आंखों में संजोए शादी के सपने को तोड़कर अपने और अल्फा के संजोए ख्वाबों को सजाने में लगा था। वाकई राज के ऐसे रवैये को देखकर यही लग रहा था कि वह कलयुग का कंस बन चुका है। जो अपने सपनों, खुशियों और चाहतों को पाने के लिए किसी की भी खुशियों की बलि चढ़ा सकता है। इसी बीच अल्फा बोल बैठी, 'राज तुम्हारे अब्बू ने तुम्हें दो लाख रुपये कैसे दे दिए? अभी तो नीलम दीदी की शादी भी नहीं हुई है। नीलम दीदी की शादी से पहले अंकल को फिजूलखर्ची नहीं करनी चाहिए। कहीं शादी में कोई प्रॉब्लम हो गई तो?'

राज ने फिर से अल्फा पर झूठ की बारीश करनी शुरू कर दी।

राज – 'कोई कमी कैसे रह जाएगी......? नीलम जब छोटी थी, तब से ही पापा ने उसके नाम पर पैसे जमा करने शुरू कर दिए थे। जो अब पच्चीस लाख रुपए हो चुके हैं। पापा को तो रिटायरमेंट में भी पचास लाख रुपए मिले थे। अपना खुद का घर है, कार है, सब कुछ तो है फिर क्या जरूरत है, उन्हें एक-दो लाख रुपयों के लिए कंजूसी करने की।' राज एक-एक कर बड़ी-बड़ी डींगे अल्फा के सामने हांकते जा रहा था। वह अल्फा को पाने के लिए कोई कोर कसर नहीं छोड़ना चाहता था। फिर उसने मुस्कुराते हुए अल्फा की ओर देखकर कहा 'अपनी होने वाली बहू की खुशी के लिए वह इतना तो कर ही सकते हैं।' राज की यह बात अल्फा के भी चेहरे पर शर्म भरी मुस्कान ले आई। राज अल्फा को अपनी नई बाइक पर बैठाकर उसके घर ले आया था। अल्फा की अम्मी दरवाजे पर ही खड़ी थी।

राज – 'देखिए आंटी, कैसी बाइक है?'

अल्फा की अम्मी – 'बहुत ही खूबसूरत है।'

राज – 'आपने ठीक ही कहा था कि अल्फा की पसंद बहुत अच्छी है। आज वाकई मैंने भी देख लिया। आंटी कल से मैं ही अल्फा को बाइक से स्कूल ले जाया और ले आया करूंगा।'

अल्फा की अम्मी – 'हां बेटा, ठीक है। यह तुम्हारे साथ जाए और तुम्हारे ही साथ आए। यह लड़की अकेले स्कूल आती-जाती है तो मेरे मन में हमेशा एक डर-सा बना रहता है, इसकी हिफाजत को लेकर। देखा है तुमने मोहल्ले में मनचलों की संख्या कितनी बढ़ गई है। कितनी बार नूर को कहा है कि इसे स्कूल छोड़ने और ले आने चला जाए करे। लेकिन

उसे किसी की परवाह कहां। बस खुद में ही मशगूल रहता है। अब तुम्हारे साथ आएगी-जाएगी तो मेरे मन को भी सुकून रहेगा।' राज जैसा-जैसा चाह रहा था, सब कुछ बिल्कुल वैसा ही हो रहा था। कहा जाए तो सचमुच पूरी कायनात उसे अल्फा के करीब लाने में जुट गई थी।

पटना में जब जायसवाल जी को यह पता चला कि पांडे जी ने राज के कहने पर नीलम की शादी अभिजीत से तोड़ दी है तो वह क्रोध का लावा बन पांडे जी के घर पहुंच गए। पहले तो जायसवाल जी ने पांडे-पांडे चिल्लाते हुए पांडे जी को बुलाया। उसके बाद उन्होंने चप्पल को गोबर में डूबा कर किसी को मारने लायक बेइज्जती पांडे जी की करनी शुरू कर दी। 'क्यों रे पांडे तूने फिर से नीलम बेटी की शादी तोड़ दी? साले शादी को मजाक समझकर रखा है क्या? पहले तो दहेज ज्यादा मांगने का रोना रोकर शादी तोड़ता था और अब तेरी औकात इतनी भी ना रही कि तू बरातियों को भरपेट खाना खिला सके। यही सब दिन दिखाने के लिए तूने नीलम को बड़ा किया था क्या? जब बेटी बिहाने की औकात ही नहीं थी तो बेटी को पैदा ही क्यों किया? अभी भी मौका है नीलम की जान ले ले, कम से कम बोलने के लिए तो यह हो जाएगा कि तुझे अपनी बेटी की शादी करने का मौका ही नहीं मिला और तेरे सारे के सारे पैसे भी बच जाएंगे।

वैसे भी तेरी ऐसी हरकतें देखकर तो नीलम घुट-घुटकर ही जी रही है। भले ही वह बेचारी कुछ नहीं बोलती। लेकिन उसकी आंखें उसके मन में, मन रहे मातम को बयां करती हैं। जिस दिन उसके सब्र का बांध टूटेगा वह जरूर कुछ ना कुछ कर बैठेगी। अपने बेटे को तो तू बहुत बड़ा तीसमारखां समझता है, उसकी कही हर बात मानता है, दिन-भर उसका गुणगान गाता है। उसी तरह थोड़ा ख्याल अपनी बेटी का भी कर लिया होता, थोड़ी उसकी भी बात सुन ली होती, उसे भी बेटे की तरह आगे की पढ़ाई कर नौकरी करने की आजादी दी होती तो आज ऐसे हालात नहीं होते। अपने बेटे की बातों में आकर तूने शादी तोड़ दी। अभिजीत जैसा लड़का तो तू 21 जन्मों में भी नीलम के लिए ढूंढ नहीं पाएगा। कहीं ऐसा ना हो कि यह बेटे की भक्ति तेरे पूरे परिवार को ही ले डूबे।

सचमुच नीलम ने पिछले जन्म में जरूर कोई ना कोई पाप किया होगा, जो इस जन्म में उसने तेरे जैसा बाप पाया। बहुत तरस आता है मुझे उस

बच्ची पर। काश! वह मेरे घर जन्मी होती।' पांडे जी चुपचाप सर झुकाए अपनी बेइज्जती बर्दाश्त कर रहे थे, क्योंकि वह जान चुके थे कि अभी तक उन्होंने नीलम के लिए सभी फैसले गलत लिए हैं। दीवार की आड़ लिए, जायसवाल जी की सभी बातें नीलम सुन रही थी। मायूसी के भंवर में डूबी, नीलम को एक बात की तो तसल्ली थी, कि कोई ना कोई तो है, जो उसकी परवाह करता है, उसके दु:खों को समझता है।

इधर लखनऊ में राज अपने मन की मुरादें पूरी करने में लगा था। हर दिन अल्फा को स्कूल ले जाना, वहां से ले आना। अब तो राज अल्फा के पीछे इतना पागल हो चुका था कि उसने अपने ऑफिस के भी नियम तोड़ने शुरू कर दिए थे। ना वह समय पर ऑफिस जाता और समय से पहले ही ऑफिस से लौट आता। बॉस और सहकर्मियों के समझाने और मना करने पर वह उनसे झगड़ने लगता। राज के आए दिन ऐसे रवैये से परेशान होकर उसके बैंक मैनेजर ने उसके पिता को फोन कर, उसकी शिकायत करते हुए कहा कि 'आपका बेटा बहुत लापरवाह और कामचोर हो गया है। एक तो समय पर ऑफिस नहीं आता है, ऊपर से अपना काम पूरा किए बगैर ही ऑफिस से निकल जाता है। जब उसे समझाने की कोशिश की जाए तो कहता है कि 'मैं सरकारी कर्मचारी हूं, आपका नौकर नहीं जो आपकी हर बात मानूं।'

महीने में तो कई-कई दिन ऑफिस ही नहीं आता है। आप ही बताइए कि राज की ऐसी बोली और रवैया से कैसे काम चलेगा? राज कम उम्र का है इसलिए मैंने उसकी बातों को दिल से नहीं लगाया और उसकी लापरवाहियों को माफ कर दिया। आप उसके पिता हैं, उसे अच्छे से समझ और समझा सकते हैं, इसलिए राज पर कोई कड़ा कदम उठाने से पहले मैंने आपसे संपर्क करना उचित समझा। उम्मीद करता हूं कि आप राज को जरूर समझाएंगे। अगर उसने अपनी आदतों को नहीं बदला तो मुझे कोई-ना-कोई सख्त कदम उठाना ही होगा।' राज के पिता ने बैंक मैनेजर को यह कहते हुए आश्वासन दिया कि 'आप चिंता ना करें, मैं राज को समझा दूंगा।' इसके बाद उन्होंने तुरंत राज को फोन लगाया।

राज फोन उठाते हुए बोला, 'हां, पापा बोलिए!'

पांडे जी - 'डायरेक्ट, हां पापा बोलिए। इतनी जल्दबाजी तुम्हें किस बात की है। ना प्रणाम किया, ना हाल-चाल पूछा, सीधे मुद्दे की बात पर आ गए।

तुम तो अपने संस्कार ही भूल गए हो। लखनऊ जाने के बाद तो तुमने हमें फोन तक करना बंद कर दिया है। लखनऊ की हवा में ऐसा क्या है, जिसने तुम्हें पूरी तरह बदल दिया है? स्वार्थी बना दिया है? आज तुम्हारी तारीफ तुम्हारी मैनेजर से सुनने को मिली। कह रहे थे कि तुम मनमौजी और अधूरा काम करते हो, जब मन तब ऑफिस से गायब हो जाते हो। काफी खुशी हुई यह जानकर कि घर से दूर जाकर तुम अपने कार्यक्षेत्र में हमारा नाम खूब रोशन कर रहे हो। अभी भी वक्त है, संभल जाओ और अपने काम के प्रति वफादार रहो। तुम्हारे मैनेजर बहुत ही गुस्से में थे।'

राज – 'वह गुस्से में हैं तो गुस्से में ही रहें। मुझे इससे कोई फर्क नहीं पड़ता और मैं कोई कुत्ता हूं जो काम के प्रति वफादार रहूं। मैं ऑफिस में काम करते-करते अपनी जान ही क्यों ना दे दूं, लेकिन वह मैनेजर खुश नहीं होने वाला, इसलिए पापा आप उसकी बातों पर ध्यान देकर, अपनी तबीयत ना खराब करें। मैं उस मैनेजर को देख लूंगा।' यह कहने के बाद राज ने फट से फोन काट दिया। रविवार का दिन था। राज अल्फा की अम्मी से कुछ बहाना बनाकर सुबह 11:00 बजे ही अल्फा को उसके घर से लेकर निकल गया। राज की तनख्वाह उसके हाथों में आ चुकी थी और अल्फा भी उसके साथ थी। राज सबसे पहले अल्फा को शॉपिंग मॉल ले गया। जहां उसने अल्फा को कई सारे तोहफे खरीद कर दिए। इसके बाद वह अल्फा को एक लौंग राइड पर ले गया। फिर दोनों ने एक साथ मूवी देखी और एक महंगे होटल में खाना खाया।

अल्फा का साथ राज को इतना भाया कि उसे समय का ध्यान ही नहीं रहा। राज ने घड़ी पर नजरें दौड़ाई, तो देखा कि रात के 9:00 बज रहे थे। अब तो अल्फा के पसीने छूटने लगे थे। वह अपने अब्बू के सख्त मिजाज से अच्छी तरह वाकिफ थी। घर पहुंचते-पहुंचते 9:30 बज चुके थे। अल्फा ने देखा कि उसके अब्बू उसके इंतजार में गली के चक्कर लगा रहे हैं। उसके अब्बू की नज़र उस पर पड़ी। उनकी नज़रों में गुस्सा साफ झलक रहा था। उन्होंने अल्फा का हाथ पकड़ा और राज की आंखों में आंखें डाल कर कहा, 'तुम्हें तो मैं कल बताऊंगा।' अल्फा के अब्बू उसका हाथ पकड़कर उसे घर ले आए।

इसके बाद उन्होंने चिल्लाकर उसकी अम्मी को बुलाया और कहा 'देखिए इस बेगैरत लड़की को, रात में पराए लड़के के साथ घूम रही है। यहां तक

कि उसके दिए हुए तोहफे भी ले आई।' तभी अल्फा के भाई नूर ने अपने अब्बू के गुस्से की आग में घी डालते हुए कहा, 'मैं तो आप को पहले से ही बोलता था कि इसे इतनी आजादी मत दीजिए। यह एक ना एक दिन जरूर हमें समाज में मुंह दिखाने लायक नहीं छोड़ेगी।'

अल्फा के अब्बू – 'मैंने इसे सबसे ज्यादा आजादी दी। बुर्के की कैद से आजाद रखा, मनमुताबिक इसके पढ़ने-लिखने, घूमने-फिरने की इच्छा पर अपनी मुहर लगाई। इसका तुमने इतना नाजायज फायदा उठाया अल्फा?'

नूर – 'अब्बू, अब तो मोहल्ले और गलियों में इसके चाल-चलन को लेकर चर्चे भी होने लगे हैं।' तभी अल्फा की अम्मी ने आकर नूर के चेहरे पर एक जोर का तमाचा जड़ दिया और बोली, 'मैं कब से तेरी बकवास सुनती जा रही हूं और आप अल्फा के अब्बू, इसे मना तक नहीं कर रहे हैं। नूर तू कितना बड़ा दरिंदा है जो खुद ही अपनी आपा की इज्जत को नापाक कर रहा है। अल्फा एक दिन काम से राज के साथ बाहर क्या चली गई, तो मोहल्ले वालों ने उसकी इज्जत पर चर्चा करनी शुरू कर दी और तू आए दिन मोहल्ले के चौराहे पर खड़ा होकर अपने एक दर्जन साथियों के साथ सिगरेट पीता है तब मोहल्ले वाले तेरी चर्चा नहीं करते हैं क्या?'

अल्फा के अब्बू – 'नूर तुम सिगरेट पीते हो?'

नूर तो अल्फा के लिए गड्ढा खोद रहा था। लेकिन जब खुद के खोदे हुए गड्ढे में खुद के गिरने की बारी आई तो वह अब्बू के सवाल का जवाब दिए बिना ही धीरे से वहां से खिसक गया।

अल्फा की अम्मी – 'अल्फा के अब्बू आपने कुछ जाने बिना ही अल्फा की इतनी बेइज्जती कैसे कर दी? आपने यह कैसे सोच लिया कि अल्फा के हाथों में यह जो खरीदारी की हुई चीजें हैं। यह इसे राज ने ही दी हैं। यहां तक कि आपने मुझ पर भी भरोसा नहीं किया। आपने यह कैसे सोच लिया कि बिना किसी कारण के, मैं अल्फा को किसी परिचित लड़के के साथ भी घर से बाहर निकलने दूंगी? आप तो दिन-भर काम में व्यस्त रहते हैं और नूर को तो घर से कोई मतलब ही नहीं है। ऐसे में घर में कौन-कौन सी कमियां और जरूरतें पड़ती हैं, यह आप दोनों क्या जानो? और मैं अकेली क्या-क्या करती फिरुं? मेरी भी तो उम्र बढ़ रही है। मैं अब एक साथ घर और बाहर दोनों जगह के कामों को नहीं संभाल पाती हूं।' इसी बीच अल्फा की अम्मी

ने अल्फा को बचाने के लिए एक उपाय सोचते हुए बोली, 'कल अल्फा के स्कूल में इंटर के बच्चों का विदाई समारोह है। बेचारी के सारे कपड़े पुराने हो चुके थे, तो विदाई समारोह में उतने सारे बच्चों के बीच पुराने कपड़े तो पहन कर जा नहीं सकती थी, इसलिए इसे पैसे देकर मैंने ही राज के साथ भेजा था और आपने इतनी-सी बात का बतंगड़ बना कर रख दिया।'

अल्फा के अब्बू - 'इसे खरीदारी करने में इतनी देरी हो गई कि समय का भी ध्यान ना रहा?'

अम्मी - 'यह बेचारी खरीदारी करने जा ही कहां रही थी? अगले महीने से इसकी इंटर की परीक्षा शुरू है। दिन-रात मेरी बच्ची पढ़ाई में मशगूल रहती है। इसे तो मैंने जबरदस्ती खरीदारी करने भेजा था 7:30 बजे, ताकि घूमे फिरे तो मन और दिमाग ताजा हो जाए और खरीदारी करने में बेचारी को दो ही घंटे तो लगे। इसमें कौन-सा पहाड़ टूट गया। जरूरी थोड़ी ना है कि एक ही दुकान में जाते ही सारे कपड़े पसंद आ जाएं। एक-दो दुकानों में गई होगी, तभी तो कपड़े पसंद आए होंगे और आने-जाने में भी तो समय लगता है। यह लखनऊ शहर है, कोई गांव या देहात तो है नहीं, जो ट्रैफिक की समस्या ना हो।' अल्फा की अम्मी की बातें सुन उसके अब्बू को अपनी बातों पर पछतावा हो रहा था। वह अल्फा के पास गए और उसके आंसुओं को पोंछ कर उसके सिर पर हाथ फेरते हुए बोले, 'मेरी बातों को दिल से मत लगाना मेरी बच्ची। मेरी जगह कोई और बाप भी होता तो यही बोलता।

इज्जत कमाने में इंसान को बरसों लग जाते हैं, लेकिन गवाने के लिए एक छोटा-सा तिनका और एक सेकंड का समय भी काफी होता है। दुनिया की सभी बदनामियों से बड़ी वह बदनामी है, जब समाज किसी बाप को उसकी बेटी के चाल-चलन को लेकर बदनाम करता है। उसकी बेटी के चरित्र पर कीचड़ उछाल कर पूरे खानदान और पीढ़ियो को नापाक कर देता है। अल्फा मैंने तुम्हें अपने समुदाय के लोगों की बेटियों की तुलना में सबसे ज्यादा आजादी दी है। मैं नहीं चाहता कि तुम्हारी इन नादानियों की वजह से मुझे आगे चलकर यह सुनना पड़े कि इसकी दी हुई छूट और आजादी ने इसकी बेटी को बर्बाद कर दिया। बाकी तुम खुद समझदार हो, अपना और अपने परिवार का भला बुरा अच्छी तरह समझ सकती हो।'

यह कहने के बाद अल्फा के अब्बू वहां से चले गए। इसके बाद अल्फा की अम्मी उसे लेकर एक कमरे में गई और दरवाजे की कुंडी लगा दी। अल्फा की अम्मी अल्फा को बिस्तर पर बैठाते हुए बोली, 'देखो अल्फा आज तो तुम्हारी किस्मत अच्छी थी जो बिगड़ी हुई बात बन गई, नहीं तो तुम जानती ही हो अपने अब्बू का गुस्सा? और रही सही कसर नूर पूरी कर देता। मैं जानती हूं कि तुम राज से प्यार करती हो।'

अल्फा - 'नहीं मां, हम दोनों में प्यार जैसा कुछ भी नहीं है।'

अम्मी - 'अल्फा मुझे बेवकूफ बनाने की कोशिश करना छोड़ दो। मैं तुम्हारी मां हूं, तुम्हारा चेहरा देखकर बता सकती हूं कि तुम्हारे दिल में क्या चल रहा है। दिन में 10 बार राज का हमारे यहां आना, अगर वह ना आ पाए तो किसी ना किसी बहाने तुम्हारा उसके पास चले जाना, यह प्यार के लक्षण नहीं तो और फिर क्या है? यह मोबाइल फोन, जो राज ने तुम्हारे अब्बू को यह कहकर दिया था कि यह तुम्हारी पढ़ने में बहुत मदद करेगा। इसके मैसेजिस को पढ़कर मुझे पता चल गया है कि यह किस चीज में कितना मदद कर रहा है।' अल्फा ने झट से अपनी अम्मी के पांव पकड़ लिए और गिड़गिड़ाकर कर कहने लगी कि 'अम्मी आप यह सब अब्बू को मत बताइएगा, वरना वह मेरी जान ही ले लेंगे।' अम्मी अल्फा को उठाते हुए बोली, 'तुम फिक्र ना करो, जब तक मैं इस दुनिया में हूं, तुम्हारी जान कोई नहीं ले सकता।

एक बात कहूं अल्फा? तुमने एक सही इंसान को चुना है प्यार करने के लिए। बाकियों की सोच और समझ की मुझे कोई परवाह नहीं। लेकिन मैं अपनी मन की बात कहूं तो प्यार मजहब देखकर नहीं करना चाहिए। कहने को तो आज तीन तलाक पर रोक लगा दी गई है। लेकिन मुस्लिम महिलाओं की स्थिति आज भी उतनी ही बदतर है जितनी कि तीन तलाक पर रोक से पहले थी। पहले तो तीन बार तलाक बोल देने पर शौहर की मार, उसकी गालियों और जुल्मों से तो कम से कम छुटकारा मिल जाता था, बस रह जाता था एक ही दु:ख का मलाल कि एक अकेली मां अपने बच्चों को अच्छा भविष्य दे पाएगी या नहीं? पर मां तो मां होती है ना, उसे तो शुरु से ही आदत होती है अपने बच्चों को खून से सींचने की। अल्लाह उसे इतनी शक्तियों एवं संघर्षों से नवाजता है कि उसे मर्द की जरूरत ही नहीं पड़ती।

लेकिन कभी-कभी पैसों की कमी और बेटी की आबरू पर मंडरा रहे असुरक्षा के काले बादल उसे शौहर की कमी होने का एहसास करवा जाते हैं। लेकिन अब तो तीन तलाक पर रोक लगने के बाद यही लगता है कि शौहर पहले से भी ज्यादा खतरनाक हो जाएंगे। पहले तीन बार तलाक बोल देने से उन्हें हमसे छुटकारा तो मिल जाता था। लेकिन अब तो परिस्थितियां बिल्कुल ही बदल गई हैं। अब ऐसा ना हो कि शौहर अपनी पत्नियों से छुटकारा पाने के लिए उनकी जान ही ले बैठे। कहीं ऐसा हुआ तो उन मेहरूम औरतों के बच्चे सड़क पर आ जाएंगे। अपने बच्चों को रोता, बिलखता, सड़कों पर भटकता देख, क्या उन मेहरूम औरतों की रूह को शांति मिल पाएगी? बिल्कुल भी नहीं अल्फा। यह सब तो सोचकर ही मेरी रूह कांप उठती है।

कहीं यह सब तुझे झेलना पड़ गया तो मैं तो जीते जी ही मर जाऊंगी। मां-बाप चाहे कितने ही अच्छे क्यों ना हो, लेकिन जब बेटी दामाद के छोड़े जाने पर मायके में आकर बैठ जाती है तो यह समाज, परिवार वाले और खासकर, उसके भाई के ताने उसके सगे मां-बाप को ही उसके लिए सौतेला बना देते हैं। मुसीबतों के वक्त आप जिस कंधे पर सिर रख कर रोना चाहे और अगर वही कंधा आपके आंखों के आंसुओं का कारण बन जाए तो जिंदगी जहन्नुम बन जाती है। मेरी किस्मत में तो अल्लाह ने रहमत की थी, जो मुझे तेरे अब्बू जैसा भला इंसान शौहर के रूप में मिला। जिसने तुझे सभी बंदिशों से आजाद रखा। लेकिन सबकी किस्मत पर अल्लाह मेहरबान नहीं होता, मेरी बच्ची।

एक हिंदू लड़का ही तेरे लिए एक अच्छा हमसफर साबित हो सकता है। वह राज है। खुदा ना खासता अगर निकाह और बच्चे होने के बाद राज ने तुझे तलाक भी दे दिया तो तुझे अपना और अपने बच्चों के भरण-पोषण के लिए एक ही बार में राज से मोटी मुआवजे की राशि मिलेगी। जिससे तुझे अपना और अपने बच्चों का जीवन चलाने के लिए अपने अब्बू या फिर भाई का मुंह ताकना नहीं पड़ेगा और सबसे बड़ी बात तो यह है कि राज मुसलमान शौहरों की तरह तलाक के बाद अपने बच्चों से रिश्ता भी नहीं तोड़ेगा। तेरे या फिर बच्चों की एक आवाज पर दौड़ा चला आएगा।

तलाक के बाद भले ही तेरा और राज का रिश्ता खत्म हो जाए। लेकिन बच्चों के साथ उसका रिश्ता दुनिया से रुखसत होने के बाद भी नहीं खत्म

होगा। अभी तो तुमने राज को पसंद कर अपने प्यार का सिर्फ, पौधा ही लगाया है। अभी इस प्यार के पौधे को शादी का पेड़ बनने में थोड़ा वक्त तो लगेगा ही। लेकिन ध्यान रहे अल्फा, इस बात की भनक तुम्हारे अब्बू को बिल्कुल भी नहीं लगनी चाहिए। कहीं ऐसा हो गया तो तुम्हारे साथ भी वही सब कुछ होगा, जो तुम्हारी बुआ जान के साथ हुआ था। अगर तुमने प्यार करना सीखा है तो उसे दुनिया की बुरी नज़रों से छुपाना भी सीखो। कहीं ऐसा ना हो कि तुम्हारे इस नये नवेले प्यार को इस दुनिया की काली नज़र लग जाए।'

देखते ही देखते दिन गुजरे और अल्फा के इंटर के एग्जाम शुरू हो गए। इस बार तो राज ने अपने ऑफिस के प्रति पहले से भी ज्यादा लापरवाही दिखानी शुरू कर दी थी। इसी बीच राज के बैंक के ए.जी.एम भी राज की शिकायत उसके पिता से दो बार कर चुके थे। लेकिन पिछली बार राज द्व ारा कही बातों के कारण पांडे जी ने उसे फोन कर फिर समझाना ठीक नहीं समझा।

एग्जाम्स के बहाने राज दिन-भर अल्फा के पास बैठा रहता और एग्जाम में पेपर लिखते समय अल्फा की कलम से शब्द ही निकलने को तैयार नहीं होते थे। आंसर शीट, बेवा की तरह साधी, अल्फा के पास आती थी और फिर वापिस अल्फा से टीचर के पास, बेवा की तरह साधी ही वापिस लौट जाती थी। इस बेवा रूपी आंसर शीट को देखकर तो यही लगता था कि इस बार अल्फा इंटर में ही रहने वाली है। बेचारी पास होगी भी कैसे? इस पूरे साल उसे राज का प्रेम पाठ पढ़ने से फुर्सत ही कहां मिली, बाकी रही-सही कसर राज के बाइक के पीछे बैठकर घूमते-घूमते पूरी हो गई। अब, जब अल्फा और राज दोनों ने मिलकर इतनी मेहनत की है तो इसका नतीजा तो पेपर पर निकलना ही था।

पेपर देने के बाद अल्फा के पसीने छूटने लगते थे, क्योंकि वह जान जाती थी कि अब उसे फेल होने से कोई बचा नहीं सकता है। उसे तो यह समझ नहीं आ रहा था कि अगर वह फेल हो गई तो अपने अब्बू से क्या कहेगी? उन्हें कैसे मुंह दिखाएगी? अगर कहीं इसके बाद अब्बू ने उसका घर से निकलना बंद करवा दिया तो, फिर वह राज से कैसे मिल पाएगी? फेल होने के बाद तो उसके अब्बू को उसके और राज के बारे में सब कुछ

पता चल जाएगा। जिस पढ़ाई के बहाने वह दिन-भर राज के पास रहती थी, अगर उसी पढ़ाई में अच्छा प्रदर्शन नहीं कर पाई तो उसके अब्बू उसके लिए जल्लाद बन बैठेंगे। अब अल्फा ने सब कुछ अपनी तकदीर पर छोड़ दिया था। अब उसे फिक्र तो इस बात की थी कि एग्जाम्स खत्म होने के बाद वह राज से कैसे मिल पाएगी।

लेकिन अब इन सारी चिंताओं का बोझ तो अब अल्फा की अम्मी ने अपने सिर ले लिया था। वह तो पहले से ही अपनी बेटी के लक्षण देखकर समझ चुकी थी कि वह किसी भी हालत में 12वीं क्लास एक ही बार में पास नहीं कर पाएगी, इसलिए उन्होंने बड़ी ही चालाकी से राज और अल्फा के प्यार को उसके अब्बू की नज़रों से छुपाने के लिए एक बहाना सोचा। फिर अल्फा के अब्बू के पास जाकर बोली, 'देखिए, अल्फा के अब्बू मुझे अल्फा की बातों से तो नहीं लग रहा है कि वह परीक्षा पास नहीं कर पाएगी। मैंने तो आपको पहले ही कहा था कि अल्फा को साइंस दिलवाने की जरूरत नहीं है। लेकिन आप मेरी सुनते ही कहां हैं?'

अल्फा के अब्बू - 'आप चिंता ना करें अल्फा की अम्मी, हमारी बेटी फेल नहीं होगी। वैसे भी फेल पास तो जिंदगी में लगा ही रहता है। मैं अपनी बेटी को सिर्फ नाम की डिग्रियां इकट्ठा करवाना नहीं चाहता था। मैं उसे ऐसी पढ़ाई पढ़ाना चाहता हूं, जो भविष्य में उसके लिए फायदेमंद साबित हों। जो उसे आत्मनिर्भर बनाएं इसलिए मुझे उसे साइंस ही पढ़ाना ठीक लगा और रही बात फेल होने की तो कोई बात नहीं राज है ना! अगर अल्फा को ऐसा लगता है कि वह परीक्षा में फेल हो जाएगी तो आप उसे कल से ही राज के पास फिर से ट्यूशन पढ़ने के लिए भेजना शुरू कर दीजिए। फेल हो जाने पर वह रीटेस्ट तो दे ही सकती है। इसमें कौन-सी बड़ी बात है। हर इंसान को अपनी गलतियों को सुधारने और कमियों को पूरा करने का दूसरा मौका तो मिलना ही चाहिए।'

आज पटना में पांडे जी के मोहल्ले में एक लड़की की बारात आई थी। उस लड़की का पूरा घर रोशनी से नहा रहा था। घर की सजावट ऐसी की गई थी कि वह किसी भी लिहाज से महल से कम नहीं लग रहा था। एक ऐसा महल जिसकी कल्पना उस महल में रहने वाली बेटी ने अपनी 'शादी का सपना' पूरा होने पर, विदा होने के लिए की होगी। लड़के वालों

ने भी बारात लाने में कोई कमी नहीं छोड़ी थी। एक-से-एक बड़ी गाड़ियां, बारातियों के शानदार कपड़े, महंगे-से-महंगे पटाखों ने तो पूरे मोहल्ले में रात को ही दिन बना डाला था।

लड़की मंडप में आई फिर दूल्हे-दुल्हन ने एक-दूसरे को वरमाला पहनाई। इस पर पूरा मंडप ही तालियों की गूँज से गड़गड़ा उठा। शादी की रस्में आगे बढ़ीं और नीलम खड़ी-खड़ी मूर्ति बनकर लड़के और लड़की को निहारते रही। मानो कि वह लड़के और लड़की के रूप में अमन और अपने आप को देख रही थी। जब लड़के ने लड़की की मांग में सिंदूर भरा और उसके गले में मंगलसूत्र पहनाया, तब नीलम को अपनी मांग सूनी और गले के खाली होने का एहसास खलने लगा। उसे यह एहसास और दुःख सताने लगा कि उसकी शादी का सपना अभी भी एक सपना ही बना हुआ है। उसकी आंखें भर आईं और सपने पिघल-पिघल कर आंसू बन बहने लगे। वह दौड़कर घर चली आई। उसे रोता देख अमन भी चुपके से उसके पीछे लग गया। नीलम अपने कमरे में जाकर चेहरे पर हाथ रखकर फूट-फूट कर रोने लगी। लड़की की शादी में बज रही शहनाइयों में, नीलम को अपने बेजान होते सपनों का मातम सुनाई पड़ने लगा था।

नीलम रोते हुए खुद से ही बातें कर कहने लगी थी कि 'आज मुझसे कम-कम उम्र की लड़कियों की डोली उठ रही है और मैं अपनी सूनी मांग लेकर अपने टूटते सपनों का मातम मना रही हूं। यह मेरा भाग्य है या फिर विधाता का खेल, जो मैं शादी के मंडप पर नहीं बैठ पाती या फिर ये कहूं कि पैसों के कारण, मेरे भाग्य से खेलना और मेरे ख्वाबों को ख्वाब ही बनाए रखने का ठेका पापा और राज ने अपने सिर ले लिया है। डर लगता है कहीं मैं सूनी मांग लेकर तन्हा मौत ना मर जाऊं? ऐसा ना हो कि मेरी इस दुनिया से जाने के बाद मुझे कोई पत्नी, बहू, मां, भाभी, सास, नानी, दादी कहने वाला ना हो? मैं भी चाहती हूं कि मैं शादी कर एक खुशहाल गृहस्थी बसाऊं। सास-ससुर की भरपूर सेवा कर पुण्य कमाऊं। मेरी ममता की बगिया सूनी ना रहे, उसमें भी दो प्यारे-प्यारे फूल खिलें। जिन्हें स्नेह देकर मुझे भी ममता का सुख मिले। मैं भी सोलह सिंगार कर, लाल जोड़ा पहनकर अपने जीवनसाथी की लंबी उम्र के लिए तीज और करवाचौथ का व्रत करना चाहती हूं। आखिरकार, क्यों मेरे सपनों को साकार होने नहीं दिया जाता? क्यों उन्हें बार-बार तोड़ा जा

रहा है? अब तो मैं थक चुकी हूं अपने सपनों को बार-बार टूटते देख। अब तो ये जिंदगी बोझ-सी लगने लगी है। कहीं मैं कुछ कर ना बैठूं?'

नीलम की सारी बातें अमन सुन रहा था। वह नीलम की ओर आते हुए बोला, 'तुम में इतनी ताकत और हिम्मत कहां से आ गई नीलम, जो तुम अपनी जिंदगी के साथ कुछ कर बैठने की सोचने लगी? मुझे बातों को गोल-गोल घुमा कर बात करने की आदत नहीं है। अपनी इसी ताकत और हिम्मत के साथ चलो मेरे साथ और अपने पिता को बता दो कि 'हम दोनों एक दूसरे से बेइंतहा प्यार करते हैं।' चलो और तोड़ दो उनके सड़े-गले विचारों का खंडहर, जिन्हें वह दुनियादारी का महल समझकर वे तुम्हारे सपनों, जज़्बातों और जिंदगी के साथ खेलते हैं।' नीलम ने अपनी भीगी हुई पलकों को उठाकर अमन की ओर देखते हुए कहा, 'तुम क्या चाहते हो अमन, मैं पापा से बगावत करके उनकी मौत को न्योता दे दूं? अपनी मांग की लाली के लिए मैं अपनी मां की मांग का सिंदूर छीन लू? मुझसे यह सब नहीं हो पाएगा अमन। मैं इतनी निर्दयी नहीं बन सकती हूं। तुम जानते ही कितना हो पापा को? भले ही मेरी इन बातों से पापा के सड़े-गले विचारों का खंडहर टूटे या ना टूटे, लेकिन उनकी जिंदगी जरूर टूट जाएगी। मैं कलयुग की बेटी नहीं कहलाना चाहती, अपने सपनों के लिए मैं अपने पिता की बलि नहीं चढ़ा सकती। मुझे नहीं बनना अपने पिता की 'हत्यारन'।

अमन - 'तो फिर कुछ तो सोचा होगा तुमने अपने बारे में नीलम? पूरी जिंदगी अपने टूटते हुए ख्वाबों का मातम मनाते हुए निकाल दोगी?'

नीलम - 'पता है अमन, तुम इतना सब कुछ इतनी आसानी से कैसे कह पा रहे हो, क्योंकि तुम एक बेटे हो जिसे शुरू से ही हर चीज की आजादी दी जाती है। जिसे हर बोझ से मुक्त रखा जाता है। जिसे खुद अपनी जिंदगी के सारे फैसले लेने का हक दिया जाता है। कभी एक लड़की के नजरिए से सोचा है तुमने? कभी खुद को मेरी जगह रखकर देखो अमन, तब तुम्हें पता चलेगा कि जो तुमने कहा है, उसे एक बेटी के लिए कर पाना कितना मुश्किल है, जबकि मुझे यह पता है कि पापा को कभी भी तीसरा हार्ट अटैक आ सकता है।'

अमन - एक बात कहूं नीलम, तुम यह तो जानती ही हो ना कि सभी जोड़ियां ऊपर वाला बनाता है। देखो अभी तक तुम्हारे 'हां' के इंतजार में मैं

कुंवारा हूं और बार-बार किसी ना किसी बहाने तुम्हारी शादी होते-होते ही रह जाती है। तुम्हें यह सब देखकर नहीं लगता है कि भगवान ने हमें एक दूसरे के लिए ही बनाया है। यह सब बोलते-बोलते अमन की भी आंखें भर आई थीं। लेकिन तुम हो कि इसे मानने को ही तैयार नहीं। क्या तुम किसी और की मर्जी को खुद पर थोप कर खुश रह पाओगी?'

नीलम - 'मैं खुश रह पाऊंगी या फिर मेरी पूरी जिंदगी ही आंसुओं में निकल जाएगी, ये मैं नहीं जानती अमन। अब मैंने सब कुछ अपनी किस्मत पर छोड़ दिया है। मेरी किस्मत अब मुझे जहां ले जाए। अब तुम भी मेरी फिक्र करके परेशान होना छोड़ दो अमन, क्योंकि मेरी तकदीर में जो लिखा होगा, वह तो होकर ही रहेगा। उसे कोई बदल नहीं सकता। शायद मेरी जिंदगी में जीवनसाथी के रूप में सिर्फ और सिर्फ बदकिस्मती का ही साथ लिखा है, इसलिए तुम मुझे मेरी बदकिस्मती के साथ अकेला ही छोड़ दो।' नीलम की आंखों से बह रहे आंसू और उसके दिल का दर्द बयां करते शब्दों को अमन अब और बर्दाश्त नहीं कर पा रहा था, इसलिए वह नीलम के पास से चला गया। कमरे से निकलने से पहले अमन ने नीलम से कह दिया कि 'वह पूरी जिंदगी उसकी हां का इंतजार करेगा।' एक बार फिर नीलम की जिंदगी की एक और रात, अपने सपनों के पूरा ना होने के दुःख में आंसू बहाते हुए निकल चुकी थी।

लखनऊ में अल्फा का पूरा परिवार अपने किसी रिश्तेदार की शादी में जा चुका था। लेकिन तबीयत ठीक ना होने की बात कहकर, अल्फा लखनऊ में ही रुक गई थी। तबीयत खराब होना तो मात्र एक बहाना था, अल्फा का। अल्फा का मकसद तो अपने परिवार वालों की गैरमौजूदगी में बिना डर, बिना किसी रोक-टोक के राज के साथ बेखौफ इश्क लड़ाना और मजे लेना था। परिवार वालों के जाने के बाद तो अल्फा भौर से लेकर सांझ ढले तक राज के घर में रहती। रात को घर भी लौटती तो वह भी सिर्फ और सिर्फ समाज वालों के डर से कि कहीं कोई उसके अब्बू के कान न भर दे। लेकिन अल्फा का यह दिखावा राज से दो दिनों से ज्यादा बर्दाश्त नहीं हो पाया। राज का अल्फा के लिए आकर्षण और दीवानापन समाज की सारी सीमाओं को तोड़ने के लिए उफान पर था। रात के 10:30 बज रहे थे। राज बार-बार बिस्तर पर करवटें बदले जा रहा था। उसे हर करवट

पर अल्फा ही अल्फा लेटी हुई नजर आ रही थी। जब भी वह अपने बगल में अल्फा को छूने के लिए हाथ बढ़ाता, वह एकाएक गायब हो जाती थी।

उसे कमरे में हर तरफ अल्फा की आवाज और हंसी गूंजते हुए सुनाई दे रही थी। उसने अल्फा को फोन भी करने की कोशिश की, लेकिन उसका फोन ऑफ था। राज से अब अल्फा से मिले बिना रहा नहीं जा रहा था। वह बहुत बेचैन होने लगा था। उसे यह रात कभी ना खत्म होने वाली रात की तरह लगने लगी थी। राज की सब्र की सीमा अब पूरी तरह टूट चुकी थी। उसका दीवाना दिल और साहसी मन पूरी तरह बेकाबू हो चुका थे। राज ने अपने घर में ताला लगा दिया और अल्फा के पास चल पड़ा। रात के 11:00 बज चुके थे। घर के दरवाजे पर अचानक हुई दस्तक से अल्फा डर गई। लेकिन ढीठ राज लगातार रुके बिना ही दरवाजे पर दस्तक दिए जा रहा था। अल्फा ने हिम्मत करके दरवाजा खोला तो उसकी आंखें फटी-की-फटी रह गईं।

'राज तुम? वह भी इतनी रात को? अगर कहीं किसी ने तुम्हें देख लिया तो?'

राज - 'अगर तुम मुझे दरवाजे पर ही खड़ा रखकर एक के बाद एक सवालों के बम दागती रही तो जरूर मुझे कोई ना कोई देख ही लेगा। राज ने खुद ही घर में घुसकर दरवाजा बंद कर दिया और फिर सीधे जाकर अल्फा के बिस्तर पर बैठ गया।

अल्फा - 'तुम्हें यहां आने में जरा-सा भी डर नहीं लगा? कहीं कोई तुम्हें मेरे पास आते हुए देख लेता तो?'

राज - 'डर..., अगर डर होता तो मुझे तुमसे प्यार ही नहीं होता और वैसे भी एक ना एक दिन तो सभी मुझे देखेंगे ही, जब मैं सबके सामने तुम्हें अपने साथ भगा कर ले जाऊंगा।'

अल्फा राज के बगल में बैठते हुए बोली, 'मुझे अपने साथ भगाकर ले जाना इतना आसान नहीं है राज।'

राज - 'लेकिन नामुमकिन भी नहीं है। वैसे भी तुम अभी इन सभी बातों को छोड़ दो। जब मैं तुम्हें अपने साथ भगा कर ले जाऊंगा, तब इन बातों के बारे में सोचा जाएगा।' फिर राज ने अल्फा की कलाइयों को अपनी हथेलियों में थाम कर कहा, 'पता है अल्फा, मुझे अब हर जगह तुम ही तुम

नजर आती हो। कभी सिरहाने में बैठी हुई, कभी बगल में लेटी हुई, कभी किचन में तो कभी ऑफिस में। हर जगह मुझे तुम-ही-तुम नजर आने लगी हो। इसी कारण मेरा किसी भी काम में बिल्कुल भी मन नहीं लगता है। यहां तक कि बैंक से भी मेरी कई बार शिकायत पापा के पास जा चुकी है। मुझे पता ही नहीं चलता है कि आखिरकार मैं करूं तो क्या करूं? अब तो मैं इतना पागल हो चुका हूं कि मुझे तुम से एक मिनट की भी दूरी बर्दाश्त नहीं हो पाती है।'

बातों ही बातों में रात के 1:00 बज चुके थे। रात अपने पूरे शबाब पर थी। चांद की चांदनी राज और अल्फा के प्यार को, प्यार की नई चरम सीमा पर ले जाने की कोशिश कर रही थी। रात की शीतल हवाओं ने अल्फा के प्रति राज के आकर्षण को और भी ज्यादा प्रबल कर दिया था। दोनों की ही आंखों में प्यार की प्यास साफ दिखाई दे रही थी। अब दोनों का प्यार, प्यार के एक और पायदान की ओर बढ़ने के लिए पूरी तरह तैयार था। उनका प्यार अब जिस्मानी जरूरतें महसूस करने लगा था। अब दो जिस्म एक दूसरे के आगोश में जाकर एक हो जाना चाहते थे। उन्हें सीधे-साधे बिस्तर पर अपने प्यार की सजी हुई सेज दिखने लगी थी।

दोनों की ही नजरें प्यार के इस अंतरंग एवं रोचक सफर पर निकलने के लिए हामी भर रही थीं। यह रात अल्फा और राज की जिंदगी की पहली रंगीन रात थी। लेकिन इन दोनों की यह रंगीन रात आगे चलकर बहुत से लोगों की जिंदगियों को बेरंग करने वाली थी। अल्फा का बिस्तर धीरे-धीरे सिलवटों से भरता जा रहा था। दोनों के कपड़े इधर-उधर बिखरे हुए थे और दोनों का निर्वस्त्र बदन अपनी शारीरिक चाहतों की आपूर्ति करने में व्यस्त था। समय बीतता जा रहा था, लेकिन राज का भूखा मन तो अल्फा को छोड़ने के लिए बिल्कुल भी तैयार नहीं हो पा रहा था। रंगीन रात पर सुबह की रोशनी कब्जा करने लगी थी। सुबह के 5:00 बज चुके थे। अपनी जिंदगी की पहली रंगीन रात पर दुनिया की काली नजरों का ग्रहण ना लगे और वह और उसका प्यार सुरक्षित रहे। इसी सोच और वक्त की नजाकत को समझते हुए अल्फा ने प्यार की भूख में टूट कर बिखरे हुए राज को संभालते हुए घर से जाने को कहा। लेकिन ठीक ही कहते है लोग, आप जिस चीज को दुनिया की नजरों से सबसे ज्यादा छुपाने की कोशिश करते हैं, वही चीज

सबसे पहले दुनिया और समाज की नजरों में आती है।

तेजस सुबह-सुबह मॉर्निंग वॉक पर निकला था और उसने राज को अल्फा के घर से निकलते हुए देख लिया। राज के चेहरे की मुस्कान और उसके शरीर पर कपड़ों की हालत बिना कुछ कहे ही, उसके रंगीन रात की कहानी बयां कर रहे थे। राज और अल्फा के रंगीन रातों का सिलसिला यूं ही हफ्ते भर चलते रहा। खुद के सपनों को साकार करने के लिए कहीं ना कहीं, ना चाहते हुए भी राज नीलम के सपनों की चिता सजाने लगा था। अपनी रातें रंगीन करते-करते एक हफ्ता कब बीत गया, राज और अल्फा को पता भी नहीं चला। अब तो अल्फा के परिवार वाले भी लखनऊ वापिस आ चुके थे। रंगीन रातों का तो सिलसिला थम चुका था, लेकिन उसकी यादें, एहसास और छुअन अभी भी शरीर और दिमाग में ताजा थीं।

तेजस किसी काम की वजह से अपने घर पटना गया था। वहां उसकी मुलाकात राज के पिता पांडे जी से हुई। दोनों के बीच बातों का सिलसिला शुरु हुआ।

पांडे जी - 'क्यों बेटा, बहुत दिन के बाद नजर आ रहे हो? मां-बाप को भूल गए हो क्या? हम लोगों की याद नहीं आती तुम्हें?'

तेजस - 'अंकल याद तो बहुत आती है लेकिन क्या करूं? अभी छोटी की शादी होनी बाकी है। अगर छुट्टियां लेकर बार-बार घर आने लगा तो तनख्वाह कटने लगेगी और शादी के खर्च के लिए पैसे भी तो इकट्ठे करने हैं। एक बार छोटी की शादी हो जाए तो फिर दौड़-भाग कर यहीं अपना ट्रांसफर करवा लूंगा।'

पांडे जी - 'हां बेटा, सही कह रहे हो, लड़कियों की शादी करवाना बहुत बड़ी जिम्मेदारी है। जब तक हो ना जाए तब तक चैन नहीं आता है। अभी कुछ महीने पहले ही नीलम की शादी टूट गई।'

तेजस - 'वह कैसे अंकल?'

पांडे जी - 'लड़का रेलवे में काफी अच्छी पोस्ट में था। उसके परिवार वालों ने तो दहेज की भी मांग नहीं की थी। लेकिन वह बारात में एक हजार लोगों को लाना चाहते थे। ऐसे में इतनी जल्दी पैसों का भी जुगाड़ नहीं हो पा रहा था। राज को फोन कर पैसों का बंदोबस्त करने के लिए मदद मांगी तो उसने कहा कि 'लड़के वाले बहुत चालाक हैं। पहले शादी में एक हजार

बारातियों को लाना चाहते हैं। अगर कहीं शादी के बाद दहेज की मांग कर दी तो फिर आप क्या करेंगे? कहां से उतने पैसे लाएंगे आप? कहीं उन्होंने दहेज के लिए नीलम की हत्या कर दी तो?' इन सभी बातों को सुनकर मैंने उस रिश्ते को ही तोड़ दिया।' यह सभी बातें कहते-कहते पांडे जी की आंखें भर गईं। फिर उन्होंने आंसुओं को संभालते हुए कहा, 'तुम इन सभी बातों को हटाओ और यह बताओ कि तुम्हारे बैंक में जो कुंवारी लड़कियों की शादी के लिए स्कीम निकली है, उसमें तुमने अपनी छोटी के लिए पैसे डाले हैं या नहीं?'

तेजस – 'यह कौन सी स्कीम है अंकल? मैं तो आपके मुंह से इस स्कीम के बारे में पहली बार सुन रहा हूं?'

पंडित जी – 'तुम कैसे बैंकर हो बेटा? अपने बैंक की स्कीम के बारे में खुद ही नहीं जानते हो? मैंने तो इसी स्कीम में जमा करने के लिए राज को दो लाख रुपये भी भेज दिए हैं।' पांडे जी की स्कीम की बातों के दौरान ही तेजस को यह ध्यान आ गया कि आखिरकार राज ने अपने छः महीने की बैंक की एक मामूली सरकारी नौकरी से कैसे तीन लाख रुपये की बाइक खरीद ली। एक-एक कर तेजस को राज की कही सभी पुरानी बातें याद आने लगीं कि उसने पहले ही यह साफ कर दिया था कि अगर उसे किसी भी चीज की कमी हुई तो वह अपने पिता से भी पैसे मांगने से पीछे नहीं हटेगा, भले ही उसकी बेकाम की जरूरतों को पूरा करने के लिए किसी की जिंदगी की महत्त्वपूर्ण जरूरत की ही बलि क्यों ना चढ़ जाए।

तेजस समझ चुका था कि अपनी इन्हीं बेतुकी इच्छाओं की पूर्ति के लिए राज ने नीलम दीदी की शादी तुड़वा दी। अब तेजस की आंखों के सामने राज का अल्फा को ट्यूशन पढ़ाने के बहाने उससे चिपके रहना, उसे बाइक पर बैठाकर पूरे मोहल्ले के चक्कर लगाना, सुबह-सुबह उजड़ी हुई हालत में मुस्कुराते हुए उसके घर से बाहर निकलने जैसे कई दृश्य मंडराने लगे थे। राज की ऐसी गिरी हुई सोच और निर्लज्जता के कारण तेजस का गुस्सा अंदर ही अंदर उफान मार रहा था। उसका क्रोध अपनी सीमा लांघ चुका था और उसने पांडे जी से कह ही दिया कि 'अंकल आप राज से पैसे वापिस लेकर नीलम दीदी से पहले एक अच्छी लड़की देखकर राज की ही शादी करवा दीजिए, वरना वह इतना आगे निकल जाएगा कि उसे वापिस ला पाना नामुमकिन हो जाएगा।'

पांडे जी – 'क्यों बेटा, तुम ऐसा क्यों बोल रहे हो? कुछ गलत किया है राज ने क्या?'

तेजस – 'जब से वह लखनऊ गया है, तब से एक मुसलमान लड़की को ट्यूशन पढ़ा रहा है। ट्यूशन कम, उसके साथ समय बिताने के बहाने ज्यादा ढूंढता है। उस लड़की के घर उसका बहुत आना जाना है। बाकी तो आप खुद समझदार हैं अंकल, सब समझ सकते हैं.....।' तेजस तो जा चुका था, लेकिन उसकी कही गई बातों की चिंता पांडे जी के दिल व दिमाग में घर कर गई थी। उन्हें सबसे ज्यादा दुःख तो नीलम के लिए हो रहा था। अपने शौक को पूरा करने के लिए उसने अपनी बहन के सपनों को जलाकर राख कर दिया। एक पल के लिए भी उसने नीलम की परवाह नहीं की...., झूठ बोलकर मुझसे पैसे मांग लिये। वह इतना नीचे कैसे गिर गया? किसी के सपनों का फायदा उठाना उसने कहां से सीखा? मैंने उसे ऐसे संस्कार तो नहीं दिए थे। फिर कमी कहां रह गई, जो राज इतना स्वार्थी बन गया। उसने नीलम की राखी का कर्ज उसकी आंखों में आंसू देख कर चुकाया है।

नीलम के लिए कितना अच्छा रिश्ता, मैंने राज की बातों में आकर ठुकरा दिया। सारी गलती तो मेरी ही है, जो मैंने नीलम की मां की बात नहीं मानी और बेटे की बातों पर, जीवनसंगिनी की बातों से ज्यादा विश्वास कर बैठा। पता ही नहीं चलता है कि अब इन सभी बातों को जानने के बाद मैं नीलम को अपना मुंह कैसे दिखाऊंगा? सपनों के टूटने का मातम मनाती हुई उसकी आंखों का सामना कैसे कर पाऊंगा? जायसवाल ने ठीक ही कहा था, 'मैं बाप नहीं पाप हूं।' पता नहीं नीलम ने पिछले जन्म में ऐसे कौन से पाप किए थे, जो उसे मेरे जैसा बाप मिला। सचमुच मैं ही अपनी बेटी के सपनों का कातिल हूं, ना ही उसे ज्यादा पढ़ा-लिखा कर खुद के पैरों पर खड़ा होने के काबिल बनाया और ना ही दहेज में अच्छी रकम देकर, उसकी शादी के सपने को साकार कर पाया। मैंने तो नीलम की शादी के सपने को हार जीत का खेल ही बना कर रख दिया।'

आत्मग्लानि, पांडे जी को अंदर ही अंदर खाए जा रही थी। उनका पूरा शरीर पसीने से लथपथ हो चुका था। उनकी धड़कनें तेज होती जा रही थीं और अब उनके सीने में दर्द होना शुरू हो गया। उन्हें तीसरा और आखिरी हार्ट अटैक आ चुका था। वह चिल्ला-चिल्लाकर नीलम को पुकारने लगे। नीलम

जब तक उनके पास पहुंचती तब तक वह दर्द की छटपटाहट के कारण जमीन पर गिर चुके थे। नीलम ने आकर उनके सिर को अपने गोद में रख लिया और अपनी मां को एंबुलेंस बुलाने और एक गिलास पानी लाने को कहा।

पांडे जी – 'बेटा राज ने हमारे साथ धोखा किया है। उस अलग धर्म की लड़की के लिए तुम्हारी शादी अभिजीत से तुड़वाकर मुझसे दो लाख रुपये मांग लिए। मैंने कितनी मेहनत करके समाज में इज्जत कमाई है और राज उस लड़की से प्यार कर मेरी बरसों की कमाई इज्जत को दफन करने में लगा है। बेटी जाओ और समय रहते राज को संभालो, ताकि मेरी इज्जत मिट्टी में मिलने से बच जाए।'

नीलम रोते हुए बोली, 'हां पापा, हम दोनों चलकर राज को वापिस ले आएंगे। बस अभी मैं आपको अस्पताल लेकर चलती हूं। फिर आप ठीक हो जाएंगे, तो हम दोनों लखनऊ चलकर राज को वापिस ले आएंगे। आपके बिना वह मेरी बात कहां मानने वाला है?'

पांडे जी – 'अब मेरे पास इतना वक्त नहीं बचा है बेटी..., मेरे जाने का समय आ चुका है। सोचा था तुम्हें लाल जोड़ा पहनाकर इस घर से विदा करूंगा, तुम्हारा कन्यादान कर अपनी जिंदगी का सबसे बड़ा धर्म निभाऊंगा, लेकिन मेरे सारे अरमान, अरमान ही बनकर रह गए। आज इन अधूरी इच्छाओं को अपने साथ लिए जा रहा हूं।' पांडे जी अपने दोनों हाथों को जोड़ते हुए बोले, 'लेकिन जाने से पहले मैं तुमसे माफी मांगना चाहता हूं नीलम, मैंने ही तुम्हें शादी के सपने देखने के लिए मजबूर किया और जब तुम्हारे सपने हकीकत का रूप लेने लगे तो, मैंने ही उन्हें तोड़ दिया। जाने-अनजाने ही सही मुझसे तुम्हारे सपनों की हत्या करने का पाप तो हुआ है। मैं अपने साथ इतने बड़े पाप का बोझ मरने के बाद ढो नहीं सकता हूं, इसलिए मुझे माफ कर, मेरे पापों के बोझ से मुक्त कर दो।'

नीलम ने अपने पिता के जुड़े हुए हाथों को थामते हुए कहा, 'पापा, पाप का आभारी तो आप मुझे बना रहे हैं, अपने हाथों को जोड़कर। आपने कोई पाप नहीं किया, आपने कोई हत्या नहीं की है। आपने तो भरपूर कोशिश की, लेकिन मैं अपनी तकदीर ही अभागनों वाली लेकर आई हूं तो इसमें आपकी गलती क्या है? जब इंसान खुद ही किस्मत का मारा हो तो वक्त को कैसे दोषी ठहराया जा सकता है।'

एंबुलेंस दरवाजे पर खड़ी थी और मोहल्ले के लोग घर के अंदर। पांडे जी के हाथों से धीरे-धीरे सांसों की डोर छूटती जा रही थी। उन्होंने अपनी गिनी-चुनी सांसों के सहारे ही नीलम से कहा, 'बेटा तुम मुझसे वादा करो कि तुम ऐसा कोई भी काम नहीं करोगी, जिससे मेरी इज्जत पर आंच आए, क्योंकि बेटी ही घर की लक्ष्मी और इज्जत होती है। यह बात मैंने जरा देर में समझी है, लेकिन समझ ली है।' पांडे जी को वचन देकर नीलम ने उनके मन की इस आखिरी मुराद को भी पूरा कर दिया। नीलम की मां रोते हुए एक गिलास पानी ले आई। नीलम के हाथों से पानी का पहला घूंट पीते ही पांडे जी की आत्मा ने उनके शरीर को मुक्त कर दिया।

घर का शांत माहौल अब मातम में तब्दील हो चुका था। जायसवाल जी राज को फोन पर यह दुःख भरी खबर बताकर पटना आने के लिए कह चुके थे। मोहल्ले के सभी लोगों की जुबान पर एक ही बात थी, 'यह सही समय नहीं था, पांडे जी के जाने का। वह बेवक्त ही चले गए। वह तो अपनी जिंदगी की सबसे महत्त्वपूर्ण जिम्मेदारी को अधूरा ही छोड़ कर चल बसे। इतनी भी क्या जल्दी थी, कम से कम नीलम के तो हाथ पीले करवा देते। अब बेचारी नीलम के मां के कंधों पर कितनी बड़ी जिम्मेदारी का बोझ आ गया है।'

जायसवाल जी पांडे जी के पार्थिव शरीर के पास बैठकर भरी आंखों से मुस्कुराते हुए बोले, 'साले मरते वक्त तो कोई अच्छा काम कर जाता, कम से कम मरते वक्त ही नीलम का हाथ अमन के हाथों में थमा देता। लेकिन तू तो बेटी के लिए एक नंबर का बेईमान निकला रे! मरते वक्त भी उससे वादा ले लिया। तेरे इस वादे के पीछे की सच्चाई और मंशा सब मैं अच्छी तरह जानता हूं। तेरी नीलम मेरे अमन की ना हो सके इसलिए तूने यह सब किया न! सच में तेरे जैसा स्वार्थी और बेईमान बाप मिलना बहुत मुश्किल है।'

24 घंटे बीत चुके थे। पांडे जी का शरीर अग्नि में विलीन होकर दुनिया को अलविदा कह चुका था। नीलम की मां की रंगीन साड़ी से रंग उतर चुका था। उनकी मांग की लाली और गले के मंगलसूत्र ने भी पांडे जी के साथ ही इस दुनिया से विदाई ले ली थी। तन्हा बैठी बेरंग जिंदगी की आंचल ओढ़े नीलम की मां के कंधों पर एक जिम्मेदारी थी। जिम्मेदारी थी 'नीलम की शादी करवा कर, उसके सपने को हकीकत में तब्दील करने की।' दोनों

मां-बेटी मातम मना रही थीं। एक का मातम अपने पति को खोने का था तो दूसरी का मातम अपने पिता को खोने का। आज दोनों की ही मांग सुनी थी। एक की मांग का सिंदूर को मिटा दिया गया और दूसरी के लिए सिंदूर को सपना या फिर यूं कहूं कि एक मजाक बनाकर रख दिया गया था।

वैसे भी नीलम को कभी अपनी मांग में सिंदूर सजाने का मौका ही नहीं दिया गया। दोनों की सूनी मांग का दोषी या फिर यह कहा जाए कि दोनों के मांग से सिंदूर को दूर रखने वाला इंसान उनका खुद का बेटा और भाई राज ही था। अपनों के द्वारा दिया गया जख्म ऐसा होता है, जो ना ही सहा जाता है और ना ही किसी से कहा जाता है और इस जख्म की टीस इंसान को खोखला कर देती है। आंखों से दुःखों के धारे बहते-बहते आज पांडे जी की तेरहवीं आ चुकी थी। सारी विधियां नियम अनुसार संपन्न हो गई।

लखनऊ में अल्फा की जिंदगी की ओर कई तूफान बहुत ही तेजी से एक साथ बढ़ते चले आ रहे थे। अल्फा के इंटर के एग्जाम का रिजल्ट आ चुका था। जिस चीज का डर था या फिर यह कहूं कि जिस चीज की उम्मीद थी, अल्फा उससे भी कई गुना ज्यादा आगे निकली। वह इंटर के सभी सब्जेक्ट में फेल हो चुकी थी। जिसके कारण उससे रिटेस्ट देने का मौका भी छीन लिया गया। एक हफ्ते से अल्फा को रह-रहकर उल्टियां हो रही थीं। अल्फा की तबीयत को बिगड़ता देख उसकी अम्मी उसे अस्पताल ले गयीं। वहां जाकर पता चला कि राज और अल्फा की रंगीन रातों का काला नतीजा निकल चुका है, अल्फा प्रेग्नेंट थी। अल्फा की अम्मी तजुर्बेदार थी। उन्हें यह समझने में बिल्कुल भी देरी नहीं लगी की अल्फा ने ये सब कारनामे उनकी गैरमौजूदगी में किए हैं। अल्फा की अम्मी उसे डॉक्टर के सामने ही थप्पड़ जड़ते हुए बोली, 'मैंने तो तुम्हें एक समझदार और जिम्मेदार बेटी समझा था। लेकिन तुम तो बेहया निकली। राज के साथ हमबिस्तर होते समय कम से कम एक बार तो हमारी इज्जत का ख्याल कर लिया होता। मैं तो पहले से ही तेरी पसंद को पसंद करती थी।

मैंने तुझे समझाया था ना कि तू कुछ भी ऐसा-वैसा मत करना, मैं कैसे भी करके तेरा निकाह राज से करवा दूंगी। फिर क्या जरूरत थी उसके साथ हमबिस्तर होकर अपनी जिंदगी में आने वाली खुशियों में ग्रहण लगाने की। निकाह तक का इंतजार नहीं कर सकती थी? ऐसी कौन-सी आग लग गई

थी तेरे जिस्म में, जिसे बुझाने के लिए तुझे राज के साथ हमबिस्तर होना पड़ गया? इस बच्चे के कारण कहीं राज ने तुझे छोड़ दिया तो? मैं तो तेरे बच्चे को भी नहीं गिरवा सकती हूं, क्योंकि यह बात तेरे अब्बू से छुपने वाली नहीं है। अगर कहीं तेरे अब्बू ने तेरी इन सारी गलतियों को माफ कर इस बच्चे को गिरवा भी दिया, तब भी कोई अच्छा लड़का तुझसे निकाह नहीं करेगा और जिंदगी भर तुझे तेरी की गई गलतियों का ताना मार-मार कर तेरी जिंदगी को जहन्नुम बना देगा।'

अल्फा की अम्मी सिर पर हाथ रख कर बैठ गई और बोली, 'अब बस एक ही उपाय है, तेरी जिंदगी और तेरे बच्चे को बचाने का। तू राज के साथ भाग जा और अपनी उजड़ती हुई खुशियों और जिंदगी को बचा ले। जाने-अनजाने ही सही तुझसे भूल तो हो चुकी है, यह भूल तेरी इज्जत पर लगा काला दाग बने, इससे पहले ही तू इसे सुधार ले और हमेशा के लिए राज की हो जा।' अल्फा की अम्मी अल्फा को लेकर घर पहुंची ही थी कि, एक नई मुसीबत सज सवरकर अल्फा के इंतजार में बैठी थी। अल्फा के भाई नूर के हाथों अल्फा का मोबाइल फोन लग चुका था। जो उसे राज ने दिया था। राज और अल्फा के मैसेजिस का 'प्रेम ग्रन्थ' अल्फा के अब्बू पढ़ चुके थे। अब बस, अल्फा के साथ महाभारत होने की देरी थी।

सबसे पहले उन्होंने अपने शब्दों से अल्फा पर आक्रमण किया, 'सही कहते थे सभी दोस्त और रिश्तेदार बेटी को ज्यादा छूट मत दो, वरना हाथ से निकल जाएगी। कम से कम बुर्का तो पहनाओ, अगर किसी लड़के की नजर में चढ़ गई तो घर की आबरू ही उतर जाएगी।' सब ने कहा था, 'इसे पढ़ाने-लिखाने में वक्त जाया मत करो, इसका निकाह करवा दो। पढ़ा-लिखा कर फायदा ही क्या है? निकाह के बाद तो चूल्हा-चौका, शौहर की सेवा और बच्चों की देखभाल ही तो करनी है.....। लेकिन मैं ही बेवकूफ था, जो तुम्हें पढ़ा-लिखा कर अपने पैरों पर खड़ा होने के लायक बनाकर समाज के सामने एक मिसाल कायम करने की जरूरत करने चला था। तुमने साबित कर ही दिया कि बेटी को जब हद से ज्यादा आजादी दी जाती है तो वह सबसे पहले मां-बाप के रिश्ते के बंधन से आजाद होना चाहती है।' फिर वह अल्फा को फोन के मैसेजिस दिखाते हुए बोले, 'तो यही सब ट्यूशन में पढ़ रही थी तुम राज से?'

अल्फा के मैसेजिस को देखकर उसकी अम्मी की आंखें फटी की फटी रह गईं। उन्हें अल्फा की बेवकूफी या फिर ये कहूं कि लापरवाही पर आश्चर्य होने लगा कि अल्फा ने अभी तक उन मैसेजिस को डिलीट क्यों नहीं किया? इन मैसेजिस को क्यों अपने गले का फंदा बनने दिया? यह सब देखकर और सोचकर उनका चेहरा गुस्से से लाल हो उठा था। अल्फा अपने बचाव में कुछ कहती इससे पहले ही उसकी अम्मी उसका सुरक्षा घेरा बन उस पर थप्पड़ों की बारिश करने लगी और बोली, 'यह बदजात, नामुराद लड़की तो हमारी नाक कटवाकर ही मानेगी। मुझे पता रहता कि यह जवान होकर यह सब कारनामे करने वाली है तो मैं इसे जवानी की दहलीज तक आने ही नहीं देती। बचपन में ही गला घोंट कर इसे मार डालती।' अल्फा को उसकी अम्मी की मार से बचाकर उसके अब्बू ने उसे एक कमरे में बंद कर दिया और उस कमरे के ताले की चाबी, उसकी अम्मी को थमाते हुए बोले, 'देखिए जो अब हो चुका है उसे बदला नहीं जा सकता। लेकिन आने वाले वक्त को सुधारा जरूर जा सकता है।

अल्फा अब और आगे बढ़े इससे पहले ही हमें उसके पैरों में बंधन की बेड़ियां डाल देनी चाहिएं। आप अपने भाई से बात कर लीजिए कि हम अपनी बेटी का निकाह उनके बेटे से करवाना चाहते हैं।' इस बात को सुनकर मानो अल्फा की अम्मी के आंखों के सामने एक घनघोर-सा अंधेरा छा गया था। उस अंधेरे में उन्हें अपनी बेटी घुटते और छटपटाते हुए नजर आ रही थी। वह सोचने लगी कि निकाह के बाद तो सबको पता चल जाएगा कि अल्फा 3 महीने के पेट से है। फिर तो मेहंदी का रंग उतरने से पहले ही उसका शौहर उसकी जिंदगी से उसकी खुशियों को अगवा कर लेगा। फिर क्या होगा मेरी अल्फा का? अगर मायके आई तो अपनी इज्जत मिट्टी में मिल जाने के गुस्से के कारण, उसके अब्बू तो उसकी जान ही ले बैठेंगे। किसी और की गलती का नतीजा एक नन्ही सी जिंदगी को अपनी जान देकर चुकाना पड़ेगा।

अल्फा की अम्मी ने अपनी काली सोच पर लगाम लगाया और कमरे का ताला खोल कर अल्फा के पास गई। अनगिनत थप्पड़ों के कारण अल्फा का पूरा चेहरा सूज गया था। वह तकिए में अपना चेहरा गड़ाए रो रही थी। अल्फा की अम्मी उसके सिर पर हाथ फेरते हुए बोली, 'मुझे माफ कर दे मेरी बच्ची। मैं तुझे मारना नहीं चाहती थी। लेकिन तू तो अपने अब्बू के

गुस्से की आग को जानती ही है ना....., कि कैसे तेरे अब्बू के गुस्से की आग ने तेरी बुआ और उसके प्रेमी को निगल लिया था। उस दृश्य को याद करके मेरी रूह कांप उठती है। जब उन्होंने अपनी बहन तक को नहीं बख्शा, फिर बेटी के लिए उनके दिल में रहम कहां से पनपेगा। उनका गुस्सा अपनी सीमा ना लांघे, इसलिए मैंने तुझे पीटा। मैं नहीं चाहती कि तेरे अब्बू के गुस्से की आग तुझे और राज को भी वैसे ही निगल जाए, जैसे कि तेरी बुआ और उसके प्रेमी को निगला था। मैं उस वक्त भी तेरी बुआ को बचाना चाहती थी, लेकिन मैं इतनी हिम्मत इकट्ठा नहीं कर पाई कि तेरे अब्बू के सामने खड़ी होकर उन्हें समझा सकूं, उन्हें यह पाप करने से रोक सकूं, उनका विरोध कर सकूं। लेकिन आज तेरी मदद करके मैं अपने पाप को सुधारना चाहती हूं। भूत की उस भाभी में इतनी हिम्मत नहीं थी, जितनी की इस वर्तमान की मां के पास है। हिम्मत हो भी क्यों ना, तू मेरी सबसे पहली औलाद है, तूने ही मुझे सबसे पहले मां होने का सुख और एहसास करवाया है। 9 महीने तक तुझे अपनी कोख में संजोया है मैंने। तुझे अपने खून और मांस से सींचा है, अपना दूध पिलाया है। फिर कैसे हाथ पर हाथ रखकर, तेरे खून बहने का इंतजार कर सकती हूं मैं? इतनी हिम्मत तो आ ही गई है मुझमें कि मैं तेरी जान बचाने और तेरे प्यार की रक्षा करने के लिए हंसते-हंसते अपना गला तक कटवा सकती हूं।'

फिर अम्मी अल्फा के हाथ में फोन देते हुए बोली, 'तेरे अब्बू तेरे मामाजान के बेटे से तेरी शादी की बात करने जा रहे हैं। अब जितनी जल्दी हो सके तू राज को बुला ले। तब तक मैं पैसों और गहनों का बंदोबस्त करती हूं।' अल्फा ने राज को फोन किया। अल्फा के शब्द राज से कुछ कह पाते इससे पहले ही उसकी आंखों के आंसू और सिसकती हुई आवाज उसकी जिंदगी में लगने वाले ग्रहण का दुःख राज से फोन पर जाहिर करने लगे थे। राज ने अल्फा की रोती हुई आवाज सुनकर कुछ हद तक तो अंदाजा लगा ही लिया था और फिर घबराते हुए बोला, 'क्या हुआ अल्फा, तुम्हें अब्बू ने डांटा क्या? उन्हें हम दोनों के बारे में सब कुछ पता चल गया क्या?'

अल्फा - 'हां, अब्बू को सब कुछ पता चल गया है। उन्होंने मोबाइल पर तुम्हारे और मेरे सारे मैसेजिस पढ़ लिए हैं। लेकिन बात सिर्फ इतनी ही नहीं है, बल्कि बहुत आगे बढ़ चुकी है।'

राज – 'क्यों क्या हुआ अल्फा? कहीं तुम्हारे अब्बू तुम्हारी शादी तो नहीं करवाने वाले हैं?'

अल्फा – 'हां, तुम सही समझे राज। उन्हें तो बस इतना ही पता है कि मैं तुमसे प्यार करती हूं इसलिए वह कल मामा के बेटे से मेरी शादी तय करने जा रहे हैं। लेकिन कहीं उन्हें यह पता चल गया कि मेरे पेट में तुम्हारा बच्चा भी पल रहा है तो वह मुझे सुकून की मौत भी नहीं बख्शेंगे। पता नहीं मुझे उन रातों क्या हो गया था? मैं तुम्हें और अपने आपको उस रात क्यों नहीं रोक सकी? चंद लम्हों की खुशियों के लिए मैंने 3 लोगों की जिंदगी खतरे में डाल दी। कसूर था भी तो मेरा और तुम्हारा न..., इन सब में इस बच्चे की क्या गलती है? राज तुम जल्दी से आ जाओ और मेरी बिखरती हुई जिंदगी को अपने बाहों में समेट लो।'

राज – 'तुम फिक्र मत करो अल्फा, मैं जल्दी ही तुम्हारे पास आ रहा हूं। मेरे होते हुए तुम्हें और हमारे बच्चे को कोई कुछ भी नहीं कर सकता है।' अपनी मां और बहन की जिंदगी को सुनसान कर राज अल्फा की जिंदगी को खुशियों की रोशनी से भरने चला था। एक बिन ब्याही मां के अजन्मे बच्चे का बिन ब्याह बाप बनने चला था। अभी तो राज का अल्फा से कोई रिश्ता तक नहीं था। मात्र एक आकर्षण को मोहब्बत का लिबास पहनाकर इतना कुछ कर दिया था राज ने अल्फा के लिए। खून के रिश्तों पर बिस्तर पर बने संबंध भारी पड़ने लगे थे। अब तो यह खून-खून ही कहां रह गया था? ये तो अल्फा के प्यार की छत्रछाया में आकर पूरी तरह बर्फ बन चुका था। पांडे जी के जिंदा रहने पर राज के दिल में अल्फा से शादी को लेकर जो थोड़ा बहुत भी डर था, वह उनके इस दुनिया से चले जाने के साथ ही चला गया। अब वह कुछ भी करने के लिए संपूर्ण रूप से स्वतंत्र था। स्वतंत्र हो भी क्यों ना परिवार में महिलाएं मुखिया तो जरूर बन जाती हैं, लेकिन तब तक ही जब तक कि एक पुरुष उनके पीछे खड़ा हो। लेकिन पुरुष की मृत्यु के बाद महिला के मुखिया होने का दर्जा और मुखिया होने के सारे अधिकार मात्र शब्दों तक ही सिमट कर रह जाते हैं। कुछ ऐसा ही अब नीलम की मां के साथ होने लगा था। उनका मुखिया का पद और अधिकार मात्र शब्दों तक ही सिमट कर रह गये थे। अब राज पूरी तरह अपने मन का मालिक बन चुका था।

राज ने कुछ कपड़े पैक किए और अपनी मां और पिता के जॉइंट अकाउंट के चेक पर एक लाख रुपये की राशि भरकर अपनी मां को साइन करने के लिए कहा। जब मां ने उससे इतनी मोटी रकम निकालने का कारण पूछा तो उसने यह कहते हुए उनकी बेइज्जती कर दी कि 'अब आपको पैसों की मोह माया से सन्यास ले लेना चाहिए। आपको तो अपनी जिंदगी की सबसे बड़ी दौलत पापा को समझना चाहिए। उनके गुजर जाने के बाद आप इस बनावटी दौलत का क्या करेंगी? और रही बात कि मैं इन पैसों का क्या करूंगा? यह तो आपको आने वाले वक्त में पता चल ही जाएगा।'

अल्फा के अब्बू राज के खून के प्यासे हो चुके थे। अपनी बातों और आसुओं से अल्फा राज को इस खतरे से रूबरू करवा चुकी थी। राज के लिए अब लखनऊ आकर अपने किराए के घर पर रहना मौत को न्योता देने के बराबर हो गया था। राज अल्फा को फोन पर उसे भगा ले जाने की सारी प्लानिंग कर चुका था। इधर अल्फा की अम्मी भी उसके लिए पैसों और गहनों का बंदोबस्त कर चुकी थी। अब बस अल्फा को राज के साथ दुनिया की नजरों से छुपा कर विदा करने की देरी थी। अल्फा की मां ने रात के खाने में नींद की दवा मिला दी, ताकि अल्फा अपनी मंजिल तक शांति से पहुंच सके।

रात के 2:00 बज रहे थे और राज अल्फा के घर के दरवाजे के पास खड़ा था। अल्फा की मां अल्फा को घर के बाहर ले आई और अल्फा का हाथ राज के हाथ में थमाते हुए बोली, 'लो राज, मैं अब अपने घर की इज्जत तुम्हें सौंप रही हूं। कल का सवेरा मेरे लिए कौन-सा काल लेकर आएगा? यह मैं नहीं जानती। लेकिन इतना जरूर चाहती हूं कि तुम्हारे साथ जाने के बाद मेरी बेटी की जिंदगी में एक भी काली रात ना आए। इसने जैसे शौहर को अपने ख्वाबों में तराशा था, उम्मीद करती हूं कि तुम बिल्कुल वैसे ही साबित हो। हर मां का सपना होता है कि वह अपनी बेटी को सजा-सवारकर, सोलह सिंगार करवाकर बड़ी ही रौनक या फिर यूं कहूं कि राजकुमारियों की तरह उसे उसके हमसफर के साथ विदा करें। लेकिन मेरे यह सारे ख्वाब, ख्वाब ही बनकर रह गए। कोई भी मां नहीं चाहती कि उसे अपनी बेटी को चोरों की तरह दुनिया और समाज की नजरों से छुपा

कर अपने घर से विदा करना पड़े। लेकिन आज मुझे अल्फा की पसंद के सामने मजबूर होकर यह सब करना पड़ रहा है।

लोग कहते हैं कि बूढ़ी आंखें बहुत तजुर्बेकार होती हैं, उनमें चीजों को परखने की शक्ति होती है। उम्मीद करती हूं कि मेरी इन तजुर्बेदार आंखों ने तुम्हें अपनी बेटी के लिए परखने में कोई गलती नहीं की होगी। हर मां का सपना होता है कि वह अपनी बेटी की शादी दुनिया के सबसे अच्छे लड़के से करे और मेरा अपनी बेटी के लिए देखा हुआ यह सपना तुम पर आकर पूरा हुआ है। आज के बाद पता नहीं अल्फा से मेरी मुलाकात कब होगी, होगी भी या फिर नहीं? इसलिए तुमसे इतनी उम्मीद तो कर ही सकती हूं कि यहां से जाने के बाद जो इसे अपनी मां के प्यार और सहयोग की कमी महसूस होगी, उसे तुम अपने साए और प्यार से पूरा करोगे।'

राज – 'आंटी, आप ऐसी बातें बोलकर मेरे प्यार और अल्फा के प्रति मेरे समर्पण पर सवाल खड़े कर रही हैं। जब मैं अल्फा का हाथ थामने के लिए अपने पिता के गुजरने के चंद दिनों बाद ही सारी रीति-रिवाजों और प्रथाओं को तोड़कर आ सकता हूं, तो आप अंदाजा लगा लीजिए कि मैं आने वाले वक्त में इसके लिए क्या-क्या करूंगा? अब तो वैसे भी अल्फा के लिए मेरा प्यार और जिम्मेदारी और बढ़ने वाले हैं, क्योंकि अब यह मेरी होने वाली पत्नी के साथ-साथ मेरे अजन्मे बच्चे की मां भी है।' अल्फा की अम्मी के मन में बेटी को लेकर उठ रहे सभी सवालों का जवाब राज दे चुका था। अब उनका मन पूरी तरह संतुष्ट हो चला था। उन्हें अब पूरी तरह से इस बात पर विश्वास हो गया था कि राज से निकाह करने के बाद उनकी बेटी की जिंदगी खुशियों से आबाद हो जाएगी। वैसे भी विश्वास हो भी क्यों ना अल्फा के अजन्मे बच्चे को अपना नाम देकर राज ने अपनी महानता तो साबित कर ही दी थी। वह चाहता तो इन सभी बातों और जिम्मेदारियों से अपना पल्ला झाड़ भी सकता था, लेकिन उसने ऐसा कुछ भी नहीं किया और अल्फा के लिये कलयुग का शिव बन बैठा।

राज और अल्फा दोनों अम्मी का आशीर्वाद लेकर अपनी जिंदगी के नए सफर की ओर चल पड़े। अल्फा की अम्मी दोनों को एक टक जाते हुए निहारने लगी। जैसे-जैसे उनके और अल्फा के बीच दूरी बढ़ती गई, वैसे-वैसे उनकी मन की आंखें भरने लगीं और जैसे ही रास्ते पर से अल्फा ओझल

हुई, वैसे ही उनके मन के आंसू आंखों से सैलाब बनकर बहने लगे। ये आंसू अपनी बेटी को विदा करने के कम और उससे दोबारा मिल ना पाने की नाउम्मीदी के ज्यादा थे।

राज अल्फा को कोलकाता ले गया क्योंकि उसे पता था कि अभी उसके पिता को गुजरे हुए मुश्किल से चंद दिन ही गुजरे हैं। अगर ऐसे समय में वह अल्फा को इस हालत में अपने घर पटना ले गया तो समाज के ताने चील-कौवों की तरह उसे नौच खाएंगे। अल्फा नाबालिक थी इसलिए राज उससे कोर्ट मैरिज नहीं कर सकता था। कोलकाता में भी राज के कई दोस्त थे, जिन्होंने राज को अल्फा से मंदिर में शादी करने का सजेशन दिया। आज मंदिर में राज और अल्फा की शादी थी। दोनों ही सज संवर कर तैयार थे और अग्नि के सात फेरे ले रहे थे। आज राज ने अपनी मां से छीने हुए सोलह सिंगार को अल्फा के शरीर पर सजा दिया था और नीलम के हिस्से का मांग का सिंदूर अल्फा की मांग में सजने जा रहा था। जो अग्नि राज और अल्फा की शादी का गवाह बनी थी, आज उसी अग्नि में नीलम के सपनों के साकार होने की संभावनाएं पूरी तरह जलकर राख हो चुकी थीं। आज राज द्वारा, एक नया रिश्ता जोड़ने के लिए, कई वर्षों पुराने रिश्ते और जिम्मेदारियों का गला घोंटा गया था।

लखनऊ का माहौल काफी गर्म हो चुका था। सभी की जुबान पर राज और अल्फा का ही जिक्र था। मोहल्ले वालों के लिए अल्फा का राज के साथ भाग जाना कोई ताज्जुब करने वाली बात नहीं थी, क्योंकि आज जो उनके प्रेम का पेड़ फल दे रहा था, उस प्रेम के पेड़ का बीज तो वे दोनों एक साल पहले ही इन्हीं मोहल्ले वालों के सामने लगा चुके थे। आज अल्फा के खानदान का पूरा कुनबा, उसके घर में इकट्ठा हो गया था, मानो जैसे शुक्रवार की नमाज पढ़ने की तैयारी हो रही हो। जो अल्फा के रिश्तेदार नहीं थे, वे भी अल्फा के कारनामे सुनकर उसके घर आ धमके थे, यह जानने के लिए कि 'एक मुसलमान की बेटी, हिंदू लड़के के साथ कैसे भाग गई?'

सभी रिश्तेदर एक-एक कर अल्फा के अब्बू की इज्जत उतारते हुए कह रहे थे कि 'हमने तो इसे पहले ही समझाया था कि अपनी बेटी को इतनी आजादी मत दो, हमेशा बाहर जाते समय बुर्का पहनाओ और परिवार के सदस्यों के अलावा किसी से भी मिलने जुलने की इजाजत मत दो। इतना

ही पढ़ाने-लिखाने का शौक था बेटी को तो उसे मदरसे में भेज देते, क्यों वहां पढ़ाई नहीं होती है क्या? चले थे प्राइवेट स्कूल में बेटी को पढ़ा कर कलेक्टर बनाने, बन गई न कलेक्टर। घर की इज्जत ही लेकर भाग गई। बाहर की दुनिया की चमक-धमक देखकर उसका दिमाग खराब हो गया। पढ़ाई की नौटंकी छोड़ उसकी शादी करवा दी होती तो आज हम यूं अपने घर की इज्जत के महरूम होने का मातम ना मना रहे होते।'

अल्फा के अब्बू - 'शादी कैसे करवा देते अभी तो वह 18 की भी नहीं हुई थी।'

अल्फा के बड़े अब्बू - 'कागज-पत्री के हिसाब से भले ही 18 की ना हुई हो। लेकिन दिमाग से तो 18 वर्ष से ज्यादा की ही हो गई थी, तभी तो भाग गई। अगर बुद्धि भी बच्ची की होती तो यूं किसी लड़के के साथ भाग कर हमारे मुंह में कालिख न पोतवाती। तुम्हारी शादी भी तो 16 साल में ही हुई थी। लेकिन बच्चे 25 साल के होने पर हुए। उसी तरह उसकी भी शादी करवा देते और जब बालिग हो जाती तब अपने परिवार को बढ़ाने के बारे में सोच लेती। लेकिन तुम तो शुरू से ही अपनी बुद्धि को अपने जूतों के नीचे दबाकर रखते हो। कभी इस बुद्धि को इसकी सही जगह पर रहने दिया होता, तो आज हम सब अपनी इज्जत का जनाजा निकलते हुए ना देखते।'

पटना में नीलम और उसकी मां तक यह खबर पहुंच चुकी थी कि राज लखनऊ की एक मुसलमान लड़की को लेकर भाग गया है। आंखों से आंसू छलकाते हुए नीलम मन ही मन बोली, 'जिस अनहोनी की चिंता ने पापा को चिता पर लेटा कर इस दुनिया से विदा कर दिया, आखिरकार तूने उस अनहोनी को होनी में तब्दील कर ही दिया राज। थोड़ा इंतजार तो कर लिया होता राज तूने, अभी तो हम पापा के मातम से उभर कर अपनी आंखो के आंसू भी ठीक से नहीं पोंछ पाए थे और तूने अपनी शादी की शहनाइयां बजानी शुरू कर दीं।

समाज का ना सही कम से कम खून के रिश्तों का तो लाज रख लिया होता। अभी तो मां के मांग की लाली भी ठीक से नहीं उतरी थी और तूने तो लाज, शर्म और हया सब कुछ बेचकर किसी लड़की की मांग में सिंदूर भर दिया। झूठ-मूठ का ही सही कम से कम इस बारे में कुछ बताने की या फिर पूछने की औपचारिकता तो निभा ली होती। वैसे भी तू किसी की

सुनने और मानने वाला ही कहां था। तूने हमें इतना पराया बना दिया और किसी पराई को इतना अपना बना लिया कि खून के गाढ़े रंग, मां-बाप के बचपन की परवरिश व लाड़ और प्यार सब उस लड़की के सामने फीके पड़ गए। उस मुसलमान लड़की के प्रति तेरा आकर्षण, मां-बाप के तेरे प्रति, वर्षों के समर्पण पर भारी पड़ गया, ना जाने प्यार-मोहब्बत के चक्कर में कब तेरी रगों में बहने वाला खून, पानी बन गया?'

उधर लखनऊ में अल्फा के अब्बू राज के एक दोस्त से, जासूस की भांति बात करके, राज और अल्फा का पता एक भूखे शेर की तरह लगा रहे थे। इन सभी बातों का राज पर कोई भी असर नहीं हो रहा था, बल्कि उसने तो इन सभी बातों को मौज-मस्ती करने के लिए अपनी ढाल बना ली थी।

अब तो आए दिन राज अल्फा के अब्बू से अपनी जान बचाकर दूसरे-दूसरे शहरों में भागकर छुपने के लिए अपनी मां से मोटी-मोटी रकम की मांग करता और उन पैसों से अपना हनीमून मनाता। अल्फा को महंगे-महंगे होटलों में खाना खिलाना, हाथ खोलकर शॉपिंग करवाना, नई-नई शहरों की सैर कराना। इन दोनों के इस खुशनुमा लम्हों का अंत होने को था, क्योंकि समय बदलने वाला था। बदलता समय राज और अल्फा के लिए बहुत बड़ी बर्बादी लेकर खड़ा था। अल्फा का छठा महीना चल रहा था। अब उसकी देखरेख के लिए किसी तजुर्बेदार इंसान की जरूरत थी। ऐसी हालत में अल्फा को लेकर इधर-उधर भटकना बिल्कुल ठीक नहीं था, इसलिए राज अब अल्फा को पटना ले आया।

बारी-बारी कर मोहल्ले की सभी औरतें पांडे जी की नई नवेली बहू को देखने आ रही थी। अल्फा को देख मोहल्ले की सभी औरतें एक दूसरे से कहने लगी कि, 'लड़की तो दिखने में कुछ खास नहीं है, उम्र भी बहुत कम है और सबसे बड़ी बात तो ये कि अलग धर्म की है, वह भी मुसलमान। फिर राज ने इसे जात-धर्म जैसी महत्त्वपूर्ण चीजों को नजरअंदाज कर पसंद कैसे कर लिया?' तभी मिसेज शर्मा ने जवाब दिया, 'पसंद थोड़ी ना किया होगा? इस लड़की ने ही उसे फंसा लिया होगा। देखा होगा लड़का स्मार्ट है, परिवार छोटा है, सरकारी नौकरी है, अच्छी सैलरी मिलती है, बस ऐसे ही लड़के का तो सपना देखती है हर एक लड़की। वैसे भी इसे अपने धर्म में इतना अच्छा लड़का थोड़ी ना मिलने वाला था। इनके धर्म में तो औरतों

की जिंदगी बहुत ही दयनीय है। हमेशा ही इनकी गर्दन पर तीन तलाक की तलवार लटकती रहती है। रोटी जल गई तो तलाक, बेटी जन्मी तो तलाक, पत्नी मायके गई तो तलाक, लड़की के माता-पिता ने लड़के वालों की लालच की पूर्ति नहीं की तो तलाक।

ये लोग तो हंसते-खेलते ही तलाक दे देते हैं। इन लोगों की मानसिकता तो इतनी गिरी हुई होती है कि ये डाक, मैसेज या फिर एक कागज के ही टुकड़े पर तीन बार तलाक लिखकर, अपनी पत्नियों को छोड़ देते हैं। पत्नियों को तो छोड़ते ही हैं, लेकिन इन्हें अपने खून, अपने बच्चों से भी एक पैसे का लगाव नहीं होता है। तलाक के बाद तो यह लोग बच्चों की भी पूरी जिम्मेदारी से अपना पल्ला झाड़ लेते हैं और एक बार भी पीछे मुड़कर यह नहीं देखते हैं कि इनके बच्चे किस हालत में अपनी जिंदगी जी रहे हैं? उन्हें दो वक्त की रोटी भी नसीब हो रही है या नहीं? वह जिंदा हैं भी या नहीं? आज भले ही तीन तलाक पर पाबंदी लगा दी गई हो, लेकिन इनकी मानसिकता बदलने में बहुत वक्त लगेगा। हमारा कानून भी कहता है कि मां-बाप की संपत्ति में बेटे और बेटी दोनों का बराबर का अधिकार है। लेकिन हमारे समाज में कितनी बेटियों को यह अधिकार मिलता है। खैर जो भी हो, लेकिन राज को इस लड़की को इतनी जल्दी यहां नहीं लाना चाहिए था। अभी-अभी तो उसके पिता गुजरे हैं, मां की मांग सूनी हुई है और उसने इस मातम भरे माहौल में ही शादी की शहनाइयां बजा लीं। कम से कम साल गुजरने का तो इंतजार कर लिया होता उसने?'

तभी माधुरी जी बोली, 'इंतजार कहां से कर लेता। आप की नजर उस लड़की के पेट पर नहीं पड़ी क्या? साफ-साफ पता चल रहा था कि लड़की पेट से है और छठा या सातवां महीना चल रहा है। अब जब राज ने जवानी के जोश में भूल की है तो उसका भुगतान तो करना ही होगा ना उसे। लेकिन दया तो मुझे नीलम पर आती है। इन सब में उसका क्या दोष है? बड़ी तो वह थी ना, शादी तो उसकी होनी चाहिए थी, शहनाइयां तो उसके लिए बजनी चाहिए थी, मांग में सिंदूर और गले में मंगलसूत्र तो उसके सजना चाहिए था। लेकिन वक्त का खेल देखो? बड़ी बहन बिन ब्याही घर बैठी है और छोटा भाई पिता के मौत के चंद दिन बाद ही मुसलमान लड़की को ब्याह कर घर ले आया है। हे भगवान! आजकल के बच्चे कितने बेशर्म,

ढीठ और गिरी हुई सोच के हो गए हैं। अब तो नीलम की शादी होना और भी नामुमकिन लगता है।

मुसलमान की लड़की को ब्याह कर लाया है, कौन स्वीकारेगा ऐसे घर की बटी को, अपनी बहू के रुप में?' अल्फा की नजरें घर के चारों तरफ घूम रही थीं। राज ने अपने घर को लेकर जैसी बड़ी-बड़ी बातें अल्फा से की थीं। उसे राज के घर में वैसा कुछ भी नजर नहीं आ रहा था। ना घर में काम करने वाली कोई बाई और ना ही कार। राज तीन महीने से ऑफिस नहीं गया था। उसे ऑफिस से नोटिस आने लगे थे। 3 महीने से लगातार ऑफिस में अनुपस्थित रहने के कारण अब राज की नौकरी खतरे में आ चुकी थी। अब उसे किसी भी हालत में लखनऊ जाकर ऑफिस ज्वाइन करना ही था। लेकिन लखनऊ में तो अल्फा के अब्बू पहले से ही भूखे शेर की तरह घात लगाए बैठे थे। राज का लखनऊ जाकर नौकरी करना अल्फा के अब्बू के जख्म पर नमक छिड़कने के बराबर था। लेकिन राज के लिए भी ऑफिस ज्वाइन करना बहुत जरूरी था क्योंकि यही उसकी आजीविका का एक मात्र साधन था।

अल्फा, नीलम और राज की मां तीनों मिलकर राज को लखनऊ जाने से रोक रही थीं। अल्फा तो अपने अब्बू के रग-रग से वाकिफ थी। उसने तो राज से यह तक कह दिया कि भले ही मेरी और तुम्हारी शादी हो गई हो, तुम पापा के दामाद बन गए हो, लेकिन उन्हें तो अपनी बेटी की मांग के सिंदूर से ज्यादा प्यार अपनी इज्जत से है। अभी तो उनका जख्म बिल्कुल हरा ही है, अगर ऐसे में तुम लखनऊ गए तो वह तुम्हारी जान लेने से भी नहीं चूकेंगे। फिर तुम्हारे बिना मेरा क्या वजूद रह जाएगा राज? सब तो यही कहेंगे ना कि लड़की कितनी मनहूस थी कि लड़का उसे सारी दुनिया से लड़कर ब्याह कर अपने घर लाया और आते ही उसे निगल गई।

नीलम और उसकी मां ने भी राज को बहुत समझाने की कोशिश की कि 'अपने पिता के गुजरने के बाद तू ही हम लोगों का इकलौता सहारा है। अगर तुझे कुछ हो गया तो हम लोग तो जिंदा लाश बनकर रह जाएंगे। नौकरी का क्या है, वह तो खुद ही इंसान के पास, उसकी काबिलियत देखकर आती है। लखनऊ को छोड़, वहां रखा ही क्या है? यहीं कोई छोटी-मोटी नौकरी ढूंढ ले। मुझे नहीं चाहिए कोई हाई-फाई नौकरी। कोई भी नौकरी तेरी जान

से बड़ी थोड़ी ना है। अब तो तेरी जिम्मेदारी बढ़ने वाली है, तू बाप बनने वाला है। थोड़ी-सी दया तो कर अपने अजन्मे बच्चे पर, कुछ तो सोच अपने बच्चे के भविष्य के बारे में।'

लेकिन इन सब की बातों का राज पर एक पैसे का भी असर नहीं हुआ और वह अपनी जिद्द पर अड़ा रहा। 3 दिन गुजर चुके थे और राज लखनऊ पहुंचकर ऑफिस ज्वाइन कर चुका था। 2 दिन तो राज ने अपने ऑफिस में बड़े ही आराम से बिताए, जैसे वह अल्फा को लेकर भागा ही ना हो। वह अल्फा के अब्बू के डर से निश्चिंत होकर जीने लगा था। उसे तो यह तक महसूस होने लगा था कि अल्फा के अब्बू ने उसे माफ कर दिया है और कहीं ना कहीं उसे अपने दामाद के रूप में स्वीकार भी कर लिया है।

राज ने अल्फा को जब यह सभी बातें फोन पर बताई तो अल्फा ने राज को यह कहते हुए सचेत रहने का संकेत दिया कि 'बलि के बकरे को कुर्बानी से पहले बहुत दुलारा जाता है, उसे नहलाया, सजाया-संवारा जाता है, फिर उसकी पूजा की जाती है। इन सभी चीजों के दौरान उसे एक मिनट के लिए भी यह एहसास नहीं होता है कि यह सारे जतन उसकी जान लेने के लिए किए जा रहे हैं। तुम भले ही अब्बू को समझने में भूल कर सकते हो, लेकिन मैं नहीं। मैंने अपना पूरा बचपन उनके साथ गुजारा है। बुआ और उनके प्रेमी की निर्ममता से हत्या करने की कहानी, कई बार मैंने अम्मी की जुबा से सुनी है। उनकी रग-रग से वाकिफ हूं मैं। इतना सब कुछ जानने के बाद भी, मैं अनजानों की तरह उनसे रहम की उम्मीद कैसे कर सकती हूं, इसलिए तुम भी सतर्क रहो, क्योंकि अब्बू तुम पर कोई भी दया नहीं दिखाने वाले हैं।'

एक हफ्ता गुजर चुका था। हर दिन की तरह आज भी राज वक्त पर बैंक पहुंचा था। लेकिन आज का यह दिन बाकी दिनों से अलग होने वाला था। दोपहर के 12:00 बज रहे थे। पूरा बैंक खचाखच भीड़ से भरा हुआ था। तभी अचानक 12 से 15 लोग हथियारों से लैस बैंक में आ घुसे। यह लोग कोई और नहीं, बल्कि अल्फा के अब्बू और उसके परिवार वाले थे। हथियारों से लैस लोगों को देखकर बैंक में अफरा-तफरी मच गई। अल्फा के अब्बू हाथों में तलवार लिए राज को ढूंढ रहे थे। बीच बचाव के कारण बैंक के कई कर्मचारी और गार्ड घायल हो गए। इसी अफरातफरी के बीच

राज का एक सहयोगी, उसे बैंक के पीछे के दरवाजे से सुरक्षित बाहर निकाल कर सीधे पटना की ट्रेन पर बैठा आया। ट्रेन में राज के हाथों में ना पैसे थे और ना ही टिकट। राज के दोस्त ने उसके हाथ में कुछ पैसे थमाते हुए बोला, 'लो टी.टी. आएगा तो उसे दे देना। अल्फा से जोश में आकर तुमने शादी तो कर ली, लेकिन इस शादी का तुम्हारी जिंदगी में, तुम्हारे भविष्य में और तुम्हारी नौकरी पर क्या असर पड़ेगा? शायद तुम यह सोचना भूल गए। लखनऊ से जा तो रहे हो तुम। लेकिन फिर कभी लौटकर वापिस मत आना, क्योंकि अब यह जगह तुम्हारे लिए बिल्कुल भी सुरक्षित नहीं रह गई है। तुम किसी बड़े अफसर से पैरवी लगाकर, पैसे फेंककर कुछ भी करके अपना ट्रांसफर कहीं और करवा लेना।'

ट्रेन चलने लगी और राज गहरी सोच में डूब गया। वह सोचने लगा कि ठीक ही कह रही थी अल्फा, कि उसके अब्बू मुझे नहीं बख्शेंगे। वैसे भी क्या जरुरत है इतना कट्टर होने की मैंने तो उनकी बेटी से शादी करके, उसे अपनाया ही है ना? कोई धोखा देकर, छोड़ा थोड़ी ना है। अब तक तो उन्हें यह भी पता चल चुका होगा कि वह नाना बनने वाले हैं। फिर ऐसा रवैया क्यों? उन्होंने यह समझने की कोशिश क्यों नहीं की कि अब उनकी बेटी और नाति मेरी जिम्मेदारी है, हम घर गृहस्थी वाले हो चुके हैं और गृहस्थी चलाने के लिए पैसों की बहुत जरूरत होती है और बिन नौकरी के, मैं यह सब कैसे कर पाऊंगा? वह धर्म को लेकर इतना तमाशा क्यों कर रहे हैं? मैं एक दमाद और पति के रूप में उन्हें और उनकी बेटी को ऐसी कौन-सी खुशी देने में असमर्थ हूं, जो एक मुसलमान लड़का दे सकता है?' इन्हीं सब बातों का जवाब ढूंढते-ढूंढते राज की ट्रेन पटना पहुंच गई।

सुबह के 5:00 बज रहे थे। राज घर का दरवाजा खटखटा रहा था। अल्फा ने दरवाजा खोला तो देखा कि राज खड़ा है। खाली हाथ, थकी-हारी आंखें और एक बेबस सा चेहरा। इतनी बेबसी भरी हालत में शायद अल्फा ने राज को पहली बार देखा था। राज घर में घुसकर सोफे पर बिखर गया।

अल्फा – 'क्या हुआ राज, तुम इतनी जल्दी लौट आए? अब्बू ने कुछ किया क्या?'

राज – 'लौटा नहीं हूं, भगाया गया हूं। तुम्हारे अब्बू से अपनी जान बचाकर कुत्तों की तरह भागा हूं। तुम्हारे अब्बू ने मुझे कहीं का नहीं छोड़ा,

ना घर का और ना ही घाट का। नौकरी भी अब दांव पर लगी है। समझ नहीं आ रहा है कि अब करूं तो क्या करूं?'

देखते ही देखते समय गुजर गया और अल्फा ने एक बेटे को जन्म दिया। इन्हीं तीन महीनों के बीच राज ने ना जाने कितने पैसे अपने ट्रांसफर के चक्कर में फूंक दिए। लेकिन फायदा कुछ भी नहीं हुआ। अल्फा की डिलीवरी और राज के ट्रांसफर के चक्कर में, पांडे जी का फिक्स डिपॉजिट भी टूट चुका था। अल्फा, बच्चे और घर की जिम्मेदारी का बोझ और नौकरी ना होने के दुःख के कारण, राज डिप्रेशन में रहने लगा था। अब तो अल्फा को भी सुख-सुविधाओं की कमी खलने लगी थी। उसे सिनेमा हॉल में फिल्में देखना, महंगे-महंगे होटलों में डिनर करना, हाथ खोलकर खरीदारी करना आदि जैसे ऐशो-आराम के पुराने दिन याद आने लगे थे। इन्हीं सब चीजों को लेकर अब आए दिन अल्फा और राज में झगड़े होने लगे। कई बार तो नौबत मारपीट तक पहुंच जाती थी। इन्हीं सब टेंशन के कारण, राज को नशे की बहुत बुरी लत लग चुकी थी। यहां तक कि उसने जुआ खेलना भी शुरू कर दिया था।

अब आए दिन राज अल्फा, नीलम और अपनी मां से लड़ता और पूरा मोहल्ला खड़ा होकर तमाशा देखता। बार-बार जुए में हारने के कारण राज बुरी तरह कर्ज में डूब चुका था। शाम का वक्त था और राज नीलम से उसकी शादी के लिए खरीदे हुए हार को बेचने के लिए लड़ रहा था, ताकि वह उस पैसों से अपना कर्ज चुका सके। बेहसा-बेहसी में राज के सब्र का बांध टूट गया और उसने नीलम को जोर से धक्का दे दिया। नीलम का सिर दीवार से टकरा कर फट गया और वह बेहोश होकर जमीन पर गिर पड़ी। 2 घंटे बाद जब उसे होश आया तो वह अमन के घर उसके बिस्तर पर लेटी हुई थी और उसकी मां उसके सिरहाने पर बैठी हुई थी। नीलम के सिर पर दर्द के साथ-साथ पट्टी बंधी थी। वह बैठते हुए बोली, 'मैं यहां कैसे आ गई मां?'

मां – 'राज ने जब तुझे धक्का दिया तो तू बेहोश हो गई। सारा मोहल्ला बस नजारा ही देखता रहा। फिर मैं दौड़े-दौड़े अमन के पास गई और इसे बुला ले आई। फिर ये तुम्हें उठाकर यहां ले आया और डॉक्टर को बुलाकर तुम्हारी पट्टी करवाई और इंजेक्शन दिलवाया।' नीलम की आंखों में बेबसी

थी, जो अमन साफ देख पा रहा था। लेकिन नीलम अपनी आंखें अमन से चुराने की कोशिश कर रही थी। नीलम के आंसुओं का सैलाब अपनी सीमा लांघे, इससे पहले ही वह अमन की नजरों से दूर हो जाना चाहती थी। नीलम अपने लड़खड़ाते हुए कदमों से उठते हुए बोली, 'मां घर चलो बहुत रात हो गई है।'

तभी अमन ने कहा, 'आंटी आप घर जाइए मैं नीलम को थोड़ी देर में आपके पास ले आता हूं। मुझे नीलम से कुछ जरूरी बात करनी है।' नीलम की मां जा चुकी थी। अमन नीलम के बगल में बैठते हुए बोला, 'अभी भी कुछ बचा है, सहने के लिए तुम्हारे पास। अगर हां तो वह भी बता दो मुझे। तुम्हें अपने शरीर और आत्मा पर जरा-सा भी तरस नहीं आता है? इतना कुछ कैसे बर्दाश्त कर लेती हो? कुछ इंसान पत्थर दिल होते है, मैंने आज तक सिर्फ यह सुना था। लेकिन आज तुम्हारे रूप में देख भी लिया। अभी भी वक्त है, चलो शादी कर लेते हैं। बिखरा हुआ सब कुछ फिर से सिमट जाएगा। अपने पिता को दिए हुए वचन की चिंता छोड़ो और चलो मेरे साथ। इस चिंता के चिता की आग को साक्षी मानकर एक दूसरे के हो जाएं। मरे हुए इंसान के वचन का मान रखने के लिए कोई अपने आप को तो नहीं मार सकता है ना? फिर तुम क्यों अपनी इच्छाओं, भावनाओं और सपनों का गला घोंट कर एक जीती जागती हुई लाश बनकर घूम रही हो? क्या तुम्हें वाकई दुःख नहीं होता है नीलम? बोलो नीलम? बोलो नीलम बोलो?' अमन ने अपने दोनों हाथों से नीलम को झकझोरते हुए पूछा।

नीलम - 'हां अमन, मुझे दुःख तो होता है। लेकिन मेरी आंखो को रोने की आदत पड़ चुकी है। हां अमन, भावनाएं तो जागती हैं, पर वे भी परिस्थितियों के सामने हार मान चुकी हैं। हां अमन, इच्छा तो होती है कि सब कुछ छोड़-छाड़ कर तुम्हारे पास चली आऊं। लेकिन एक बेटी बाप को दिए गए वचन के कारण बेबस है। सपना तो है, तुम्हारी दुल्हन बनने का, तुम्हारे नाम का सिंदूर अपनी मांग में भरने का, इस बेनाम रिश्ते को पति-पत्नी के रिश्ते का नाम देने का। लेकिन पता है अमन, मुझे आदत हो चुकी है अपने सपनों को टूटते हुए देखने की। तुम्हें पता है अमन, मेरे सपने उस कच्चे कांच की तरह हैं, जिनका मुकद्दर ही होता है, आगे चलकर टूट कर बिखर जाना।' यह सब बोलते-बोलते नीलम ने अपना सिर अमन की

गोद में रख दिया और उसके आंसुओं ने कब उसकी आंखों की सीमा लांघ दी, यह उसे खुद भी पता नहीं चला।

तभी राज तालियां बजाते हुए अमन के कमरे में घुस गया। 'वाह! तो इस तरह अपने यार के साथ हमबिस्तर होकर पापा को दिए गए वचन को निभा रही हो तुम। तुम्हारा वचन निभाने का अंदाज तो बहुत ही निराला है। नीलम, अगर तुम पहले ही मुझे वचन निभाने के ऐसे शानदार तरीके सिखा देती, तो आज यू मैं अल्फा से शादी करके, बदनाम होने से बच जाता। रात के अंधेरे में मेरी सारी जरूरतें भी पूरी होती और सुबह की रोशनी में पवित्रता और शराफत का चोला भी बरकरार रहता। पापा तो सोचते होंगे कि उन्होंने एक देवी को जन्म दिया है, जो आंखे झुकाए उनके हर फैसले को मानती है। लेकिन आज उन्हें जरूर पता चल गया होगा कि उनकी देवी रूपी बेटी, उनकी मौत के बाद एक 'रंडी' बन चुकी है।'

इतना सुनते ही अमन का खून खौल उठा और उसने राज को चार-पांच थप्पड़ लगा दिए। राज और अमन की लड़ाई के शोर से मोहल्ले के सभी घरों की बत्तियां जल उठीं। अब मोहल्ले वालों के लिए राज का यह तमाशा आम हो चुका था। लेकिन कुछ लोग ऐसे भी थे, जिन्होंने पांडे जी को बड़ी ही शान और इज्जत के साथ मोहल्ले में जीते हुए देखा था। वे हमेशा राज का तमाशा देखकर दुःखी होते और कहते कि 'राज तो एक मुसलमान लड़की को ब्याह कर लाया ही, ऊपर से रोज ऐसा तमाशा करके पांडे जी की वर्षों की कमाई इज्जत को भी मिट्टी में मिला दिया। अब तो वह इतना नीचे गिर गया है कि अपनी बिन ब्याही बहन के चरित्र पर चरित्रहीन होने का कीचड़ उछाल रहा है।' राज के एक गलत फैसले ने उसके पूरे परिवार को तहस-नहस कर दिया था।

साल दर साल बीतते चले गए और नीलम की हालत बद से बदतर होती गई और वहीं दूसरी तरफ तनहाई, बेबसी और नीलम की जिद्द के सामने हारा हुआ अमन नीलम को अपना ना बना पाने के दुःख की आग में अकेला ही जलता रहा। समय बीतता गया और 15 साल गुजर गए। अब राज और अल्फा दो बच्चों के मां-बाप बन चुके थे, समीर और सायरा। कहने को तो दोनों बच्चे अल्फा के थे। लेकिन एक मां की तरह सभी जिम्मेदारियां नीलम निभा रही थी। अल्फा और उसके दोनों बच्चों की पसंद का अलग-अलग

खाना पकाना, उनके कपड़े धोना, जूतों में पॉलिश लगाना, स्कूल ले जाना, फिर वहां से वापिस ले आना। इतना सब कुछ करने के बावजूद भी नीलम को बच्चों से एक रत्ती भर भी प्यार-दुलार, अपनापन और सम्मान नहीं मिलता था। यहां तक कि अल्फा द्वारा कान भरे जाने पर, राज नीलम पर हाथ उठाने से भी बाज नहीं आता।

इन 15 सालों में तो नीलम ने अपने आपको एक कामवाली के रूप में पूरी तरह ढाल लिया था। अब तो उसकी आंखें वक्त से पहले ही इतनी कमजोर हो चुकी थीं कि उन्हें सपने देखना भी एक भारी-भरकम बोझ लगने लगा था। आज से 8-10 साल पहले जब पांडे जी के परिवार वाले और मोहल्ले वालों ने नीलम की मां पर नीलम की शादी करने का दबाव बनाया तो उन्होंने यह कहकर पूरी बात ही खत्म कर दी कि हमारे यहां तो घर ही चलना मुश्किल हो गया है, ऐसे में हम नीलम की शादी का खर्च कैसे उठा पाएंगे? अब हमारी इतनी औकात नहीं रह गई है कि हम नीलम को, मोटी रकम देकर, विदा कर सकें। अपने पिता की मौत के बाद तो नीलम के पास एक उम्मीद का तिनका मात्र ही रह गया था, जिसके सहारे वह कभी-कभार ना चाहते हुए भी, अपनी शादी का सपना देख लिया करती थी। लेकिन मां ने तो ऐसी बातें कहकर, उससे उम्मीद का वह इकलौता तिनका भी छीन लिया। वास्तविकता तो यह है कि नीलम की मां स्वार्थी हो चुकी थी। अब उनके बुढ़ापे का दौर शुरू हो चुका था और हर बूढ़े इंसान को बुढ़ापे में एक लाठी की जरूरत पड़ती है, ताकि वह अपनी बची-खुची जिंदगी उसके सहारे जी सके। इसी तरह अब नीलम की मां को भी लाठी की जरूरत थी। उन्हें यह अच्छी तरह पता था कि राज और अल्फा कतई उनके बुढ़ापे की लाठी नहीं बनने वाले हैं, इसलिए उन्होंने अपनी बची-खुची जिंदगी को चैन और आराम से गुजारने के लिए, नीलम की जिंदगी और उसकी शादी के सपने की बलि चढ़ा दी।

अब तो सभी ने नीलम की जिंदगी का मकसद ही बना दिया था, अपनी-अपनी जिंदगी की जरूरतों और चाहतों को पूरा करना। अब तो नीलम को अपनी जिंदगी बेमकसद लगने लगी थी। सारे के सारे ख्वाब अस्थी बनकर आंखों से आंसू के रूप में बहकर बाहर आ चुके थे। वह भी अब समझ चुकी थी कि उसकी जिंदगी सिर्फ दूसरों की ही जिंदगी चलाने के

लिए रह गई है। जीवन के इस मोड़ पर उसे सभी रिश्तों ने अपना असली रंग दिखा दिया था। एक भाई, जिससे वह पूरी जिंदगी एकतरफा प्यार करती रही। उसने शादी के बाद पत्नी की बातों में आकर, हर वक्त मुझ पर हाथ उठाया। राज की ऐसी हरकतें देख, नीलम हमेशा सोच में पड़ जाती थी कि क्या मैंने इतने सालों से राज के हाथों में राखी इसलिए बांधी थी ताकि जब तक मैं जिंदा रहूं तब तक उसका हाथ मुझ पर उठता रहे?

वैसे भी राज ने तो मेरी राखी का कर्ज मुझ पर हाथ उठाकर और मेरे चरित्र पर लांछन लगाकर चुका ही दिया है। राज के बच्चे भी तो बिल्कुल उसी की तरह हैं 'मुंहफट और बेलगाम'। मां-बाप जो करेंगे, वही तो वे भी सीखेंगे। मां से ज्यादा प्यार दुलार देने के बावजूद भी, वे लोग बाप की ही तरह मुझ पर हाथ उठाने से बिल्कुल भी नहीं कतराते हैं। वैसे भी मां-बाप के खून और संस्कार का असर तो उनमें पड़ेगा ही और रही बात अल्फा की वह तो पराए घर की है। मैं उससे अपनेपन और अच्छाई की उम्मीद कैसे कर सकती हूं? यहां राज तो मेरा अपना खून और अपना सगा भाई होते हुए भी मेरे दुःखों को समझ नहीं पाया तो फिर अल्फा कैसे........?

सबसे ज्यादा आश्चर्य तो मुझे अपनी मां पर होता है। लोग कहते हैं कि बच्चे के दिल के सबसे नजदीक, उसकी मां होती है। मां बच्चे की आंखें ही देखकर उसके दिल का दर्द समझ जाती हैं। फिर मां मेरी आंखें देखकर मेरे दिल के दर्द का मातम क्यों नहीं देख पाई? क्या उन्हें मेरे दिल का दर्द दिखाई नहीं देता या फिर वह अपने स्वार्थ के कारण पूरी तरह अंधी हो चुके हैं? बच्चे की दुनिया में आने के 9 महीने पहले से ही उसका रिश्ता मां के साथ जुड़ जाता है। मां कोख में पल रहे बच्चे की पल-पल की गतिविधियों से परिचित होती रहती है। तनिक भी इधर-उधर हो जाए तो घबरा उठती है। अपने खून, मांस, प्यार और भावनाओं के मिश्रण से उसका निर्माण करती है। फिर तुम मेरे लिए इतनी अंधी क्यों हो गई मां? मेरे जीते जी मेरे सपनों का अंतिम संस्कार क्यों कर दिया तुमने मां? अगर तुम्हारी ममता वाकई अंधी है तो तुम्हें राज का दर्द कैसे दिख जाता है? आज राज प्राइवेट नौकरी करके अपनी जिंदगी ठीक-ठाक तरीके से चला रहा है। लेकिन जब कभी वह पैसों की कमी के कारण अपने नशे की लत को पूरा नहीं कर पाता और पागल हो जाता है। तब उसके पागलपन की दर्द और छटपटाहट तुम्हें महसूस होने

लगती है और तुम झट से जाकर उसके हाथों में पैसे थमा देती हो।

काश! यही दर्द और छटपटाहट तुम्हें मेरे लिए भी महसूस होती।

काश! तुम मेरे टूटे हुए सपनों को जोड़कर मुझे लौटा देती।

काश! तुमने इन्हीं पैसों से मेरे सपनों को साकार करने का कम से कम दिखावा ही कर दिया होता तो मैं अपनी बची-खुची पूरी जिंदगी इसी झूठ-मूठ के दिखावे की उम्मीद में जी लेती मां। फिर तुमने मुझसे यह उम्मीद कैसे कर ली कि मैं तुम्हारे बुढ़ापे की लाठी बनूँ? जिस औरत ने मेरी शादी के सपने को चिता में सुला कर आग के हवाले कर दिया, मैं उस औरत के बुढ़ापे की लाठी क्यों बनूं? उसकी सेवा क्यों करूं? उसकी सारी जरूरतें पूरी क्यों करूं? आज तक मैंने लोगों को यह कहते हुए सुना था कि माता कभी कुमाता नहीं हो सकती है। लेकिन जो भी सुना था गलत सुना था। आज मैंने अपनी माता को अपनी आंखों से कुमाता बनते हुए देखा है। ठीक बिल्कुल उसी तरह, जिस तरह एक बार द्वापर युग में कुंती कर्ण के लिए बनी थी। कुंती ने कर्ण से उसका सुरक्षा कवच मांगकर अपने 5 बच्चों के जिंदगी की सुरक्षा के लिए, अपने छठे बेटे की बलि चढ़ा दी। उसी तरह मां तुमने राज, अल्फा, उसके बच्चों और अपनी सभी जरूरतों को पूरा करने के लिए मुझे दाई बनाकर मेरे सारे सपनों और जिंदगी की खुशियों की बलि चढ़ा दी। मां तुमने और पापा ने अपनी पूरी जिंदगी बेटे का राग अलापते-अलापते निकाल दी। तुम दोनों ने राज को वक्त से पहले ही वह हर एक चीज दी, जिसकी उसे जरूर थी। यहां तक कि राज को कभी सपने देखने की जरूरत ही नहीं पड़ी। तुम दोनों ने अपनी आंखों से ही उसके लिए सपने देखे और वक्त से पहले ही अपनी जी जान लगा कर उसे साकार भी कर दिया। फिर मेरे साथ आप दोनों ने ऐसी बेईमानी क्यों की? मुझसे सपने देखने का अधिकार क्यों छीना? मेरी आंखों को मकसद हीन क्यों बना दिया?

जब सब कुछ अपने बेटे के लिए ही किया है, फिर उम्मीद भी तो उसी से करनी चाहिए ना...। जब-जब राज को अपने नशे की लत को पूरा करने के लिए पैसों की जरूरत पड़ती है, तब-तब तुम उसे पैसे देती हो। उसके बच्चे के पढ़ाई का पूरा खर्च उठाती हो, जबकि अपने बच्चों की जरूरतों को पूरा करने में राज पूरी तरह सक्षम है। जब भी कोई त्यौहार आता है, तो तुम राज के परिवार के लिए कपड़े खरीद लाती हो। लेकिन एक बार भी

पलट कर मुझसे यह नहीं पूछती कि नीलम तुझे भी कुछ चाहिए? मैं तेरे लिए भी कुछ ले आऊं? ऐसा व्यवहार तो कोई अपनी नौकरानी के साथ भी नहीं करता है और तुम तो मेरी सगी मां ठहरी और शायद यही मेरी सबसे बड़ी बदकिस्मती है। जब मेरी तबीयत खराब होती है, तब मैं घर के एक कोने में बिस्तर पर पड़ी रहती हूं। तब सबकी जरूरतों की आग ठंडी पड़ जाती है और कोई एक भी बार यह झांकने नहीं आता है कि मेरी सांसे चल भी रही हैं या फिर हमेशा के लिए थम गई हैं। लेकिन जैसे ही मैं ठीक हो जाती हूं, तब फिर से सभी की जरूरतों की आग सुलग उठती है। सभी रिश्तों का रंग मैंने देख लिया।

रिश्तों की भीड़ में खुद को तन्हा, बेबस, लाचार खड़ा पाती हूं। अमन दूर खड़ा, मुझे अपनी बेबस नजरों से निहारता है। मेरे पास आकर मेरे अकेलेपन को दूर करना चाहता है। लेकिन मैं भी पापा को दिए गए वचन के आगे लाचार हूं। पापा की चिता के साथ ही मेरे अरमानों, सपनों और खुशियों की भी चिता जल गई। अब तो बस इसी चिता के जल जाने के दुःख का मातम मनाते हुए पूरी जिंदगी बितानी है मुझे। एक समय था जब मेरी आंखों में सिर्फ सपने पलते थे। लेकिन आज वक्त बदल चुका है, मेरी आंखें आंसुओं और मातमों का डेरा बन चुकी हैं। मेरी तो पूरी जिंदगी ही विश्वासघात का शिकार हो चुकी हैं। वैसे तो राज हर वक्त जोरू का गुलाम बने फिरता है। लेकिन जब अल्फा से जुआ खेलने और शराब पीने के लिए पैसे मांगता है और अल्फा उसे पैसे देने से इंकार कर देती है, तब यह जोरू का गुलाम अचानक से शैतान का रूप धारण कर अल्फा को पागलों की तरह क्यों पीटने लगता है? तब इस जोरू के गुलाम की जोरुभक्ति कहां गायब हो जाती है? तब क्यों उसकी पत्नीभक्ति पर जुए और नशे की लत हावी होने लगती है?

पहले अल्फा की बातें सुनकर मुझ पर हाथ उठाना, फिर शराब के लिए अल्फा पर। तेरा तो चरित्र ही मेरी समझ के परे है राज। पता है राज तुमने आकर्षण को प्यार समझ कर बहुत बड़ी गलती कर दी है, जो अब सुधारी नहीं सुधर सकती। वैसे भी तुमने अल्फा में ऐसा क्या खास देख लिया जो उसे पाने के लिए पूरे परिवार की खुशियों की ही बलि चढ़ा दी? ना रंग, ना रूप, ना व्यवहार, ना गुण और ना ही संस्कार। उसने तुझसे दो प्यार भरे शब्द क्या कह दिए, तूने तो अपनों को ही पराया बना दिया। जिस्मानी रिश्ते खून

के रिश्तों पर भारी पड़ गए। तुमने आकर्षण को प्यार समझ कर बहुत बड़ी गलती कर दी राज, जो अब कतई सुधारे नहीं सुधर सकती। एक रिश्ते को जन्म देने के लिए तूने कितने सारे रिश्तों का खून कर दिया। मां की मांग से सिंदूर का रिश्ता टूटा, मेरी आंखों से सपनों का, हम दोनों से अपने पिता का और तुझसे तेरे सरकारी नौकरी का। तेरी शादी ने हमारी सुख-शांति, खुशियों और संपत्ति सब कुछ को जलाकर राख कर दिया। अब तो बस इन्हीं जली हुई चीजों को देख पूरी जिंदगी मातम मनाते हुए गुजारनी है।'

आज फिर मोहल्ले में किसी लड़की की शादी थी। अल्फा ने नीलम की शादी के लिए खरीदी हुई सिल्क की साड़ियों में से एक साड़ी पहन ली और फिर नीलम के ही गहने पहन आईने में अपने आप को देख इतराती हुई बोली, 'बुढ़उ गए तो गए, लेकिन मेरे लिए साड़ियों और गहनों का बंदोबस्त करके गए।' अपने स्वर्गवासी पिता के लिए ऐसे शब्द सुन नीलम को ऐसा लगा कि मानो किसी ने उसके नासूर बने जख्म पर तेजाब से भरी पूरी बोतल उड़ेल दी हो। उस ने पहली बार अल्फा को करारा जवाब दिया, 'तुम्हारी तो शुरू से ही आदत है दूसरों की चीजों को छीन उस पर ऐश करने की। आने से पहले ही तुम मेरे पिता को खा गई। फिर उनके पैसों पर खूब ऐश किया। इसके बाद मेरे भाई की सरकारी नौकरी खा गई और फिर उसका सुख-चैन। जब तुम लोगों की जिंदगियों, उनके ख्वाबों और खुशियों को खाने में हिचकिचाती नहीं, तो फिर इन साड़ियों और गहनों की औकात ही क्या है। यहां तक कि तुमने मेरे हिस्से का सिंदूर भी अपनी मांग में सजा लिया।' अल्फा भी चुप रहने वालों में से कहां थी। वह तो कम शब्दों में, दिल को छलनी करने वाला जवाब देती थी।

अल्फा – 'दूसरों के मांग में सिंदूर, शरीर पर कपड़े और गहने देखकर इतना जलन? क्यों अगले जन्म में भी कुंवारे ही मरने का इरादा है क्या? तुम्हारी नियत है ही इतनी गंदी और तुम हो ही इतनी बड़ी अभागन जो तुम्हारी मांग और कोख दोनों ही इस जन्म में सूनी रह गई। अगले जन्म में तुमने पता नहीं ऐसा कौन-सा पाप किया, जो इस जन्म में भुगत रही हो? कम से कम अपना अगला जन्म सुधारने के लिए इस जन्म में कुछ तो अच्छे कर्म करो। वरना, अगले जन्म में भी सुनी मांग और कोख लेकर ही इस दुनिया से रुखसत हो जाओगी।'

नीलम मन ही मन सोचने लगी कि ठीक ही कहती है अल्फा कि मेरे कर्म हैं ही ऐसे, मैं अभागन हूं ही ऐसी, जो मुझे राज जैसा भाई मिला। आज नीलम की खुशियां छीनने वाले भी उसके अपने ही थे और उसकी बेइज्जती करने वाले भी। सभी लोगों के साथ नीलम भी मोहल्ले की शादी में पहुंची। नीलम के चेहरे पर बेवक्त आई झुर्रियां, बुझी आंखें, उतरा हुआ चेहरा, दुबला पतला शरीर। वक्त ने तो नीलम को समय से पहले ही बूढ़ा बना दिया था। मिसेज गुप्ता की नजर अचानक ही नीलम पर पड़ी। पहले तो वह कुछ देर तक नीलम को एकटक निहारती रही। फिर नीलम के पास आकर बोली, 'बेटा तुम पांडे जी की बेटी नीलम हो ना?'

नीलम – 'हां, आंटी।'

मिसेज गुप्ता – 'तुम तो बिल्कुल पहचान में ही नहीं आ रही हो? कैसी हालत बना ली है तुमने अपनी? थकी-हारी आंखें, मायूस चेहरा और इतना दुबला-पतला शरीर। अपनी जिंदगी को लेकर इतनी लापरवाही क्यों नीलम? ऐसा करके तुम अपने अस्तित्व को ही धोखा दे रही हो। जो हुआ उसे भूल कर आगे बढ़ो, खुश रहने की कोशिश करो। उम्मीद का दामन थामे रखो नीलम। दु:ख के साए में पूरी जिंदगी नहीं काटी जा सकती है।

तभी मिसेज शर्मा मिसेज गुप्ता के बगल में खड़ी होकर बोली, 'किससे बात कर रही हैं मिसेज गुप्ता? अरे! यह तो वही लड़की है ना जिसकी अभी तक शादी नहीं हुई। ओह! हां, शादी होगी भी कैसे? इसके भाई ने तो मुसलमान लड़की से शादी कर ली है ना। किसी भी लड़के के माता-पिता अपने बेटे का रिश्ता ऐसे घर में नहीं करना चाहेंगे, जहां परिवार के सदस्यों में मुसलमान भी शामिल हों। ऐसी बड़प्पन दिखाने वाली बातें तो सिर्फ फिल्मी सितारों के लिए ही बनी हैं। मिडिल क्लास परिवार में ऐसा कुछ थोड़ी ना होता है। वैसे भी इस बेचारी की पूरी जिंदगी तो इसके माता-पिता ने खराब कर दी। ग्रेजुएट थी कहीं भी छोटी-मोटी नौकरी कर लेती, तो कम से कम अपने पैरों पर तो खड़ी हो जाती। अपने पैरों पर खड़ी होती तो अपने भाई और मां-बाप की लापरवाही और गलतियों का खामियाजा इसे नहीं भुगतना पड़ता।

किसी भी अच्छे भले लड़के से इसकी शादी हो जाती है या फिर खुद की पसंद से ही शादी कर लेती। आजकल की सभी नौकरी पेशा लड़कियां

ऐसा ही तो कर रही हैं। लेकिन इस बेचारी के मां-बाप ने तो इसे ना घर का छोड़ा और ना ही घाट का, रही-सही कसर भाई ने पूरी कर दी। एक तो इन लोगों ने बेटी को नौकरी करने नहीं दिया और ना ही कोई हाई-फाई डिग्री दिलवाई, बेटा मुसलमान लड़की को घर की बहू बना कर ले आया, ऊपर से एक पैसा भी दहेज में लिए बिना कोई इस बच्ची को मुफ्त में अपने घर की बहू क्यों बनाएगा? आज के इस जमाने में कोई भी रिश्ता बिना पैसों के नहीं चलता। यहां तक कि बिना पैसों के बच्चे भी मां-बाप को पहचानने से इंकार कर देते हैं। इस लड़की के पिता के गुजरने के बाद तो इसकी मां ने इसके प्रति अपनी पूरी जिम्मेदारियों से ही पल्ला झाड़ लिया। अपनी सुख और सुविधाओं की चाहत में ऐसी अंधी हुई कि अपनी बेटी की सूनी मांग और उसके दुःख को ही नहीं देख पाई। लोग कहते हैं नीलम भी लक्ष्मी है, अपने घर की मगर सिर्फ नाम की।

इसके हिस्से की खुशियां, धन और किस्मत सब कुछ इसके घरवाले निगल गए। पता नहीं नीलम कैसे उठा पा रही है इस बेमकसद जिंदगी का बोझ? क्यों नीलम तुम्हें तनहाइयां खलती नहीं? रात को करवटें बदलते वक्त, खालीपन का एहसास नहीं होता? 48 की उम्र में सूनी जिंदगी जी रही हो, ना ही मांग में सिंदूर की लाली है और ना ही मां कहने के लिए कोई संतान। कैसे जी लेती हो तुम इन सभी खुशियों से वंचित रह कर? क्यों तुम्हें दुःख नहीं होता?' मिसेज शर्मा की कड़वी बातों से नीलम की आंखें भर आईं। मन ही मन वह अपने आपको जवाब देने लगी, 'दुःख तो बहुत होता है। लेकिन शायद अब जिंदगी को आदत पड़ चुकी है, दुःख का बोझ उठाने की। पता नहीं चलता है कि लोग मेरी जिंदगी को देखकर दुःखी होते हैं या फिर मेरे अधूरेपन पर ताना मार कर खुश? जो भी हो लेकिन मेरे जख्म पर नमक तो दोनों ही बातों में छिड़का जाता है। कहीं ना कहीं मिसेज शर्मा सारी बातें सही ही कह रही थी।'

उनके शब्दों में नीलम की जिंदगी का दर्द साफ झलक रहा था, बस कहने का तरीका ही थोड़ा कड़वा था।

मिसेज शर्मा की बातें सुन, वहां 3-4 और औरतें इकट्ठी हो गई। शादी तो किसी और लड़की की हो रही थी, लेकिन सभी की जुबान पर नीलम की सूनी मांग की ही चर्चा थी। सभी औरतों ने मिलकर नीलम को तरस

और हमदर्दी का पात्र बना दिया था। यहां तक कि बारात में आई अनजान महिलाएं भी नीलम की चर्चा में शामिल हो चुकी थीं। अपनी जिंदगी और सपनों का तमाशा बनते देख, नीलम अपने आंसुओं को आंखों में थामे वहां से निकल गई। नीलम घर पहुंची तो घर खाली था। घर के सभी लोग अपनी बेटी की डोली में आग लगाकर दूसरे की बेटी की डोली सजाने में लगे थे। घर के बाहर बारातियों के पटाखों की आवाज़ के शोर से पूरा मोहल्ला गूंज रहा था और नीलम के मन के अंदर मातम का शोर पूरी तरह अपनी चरम सीमा पर था।

आज नीलम बहुत शांत बैठी थी। शायद ही इतनी शांत वह कभी अपनी जिंदगी में बैठी हो। उसके चेहरे के भाव से उसके मन में चल रहे बवंडर का अंदाजा लगाना, आज नामुमकिन-सा लग रहा था। वह उठी और आईने के सामने जाकर बैठ गई। आज ना जाने कितने सालों के बाद उसने आईने में अपने आपको देखा था। आज तो आईना और उसकी खुद की आंखें भी उसके अस्तित्व को पहचानने से इंकार कर रही थी। कल का, वह बिन बात के ही मुस्कुराने वाला फूल सा चेहरा, पूरी तरह मुरझा चुका था। शायद बुढ़ापे ने वक्त से बहुत पहले ही नीलम को अपने आगोश में ले लिया था। नीलम को अपनी आंखों में नाउम्मीदी साफ-साफ दिख रही थी। नीलम उठी और उसने अलमीरा से वर्षों पहले अपनी शादी के लिए खरीदे हुए लाल जोड़े और गहनों को निकाला। इसके बाद नहाकर उसने लाल जोड़े और गहनों को पहन लिया। फिर आईने के सामने वह एक कलम, कुछ सादे पन्ने, एक सिंदूर की डिबिया और एक छोटी-सी शीशी लेकर बैठी। उस छोटी-सी शीशी में शायद 'जहर' था। इसके बाद उसने खत लिखना शुरू किया।

मेरे होने वाले पति

अमन,

यूं तो मैंने पूरी जिंदगी तुम्हें बहुत चाहा अमन। लेकिन मलाल बस यही रह जाएगा कि मैं तुम्हें पाने के लिए कुछ कर ना सकी। शायद परिवार वालों की जरूरतों के बोझ तले में इतनी दब चुकी थी कि मैंने तुम्हारे प्यार की कद्र ही नहीं की। जब तुम्हारे प्यार की कद्र समझी, तब पापा ने इस दुनिया से जाते-जाते मुझे अपने वादे

में बांध दिया कि तुम जीते जी ऐसा कुछ भी नहीं करोगी, जिससे मेरी इज्जत खराब हो। मरे हुए इंसान के वादे को निभाते-निभाते मेरी खुद की जिंदगी ही मौत को गले लगाने के लिए बेताब हो चुकी है। हम दोनों बाप-बेटी के वादे के बीच तुम्हारी भी पूरी जिंदगी बर्बाद हो गई अमन। मुझे वादे के दलदल से निकालने के चक्कर में तुम भी उसी दलदल में आ गिरे। ना तुम मेरे पति बन सके और ना मैं तुम्हारी पत्नी। हम दोनों के सारे ख्वाब, ख्वाब ही बनकर रह गए। पता है अमन इन 20 सालों में तो मेरा पूरा वजूद यहां तक कि मेरा नाम तक बदल गया है। अब लोग मुझे नीलम कहकर नहीं, बल्कि बिन ब्याही औरत के नाम से पुकारने लगे हैं। जहां भी जाती हूं, वहां चर्चा का विषय बन जाती हूं। लोगों की तरस भरी नजरें मुझे अपने शरीर पर कांटो की तरह चुभती हैं। लोग मेरी जिंदगी के उन दु:ख भरे पलों की चर्चा तो ऐसे करते हैं जैसे मानो मेरी बर्बादी पर चीख रहे हों। पता है अमन अब तो आईने के सामने बैठती हूं तो मेरी आंखें भी मुझे पहचानने से इंकार कर देती हैं। मेरे अंदर की औरत मुझसे चिल्ला-चिल्लाकर पूछती है कि तुम इतनी कमजोर क्यों हो? अपने लिए कुछ करती क्यों नहीं? अगर अपने लिए कुछ कर नहीं पाती तो तुम्हें कोई हक नहीं है जीने का। मर क्यों नहीं जाती हो? अब तो जिंदगी के सफर के हर मोड़ पर दु:ख और असफलता से सामना होने लगा है, मानो जैसे वही मेरा हमसफर बन बैठा हो। अब तो मेरे सपने भी मेरे सामने खड़े होकर, मुझे मुंह चिढ़ाते हैं और कहते हैं कि तुम्हारी औकात नहीं है, हमें अपनी आंखों में सजाने की। अब तो जहां भी नजरें जाती हैं, वहां अंधेरा ही अंधेरा नजर आता है। ना ही कोई मेरे साथ खड़ा दिखता है और ना ही कोई मेरे पास आते हुए नजर आता है। अब तो मेरे अंदर की औरत भी मुझसे घृणा करने लगी है। हर मां-बाप की तरह, मेरे मां-बाप ने भी तो मेरे बचपन से ही मेरी शादी के लिए थोड़ा-थोड़ा सामान और पैसा इकट्ठा करना शुरू कर दिया था। लेकिन यह समय का फेर था या फिर मेरी बदकिस्मती, जो मेरे लिए संजोए सामान मेरे ही सपनों को साकार करने में नाकाम रहे।

मेरी ही आंखों के सामने मेरे ही नाम की चीजों से किसी और के सपने रोशन हो गए और मैं एकटक अपने सपनों की चिता जलते हुए देखती रह गई।

मेरी इसी सपनों की चिता की आग से मेरे सभी परिवार वालों ने अपनी-अपनी जिंदगियों को रोशन कर लिया। मैं तो इतनी बड़ी वक्त की मारी या फिर यह कहूं कि अभागन निकली कि अपने सपनों के साथ भी वफादारी ना निभा सकी। मेरे परिवार वालों ने मुझे किसी भी लायक नहीं छोड़ा। शादी का सपना मेरे लिए एक ऐसा सपना बनकर रह गया, जिसे मैं साकार करने के लिए कुछ भी नहीं कर सकी। पता है अमन मेरी पूरी रात करवटों में निकल जाती है। कभी तकिए को सिरहाने रखकर तो कभी उसे अपने बगल में सुला कर अपने दिल में लगे सभी जख्म दिखाती हूं, जो अब नासूर बन चुके हैं। जो अब मेरे इस दुनिया से जाने के बाद ही मिटेंगे। तकिया मेरे आंसुओं को शोक तो लेता है, लेकिन वह मुझे वो सहानुभूति, प्यार भरा स्पर्श और हिम्मत नहीं दे पाता जो तुम मुझे एक पति के रुप में दे सकते थे।

सारे नासूर बने जख्म और मातम तो इसी बात का है कि मेरी शादी नहीं हो सकी और ना ही तुम मेरे पति बन सके। अब तो मेरी आत्मा भी मेरे शरीर को त्यागने के लिए छटपटाती रहती है और यहां तक कि मेरा शरीर भी मेरे दुःखों का बोझ उठाते-उठाते मुझ से ऊब चुका है। अब तो मेरी आंखें भी मेरे आंसुओं का बोझ उठाने को तैयार नहीं। अब तो मेरी सांसे भी थक चुकी हैं, उन्हें मुक्ति की जरूरत महसूस होने लगी है। थक चुकी हूं मैं, अब जीते-जीते। अब मैं अपने चेहरे पर दिखावटी सुख का मुखौटा बर्दाश्त नहीं कर सकती। अब मेरा समय आ गया है अमन, इस दुनिया से विदा लेने का। बस एक ही मलाल दिल में रह गया कि मैं जीते जी तुम्हारी दुल्हन ना बन सकी। लेकिन मरने के बाद यह मलाल खत्म हो जाएगा।

देखो अमन, मैंने एक दुल्हन की तरह सोलह सिंगार कर लिया है। लाल जोड़ा, नथिया, हार, बाली, पायल, कंगन, मांगटीका सब

कुछ पहन लिया है। बस एक सिंदूर की कमी रह गई है। मैं यह सिंदूर की डिबिया रखकर जा रही हूं। कल मेरे मृत शरीर के साथ तुम्हें यह खत और सिंदूर की डिबिया मिलेगी। इस सिंदूर को मेरी मांग में भर मुझे सुहागन बना देना। जो सपना मेरे जीते जी साकार ना हो सका, कम से कम मरने के बाद ही उसे साकार कर देना। पापा ने कहा था कि तुम जीते जी ऐसा कोई भी काम मत करना, जिससे मेरी इज्जत मिट्टी में मिल जाए, इसलिए मैं मरने के बाद, तुम्हारी दुल्हन बनूंगी ताकि मेरे सपने भी हकीकत में तब्दील हो जाएं और पापा की इज्जत पर भी आंच ना आए। भले ही इस जन्म में मैं जीते जी तुम्हारी दुल्हन ना बन सकी, लेकिन मरने के बाद मेरी मांग में सिंदूर भर कर मुझे अगले 6 जन्मों के लिए अपना बना लेना।

मेरी मांग में सिंदूर भरने के बाद तुम्हें एक पति होने का पहला और आखरी कर्तव्य निभाना है। मुझे मुखाग्नि देनी है। जीते जी तो मैं लाल जोड़ा पहन कर अपने बाबुल के आंगन से विदा ना हो सकी, लेकिन इस दुनिया से तो दुल्हन बनकर ही विदाई लूंगी। आई तो थी मैं इस दुनिया में बेटी, बहन और ना जाने क्या-क्या बनकर। लेकिन जाऊंगी सिर्फ और सिर्फ तुम्हारी दुल्हन बनकर 'मिसेज अमन नीलम जायसवाल'। मेरे मरने के बाद, यह जात की दीवार भी, मुझे तुम्हारा होने से रोक नहीं पाएगी। उम्मीद करती हूं कि अगले जन्म में कोई भी जात-धर्म या फिर दूसरी मजबूरी की दीवार, हमें एक-दूसरे का होने से रोक ना पाए। जा रही हूं फिर से तुम्हारे पास आने के लिए। अगले जन्म में तुम्हारा इंतजार करूंगी अमन।

तुम्हारी होने वाली दुल्हन

इसके बाद नीलम ने जहर खाकर अपने आप को तमाम तकलीफों से मुक्त कर लिया। कुछ घंटे बीते और फिर पूरे मोहल्ले में नीलम के चले जाने की बात फैल गई। लोगों की आंखों में आंसू के साथ इस बात की भी खुशी थी कि नीलम अपनी जिंदगी की तमाम दुःख तकलीफों से मुक्त हो गई है। अमन आया और उसने नीलम का खत पढ़ा और फिर नीलम के मृत शरीर

को अपनी बाहों में भरकर फूट-फूट कर रोया। इसके बाद उसने वह तमाम चीजें की, जो नीलम ने अपने खत में उसके लिए लिखी थीं और जो एक पति के रूप में अमन का फर्ज था। एक दौर वो था, जब शाहजहां ने अपनी बेगम मुमताज महल के प्रेम की याद में 'ताजमहल' बनवाया था। उसी तरह अमन भी नीलम के प्यार में ऐसा पागल हुआ कि उसने एक किताब ही लिख डाली। आज 2 साल बाद नीलम की दूसरी बरसी के मौके पर अमन अपने और नीलम के प्रेम पर आधारित किताब का विमोचन कर रहा था। इस प्रेम कथा का नाम था 'शादी का सपना'। इस शब्द को बोलते ही अमन की आंखें भर आईं। फिर अचानक ही एक औरत दुल्हन की तरह सज-धजकर सोलह सिंगार में अमन के पास आई और मुस्कुरा कर उसके आंसुओं को पोंछने लगी। यह औरत कोई और नहीं बल्कि नीलम की रूह थी।

किक्की सिंह (स्वाति सिंह)
एच.इ.सि कॉलोनी क्वाटर न डी.टी 1740 धुर्वा रांची (झारखंड)
फोन: 8987428893, 7903865802
कि बेटी घर की लक्ष्मी होती है।

◆◆◆